BLUTGESCHWISTER
Modrichs zweiter Fall

Thomas Matiszik

1. Auflage September 2017

©2017 OCM GmbH, Dortmund

Gestaltung, Satz und Herstellung:
OCM GmbH, Dortmund

Verlag:
OCM GmbH, Dortmund, www.ocm-verlag.de

ISBN 978-3-942672-56-6

Bibliografische Information der Deutschen Nationalbibliothek

Die Deutsche Nationalbibliothek verzeichnet diese Publikation in der Deutschen Nationalbibliografie; detaillierte bibliografische Daten sind im Internet über **http://dnb.d-nb.de** abrufbar.

Alle Rechte vorbehalten. Das Werk einschließlich seiner Teile ist urheberrechtlich geschützt. Jede Verwertung außerhalb der Grenzen des Urheberrechtsgesetzes bedarf der vorherigen Zustimmung des Verlages. Dies gilt auch für die fotomechanische Vervielfältigung (Fotokopie/Mikrokopie) und die Einspeicherung und Verarbeitung in elektronischen Systemen.

Für Ernestine & Max Matiszik

„Nur Feinde sagen die Wahrheit;
Freunde und Liebende lügen unendlich,
gefangen im Netz der Pflicht."

Stephen King

Prolog

Gestern Vormittag war endlich der nagelneue Messerblock geliefert worden. Wochenlang hatte Felix Modrich auf diesen Moment gewartet. Mit großen Augen hatte er Anfang des Jahres bei dem Kochkurs „Steaks richtig zubereiten" – ein Geburtstagsgeschenk seiner Doppelkopfrunde – beobachtet, wie der berühmte Sternekoch Roland Stark Rump-, Hüft- und Filetsteaks mühelos vom Schinkenstück abtrennte. Dass er jahrelang nichts, aber auch gar nichts mit Kochen, Grillen oder sonstigen Küchentätigkeiten am Hut hatte, war einzig und allein seinem Job geschuldet. Felix Modrich hatte aber nicht nur seine vermeintliche Passion unterdrückt, sondern auch sein Privatleben vollends seinem Job untergeordnet. „Anders hätte es auch nicht funktioniert", murmelte er tonlos, während er im Wartezimmer der Onkologie auf seinen Befund wartete.

Am kommenden Wochenende würde er die neuen Messer zum ersten Mal ausprobieren. Pfingsten stand vor der Tür und die Wetterprognose sagte 25 Grad und zwölf Sonnenstunden voraus. Seine Doppelkopfrunde und er würden einen wunderschönen Tag verbringen.

„Herr Modrich?" Die junge Ärztin war wirklich bildhübsch und genau sein Typ. Vor dreißig Jahren hätte er sie vermutlich sofort zum Kaffee eingeladen. Er atmete tief ein und aus und folgte ihr in das Sprechzimmer.

Doktor Bea Leitner, so hieß die Augenweide, setzte sich und blätterte ein wenig nervös in Modrichs Krankenakte. „Seit wann genau haben Sie diese Beschwerden?", fragte sie unvermittelt. Modrich hob die Augenbrauen. „Ich nehme doch stark an, dass das in der Akte steht, aber ich sag's Ihnen gerne noch mal: seit ungefähr drei Monaten." Doktor Leitner versteckte ihr hübsches Gesicht hinter der Krankenakte. Die Frage schien ihr tatsächlich peinlich zu sein. „Lassen Sie uns nicht lange um den heißen Brei herum reden, Frau Doktor! Sagen Sie es mir bitte einfach ins Gesicht. Ich bin schließlich keine zwanzig mehr." Die Antwort kam prompt und unbarmherzig. „Sie haben, wenn die Behandlungen anschlagen, nicht mehr als zwei Jahre. Wenn's ungünstig läuft, vielleicht sogar weniger als ein Jahr!"

1

Seit nunmehr dreieinhalb Wochen lag Jan im Koma. Die Erinnerungen an jenen unheilvollen Juniabend erloschen deutlich langsamer, als er es sich gewünscht hätte. Um ihn herum wuselten 24 Stunden am Tag mehrere Ärzte und Schwestern und kontrollierten die Geräte und Schläuche, an denen sein Leben hing. Viel schlimmer aber waren Mannschaftskollegen, Verwandte, Freunde und auch ein paar Personen, die er nicht kannte. Stundenlang standen sie manchmal vor seinem Bett und heulten unentwegt. Gerade so, als sei er bereits tot. Jedes Mal versuchte er, ihnen ein Zeichen zu geben, einen dezenten Hinweis darauf, dass er sie wahrnahm, dass alles halb so schlimm war, dass er kaum Schmerzen verspürte. Aber das war natürlich schwierig, schließlich konnten sie ja nicht ahnen, dass Jan alles haarklein mitbekam.

Die ihm unbekannten Personen mussten Fans sein. Einige von ihnen trugen ein Trikot, einen Schal oder hatten eine Autogrammkarte dabei, auf der er, Jan Kogler, unterschrieben und eine persönliche Widmung hinterlassen hatte. Wer um Himmels willen hatte all diese Leute in sein Krankenzimmer gelassen? Und wo war Vince ...?

Apropos Mannschaft: Würde das Team die Qualifikation auch ohne ihn, den besten Goalgetter der abgelaufenen Saison, meistern oder eine weitere Saison im europäischen Fußball-Niemandsland verbringen? Der Gedanke daran machte ihm schwer zu schaffen, gleichzeitig versuchte er wieder einmal, jenen für ihn gleichermaßen bedeutsamen und unheilvollen Abend Revue passieren zu lassen, sich ein Bild zu machen von der Person, die ihn um ein Haar ins Jenseits befördert hatte.

Die Tür zu seinem Krankenzimmer öffnete sich. Den Mann und die Frau, die eintraten, hatte er schon ein paar Mal gesehen. Auch diesmal unterhielten sie sich sehr leise, aber nicht leise genug, sodass Jan das Meiste mithören konnte. „Wir brauchen zwingend seine Zeugenaussage, Guddi". Guddi konnte nicht ihr richtiger Name sein, dachte Jan, als eben diese einwarf: „Peer, das wissen wir doch nicht erst seit gestern! Warum stellst du das immer wieder aufs Neue fest? Wirst du langsam senil? Jan Kogler ist das erste Opfer, das einen Anschlag des ‚Erlösers' überlebt hat. Trotzdem bringt uns das herzlich wenig, solange er im Koma liegt. Das ist der Status quo, seit fast einem Monat, daran wird auch dein ständiges Lamentieren nichts ändern!" „Er ist ein guter Junge", flüsterte der Mann, der offenbar Peer hieß. „In spätestens einem halben Jahr hätte er sein erstes Länderspiel gemacht. Genau so einen Stürmer kann unser Team für die EM gebrauchen. Es ist eine Tragödie."

Jan Kogler war am Abend des ersten Heimspiels der Schwarzgelben verschwunden. Da sein Team am Tag nach dem Heimsieg gegen Berlin trainingsfrei hatte und Jan allein in seiner 5-Zimmer-Penthouse-Wohnung am

Phoenix-See lebte, fiel erst 36 Stunden nach dem Spiel auf, dass Jan irgendetwas zugestoßen sein musste. Der Päckchenbote hatte am Montagmorgen vergeblich bei ihm geklingelt und die Lieferung bei Jans Nachbarn, Charly Börning, abgegeben. Charly war seit circa 25 Jahren Besitzer einer Dauerkarte für die Südtribüne, umso stutziger machte es ihn, dass Jan nicht öffnete. Er kannte die täglichen Abläufe seines Nachbarn, irgendetwas war da faul. Er klingelte und hämmerte gegen die Wohnungstür, nichts rührte sich. Er traute dem 21-Jährigen keine Eskapaden zu, dafür war ihm die Karriere zu wichtig. Jan hatte den Absprung vom Landesligateam in Siegen bis in die höchste deutsche Spielklasse geschafft und auf Anhieb einen Stammplatz erkämpft. Er wäre mit dem Klammerbeutel gepudert, wenn er all das leichtfertig aufs Spiel setzte. Wobei: Man konnte sich nie sicher sein. Die vielen ‚Spielergroupies', wie Charly sie nannte, schwirrten um Jan und seine Teamkollegen herum wie die Motten um das Licht. Die meisten von ihnen würden alles, wirklich alles tun, um mit einem der Profis eine Affäre zu haben. Sie erhofften sich dadurch einen deutlichen Push ihrer eigenen Karrieren, auch wenn die einzige Fähigkeit darin bestand, dass die allermeisten von ihnen wirklich ‚extrem lecker' aussahen, wie Charly abschließend einwarf. Nachdem er eine gefühlte Ewigkeit geklopft hatte, fragte Charly sich, wer ihm eventuell Auskunft über den Verbleib von Jan Kogler geben könnte. Da fiel ihm ein alter Bekannter ein. Andreas Wiezollek war Spielerberater. Er betreute aktuell zwar keine Bundesligaspieler, kannte aber Hinz und Kunz in der Szene. „Andy, alte Säge, wie isses?" Charly versuchte, so lässig wie möglich rüberzukommen. Er wusste selber nicht warum, schließlich war der Anlass seines Anrufes ja durchaus ernst. „Charly, bist du das? Ich bin gerade mitten in einem wichtigen Meeting. Kann ich dich in, sagen wir, zwanzig Minuten zurückrufen?" „Es geht um Jan. Ich glaube, ihm ist was zugestoßen, Andy. Zu Hause scheint er jedenfalls nicht zu sein; keine Ahnung, wie lange ich schon hier stehe und an seine Tür klopfe. Aber mach mal ruhig, vielleicht ist ja alles nur falscher Alarm!"

In diesem Moment kam Piotr Brzenski, der Hausmeister des Apartmentblocks, die Treppe hinauf. „Brzenski, Sie kommen wie gerufen", jubilierte Charly, „Sie haben doch sicher einen Generalschlüssel, oder? Jan Kogler ist wie vom Erdboden verschwunden … oder haben Sie ihn eventuell gesehen?" Brzenski sah Charly einigermaßen entgeistert an. „Warum kannst du den Jungen nicht einfach in Ruhe lassen? Wahrscheinlich liegt er irgendwo im Bett mit einer dieser Kurvas und lässt mal richtig Dampf ab! Ist doch noch lange kein Grund, so einen Alarm zu machen und seine Wohnung zu öffnen!"

Charlys Handy klingelte. Es war Wiezollek. „Ich bin kurz aus meinem Meeting raus, Charly. Das ist wirklich mehr als seltsam. Normalerweise hätte Jan sich längst beim Trainerstab melden sollen. Trainingsfrei war gestern, heute war für zehn Uhr eine 90-minütige Ausdauereinheit angesetzt. Und ich habe gerade noch mit

Paolo gesprochen. Die beiden sind ja nicht nur auf dem Spielfeld unzertrennlich. Paolo hat seit dem Duschen am Samstag nichts von Jan gehört." „Von wegen ‚im Bett mit einer dieser Kurvas'", schrie Charly dem Hausmeister ins Gesicht, „ich geh jetzt zur Polizei und melde ihn als vermisst. Ihm ist irgendetwas Schlimmes passiert. Da geh ich jede Wette ein!"

Ein Bauer hatte den leblosen Körper Jan Koglers in der Jauchegrube seines Hofes gefunden. Als Charly die Polizeiwache stürmte, waren zwei Streifenwagen und ein Notarzt auf dem Weg nach Dortmund-Lichtendorf, wo Jan Kogler mit durchtrennten Achillessehnen buchstäblich in der Scheiße steckte und nur knapp dem Tod von der Schippe gesprungen war. Die Wiederbelebungsmaßnahmen, die der Notarzt einleitete, waren nur bedingt von Erfolg gekrönt. Jans Körper war mit Hämatomen übersät, der Täter hatte Jans Kopf kahl geschoren, ihn komplett entkleidet und mit roter Farbe das Wort SCHULDIG auf seinen Bauch geschrieben. Wie lange Jan in der Jauchegrube gelegen hatte, konnte der Arzt nicht präzise sagen, Fakt war jedoch, dass er nur wenig später tot gewesen wäre. Die mangelnde Sauerstoffzufuhr hatte dazu geführt, dass sich Jan Kogler in einem akut lebensbedrohlichen Zustand befand. Er würde nie wieder Fußball spielen können, das stand so gut wie fest.

Die Tür des Krankenzimmers öffnete sich. Dr. Dorothea Heinemann, eine der besten Neurochirurginnen des Landes, betrat das Zimmer und bemerkte Peers und Guddis besorgte Mienen.

„Manchmal", so Dr. Heinemann, „entwickeln Komapatienten einen stärkeren Überlebenswillen als Patienten, die noch bei Bewusstsein sind. Das sieht man ihnen verständlicherweise nicht an, aber Studien aus den USA belegen das." Peers Antwort kam prompt. „Sie müssen uns keinen Sand in die Augen streuen, Frau Doktor. Aber ich sage Ihnen, warum ich glaube, dass der Mann da irgendwann wieder zu sich kommen wird: Er trägt die richtigen Farben!" Guddi verdrehte die Augen, während Dr. Heinemann versuchte, ihre Geringschätzung gegenüber Peers gefährlichem Halbwissen charmant zu überspielen. „Würde er für die Blauen spielen, gäbe es kein Erwachen aus diesem Zustand? Ist es das, was du sagen willst, Peer?" Guddi hatte eine völlig andere Theorie. „Er wird leben, weil er die Nationalmannschaft im nächsten Jahr zum Titel schießen wird. Und dann ist es völlig wurscht, welche Farben er trägt. Aber ich sag dir noch was anderes: Jan Kogler hat vermutlich seinen Peiniger gesehen und ist noch am Leben. Solange das der Fall ist, wird der Täter versuchen, ihn endgültig ins Jenseits zu befördern. Dass er die Jauchegrube überlebt hat, grenzt an ein Wunder. Deshalb bin ich fest davon überzeugt, dass er uns zum Täter führen wird. Wir müssen ihn schützen, indem wir ihn töten ...!" Dr. Heinemann bekam Schnappatmung und setzte an zu protestieren, als Peer sie sanft in den Arm nahm und auf einen der beiden Stühle in Jan Koglers Krankenzimmer drückte. "Sehen Sie es meiner Kollegin bitte nach, Frau Doktor. Die letzten Monate haben offenbar an ihren Nerven gezerrt. Aber seien Sie unbesorgt: Niemand will Jan Kogler töten – also jedenfalls keiner von uns beiden!" Peers schiefes Lächeln vermochte Frau Dr. Heinemann nicht wirklich zu beruhigen. "Ich muss jetzt los, zur nächsten Visite. Bitte halten Sie sich nicht mehr allzu lange hier auf. Der Patient braucht nach wie vor Ruhe!"

Behutsam, aber doch mit Nachdruck, schob Modrich seine Kollegin aus dem Krankenzimmer. Peer verstand sehr wohl, was Guddi gemeint hatte. Sie hielt es für keine schlechte Idee, Jan Kogler offiziell sterben zu lassen. Immerhin konnten sie davon ausgehen, dass der Täter, wo auch immer er sich befand, den Presserummel mitbekam. Die Meldung vom Tod Jan Koglers würde dann, in Guddis idealer Welt, den Täter in Sicherheit wiegen und aus seiner Deckung locken. Aber Peer war überzeugt, dass genau das der falsche Weg war und die Dinge noch weiter verschlimmern würde. "Ist dir eigentlich klar", zischte er Guddi an, "was hier los ist, wenn wir ihn sterben lassen? Die Presse wird das ausschlachten, seine Fans werden das Krankenhaus so lange belagern, bis sie einen Beweis für seinen Tod geliefert bekommen. Und ich würde meine Hand auch nicht dafür ins Feuer legen, dass bei seinem Verein alle diskret mit so einer heiklen Angelegenheit umgehen können. Da muss nur einer anfangen zu plaudern, und schon bricht unser ganzes Kartenhaus zusammen. Glaub mir, du kriegst für so eine Aktion einfach keine hundertprozentige Rückendeckung von den entscheidenden Stellen. Vergiss das also ganz schnell. Wir werden ihn rund um die Uhr bewachen lassen. Mach dir keine übermäßigen Sorgen!" Guddi wollte widersprechen, aber Peer gab ihr zu verstehen, dass es keinen Sinn machen würde und schob sie noch einen Deut kräftiger Richtung Ausgang.

2

Die endlosen Weiten der Danakil-Wüste lagen vor ihr. Joe Sanderson blickte voller Ehrfurcht in Richtung Horizont, wo langsam die Sonne glutrot unterging. Die letzten Monate waren hart, aber sie hatte es geschafft. ‚Queen of Kath' wurde sie überall genannt. Ihr Ruf hatte sich in jeder Bevölkerungsschicht des armen Landes durchgesetzt und dafür gesorgt, dass man in Äthiopien vor kaum jemandem größeren Respekt hatte als vor Joe Sanderson. Ein fein verästeltes Netzwerk aus Informanten, geschmierten Politikern und Industriellen, die alle ein großes Stück vom Kath-Kuchen abbekamen. Joe wusste, wie sie ihre Kunden und ihre Hintermänner bei Laune halten musste. Darüber hinaus hatte Joe sie alle in der Hand: Ihre Sucht nach Kath war größer als die Angst, von der Justiz des Landes entdeckt zu werden. Und selbst dort hatte Joe an den entscheidenden Stellen ihre Verbündeten.

Leicht angewidert beobachtete sie, wie Senait, ihr Fahrer, eine weitere Portion Kath in den Mund warf und eifrig begann, darauf herumzukauen. „Schmeckt's?" Senait hob den Daumen und grinste zufrieden. Joe musste ein Lachen unterdrücken. Wie einfach in diesem Land doch alles war. Die Einheimischen waren extrem leicht beeinflussbar und unfassbar naiv. Eigentlich schade, dass sie ihre Karriere als Popstar nicht längst ad acta gelegt hatte. Hier in Ogolcho gab es keinerlei Probleme. Obwohl: Das mit dem Mädchen stellte sich immer deutlicher als eines dar. Die Kleine war süß, konnte Dinge im Bett, die kein Mann drauf hatte. Aber mit Kath kam sie leider nicht klar. Es war tragisch.

Sechs Wochen später, gegen Endes eines ungewöhnlich kalten und verregneten Wonnemonats Mai, machte Joe Sanderson die letzten Gesangs-Warm-ups. Noch dreißig Minuten bis zum Auftritt. Joe zog sich in ihre Garderobe zurück und legte los. Sie holte tief Luft und ließ diese langsam und kontrolliert wieder durch ihre leicht zusammengepressten Lippen ausströmen. Dabei entwich ihr ein sehr hoher Ton, den sie im Verlauf der Übung immer tiefer werden ließ. Das Ganze klang ein wenig wie eine Sirene, der man langsam den Saft abdrehte. Joe kam sich dabei immer noch ziemlich dämlich vor, sie wusste aber, dass ihre Stimme es ihr danken würde, wenn sie gleich zum Finale ihrer umjubelten Comeback-Tour auf die Bühne gehen würde. Das Programm ihres Abschlusskonzerts hatte es in sich: Zweieinhalb Stunden Vollgas würden sie und ihre Band geben, niemand sollte ihr jemals nachsagen können, sie hätte nicht alles aus sich herausgeholt. Joe Sanderson war nach der Trennung von ihrer Stammband zweifellos auf einem neuen Höhepunkt ihrer Karriere angelangt. Viele, und davon wusste Joe natürlich, gönnten ihr diesen Erfolg nicht. Für die Fans von früher war der Erfolg von Joe Sanderson unweigerlich mit ihrer Band Crusade verknüpft. Allen voran Gitarrist Daniel LaBoitte hatte, so die landläufige Meinung, maßgeblichen Anteil daran, dass Crusade innerhalb von fünfeinhalb Jahren vom Geheimtipp aus der irischen Provinz zum europaweiten Megaseller geworden war. Drei Studioalben und eine Live-DVD hatten Crusade in dieser Zeit herausgebracht, mehr als sechs Millionen Exemplare hatten sie allein vom zweiten Album *Weekends* verkauft. Die Singles der Band, vor allem *Risky Business*, liefen in den Radios Europas rauf und runter. Es gab wenige Anzeichen dafür, dass diese Band jemals auseinandergehen sollte. Immerhin waren sie schon Jahre vor ihrem Durchbruch zusammen und hatten viele magere Zeiten erlebt. So etwas schweißt gemeinhin zusammen.

Ende 2013, beim Abschlusskonzert ihrer Europatournee in Dublin, platzte dann die Bombe: Joe Sanderson verlässt Crusade, um sich ihrer Solokarriere zu widmen! Die Bekanntgabe vollzog Joe nur 45 Minuten nach der letzten Zugabe in einer eigens anberaumten Pressekonferenz in den Katakomben der Dubliner Arena. Niemand, nicht einmal ihre Band, ahnte etwas, als Joe Sanderson sich in kurzen, sehr emotionslosen Sätzen von Crusade verabschiedete und ihren Fans für die Treue dankte, die, so hoffte sie, auch für die Zeit danach anhalten möge. Daniel LaBoitte musste von zwei Security-Helfern zurückgehalten werden, um nicht auf Joe loszugehen und sie windelweich zu schlagen. „Du dämliche Bitch, was fällt dir überhaupt ein? Häh? Wenn ich dich erwische, prügle ich dir das Hirn aus dem Schädel und wisch damit den Boden vor dem Puff, in dem du früher gearbeitet hast!"

In dieser Nacht trank Daniel LaBoitte sich buchstäblich ins Jenseits. Die Ärzte, die herbeigerufen wurden, konnten nichts mehr für ihn tun. Seine letzte Mahlzeit waren drei Flaschen Wodka und zwei Dutzend Schmerztabletten. Bei seiner Beerdigung hielten Fans Transparente hoch, auf denen „May she rot in hell" und ähnliche Nettigkeiten standen.

Joe Sanderson hatte sich ein halbes Jahr zurückgezogen. Sie lebte abgeschirmt von der Außenwelt, quasi wie in einem Zeugenschutzprogramm, in einem kleinen Ort im Hochschwarzwald, wo sie definitiv niemand vermutete. Sie genoss die Ruhe und Abgeschiedenheit und die abendlichen Spaziergänge entlang der Dreisam. Sie verzichtete komplett auf jedwede Motorisierung, sondern legte sämtliche Strecken entweder zu Fuß oder mit dem Mountainbike zurück. Wenn sie dann abends in die Idylle von Hofsgrund, ihrem Refugium, zurückkehrte, bekam sie regelrechte Kreativitätsschübe. Innerhalb von nur wenigen Tagen schrieb sie alle zwölf Songs ihres ersten Soloalbums. Die benachbarte Scheune hatte ein Freund für sie in ein kleines, aber feines Homestudio umgebaut, wo Joe die neuen Songs direkt in ein Soundgewand kleiden konnte.

Seit frühester Jugend beherrschte sie sieben Instrumente, das mit der Singerei hatte sie erst mit Anfang zwanzig begonnen, obwohl es Joe niemals danach gelüstete, im Rampenlicht zu stehen. Als ihre Mutter damals jedoch zum ersten Mal ihre Gesangsstimme hörte, war das Rampenlicht nur noch eine Frage der

Zeit. Rita Sanderson kaufte zwei Flugtickets nach London und schleifte ihre Tochter in die Zentrale von *New Horizons*, einer der größten Konzertagenturen weltweit. Mit Harry Lamar, dem mittlerweile greisen Chef, hatte Rita vor über 25 Jahren mal einen One-Night-Stand nach einem Gig von The Who. Rita wollte unbedingt Roger Daltrey kennenlernen, landete über Umwege bei Harry, der ihr allerhand versprach, nichts davon hielt, sie aber zur Belohnung trotzdem abfüllte und mit ins Hotel nahm.

Die Zeit war gekommen, dass Harry ihr den Blowjob von damals endlich bezahlte. Und obwohl Harry Lamar an diesem Tag deutlich Wichtigeres zu tun hatte, als einem vermeintlich talentierten irischen Mädchen beim Singen zuzuhören, ließ er Rita und Joe nicht lange warten und bat sie in sein Büro. „Rita, weißt du eigentlich, wie sehr ich dich seit jener Nacht begehre …?" Rita knuffte Harry kräftig in die Seite, sodass sein letztes Wort nur geröchelt daherkam. Sie zog ihn sanft, aber bestimmt zu sich und flüsterte in sein Ohr: „Harry, ich bin nicht hier, um mit dir über unser Schäferstündchen zu sprechen, alles klar? Meine Tochter wird dir jetzt was vorsingen, und ich möchte, dass du ihr zuhörst. Comprende?" Harry nickte behäbig und ließ sich in seinen Sessel plumpsen. Joe nahm die Akustikgitarre, die in Harrys Büro in der Ecke stand, stimmte sie kurz und legte los. Keine fünf Minuten später hatte Harry Lamar bereits die erste Europatour von Joe Sanderson im Kopf geroutet. „Joe, mein Kind, du bist wirklich gesegnet, weißt du das? Ich mache den Job jetzt über vierzig Jahre und war bereits ein paar Mal kurz davor, die Brocken hinzuschmeißen und dem Business den Rücken zu kehren." Harrys Augen begannen zu glänzen. „Es gibt jedoch immer wieder Momente wie diesen hier und besondere Menschen, die mich umstimmen, die mir zeigen, wie besonders und erfüllend mein Leben als Konzertagent immer noch ist. Du wirst die Welt im Sturm erobern. Deine Stimme und deine Ausstrahlung sind einfach magisch. Lass mich dir bei deinem Weg an die Spitze des Rockolymps helfen. Mit mir wirst du ihn schneller erreichen als mit allen anderen, das verspreche ich dir!"

Joe sah Harry etwas hämisch an: „Aber ohne dich wird's auch gehen, richtig?" „Ja, schon", entgegnete Harry zögerlich, „aber du bist zu unerfahren, um ..." „Genug gehört, genug gesehen. Mum, Harry, nicht böse sein, aber ich will meinen eigenen Weg gehen. Danke, dass ihr mir zugehört habt!" Sie verließ das Büro von Harry Lamar, ohne sich noch einmal umzudrehen. Das hysterische Geschrei Ritas war bis auf die Oxford Street zu hören, aber es half nichts: Von nun an sollte Joe Sanderson ihr Leben und ihre Karriere selbst in die Hand nehmen.

Als allerletzte Zugabe durfte natürlich *Risky Business* nicht fehlen. Bereits bei den ersten Akkorden rastete die Menge in der ausverkauften Dortmunder Westfalenhalle total aus. Dort standen tatsächlich 12.000 Menschen, die Joe die unerwartete Trennung von Crusade verziehen hatten. In Berlin, München und Hamburg war das ganz ähnlich abgelaufen. Vereinzelte Transparente waren dennoch zu sehen, auf denen ein paar Hardcore-Fans von Crusade ihr ein unheilbares Krebsgeschwür wünschten, aber damit war zu rechnen, damit kam sie klar.

Nun schwebte sie im siebten Himmel, ihre Euphorie kannte keine Grenzen. Joe Sanderson hatte es allen Unkenrufen zum Trotz geschafft, ihr eigenes musikalisches Ding durchzuziehen, also anders zu klingen und trotzdem den Großteil der Crusade-Fans bei der Stange zu halten. Nach dem letzten Chorus ließ ihre Band noch einmal alles raus, weiß-blauer Nebel waberte über den Bühnenboden, der Lichttechniker zauberte LED-Blitze im Sekundentakt, die letzten Pyros wurden gezündet, einfach alles schien in Ekstase zu versinken.

Nur einen Wimpernschlag später lag Joe Sanderson leblos vor dem Drumpodest, aus ihrer Kehle rann das Blut flutartig auf den Bühnenboden. Die uneingeschränkte Verzückung wich blanker Panik, sowohl das Publikum, aber auch die Band wussten für einen kurzen Moment nicht, ob das, was sie da sahen, real war. Mike Martin, Joes neuer Drummer, schoss hinter seinem Podest hervor und beugte sich als Erster zu Joe Sanderson herunter. Als er wieder aufsah, stand der pure Schock in seinen Augen. Der Videobeamer übertrug diesen Gesichtsausdruck auf die Großleinwände links und rechts von der Bühne, im nächsten Moment kreischten 12.000 Menschen ohrenbetäubend. Die herbeieilenden Sanitäter konnten für Joe nichts mehr tun. Eine 9mm-Kugel hatte ihre Halsschlagader sauber durchtrennt, innerhalb weniger Sekunden war sie einfach verblutet. Sie wurde in eine Decke gehüllt und auf einer Trage hinter die Bühne geschafft. Die verzweifelten Wiederbelebungsmaßnahmen der Sanitäter mussten nach knapp drei Minuten eingestellt werden, Joe hörte einfach nicht auf zu bluten.

In der Halle waren circa zwei Dutzend Fans kollabiert, außerdem gab es Unzählige, die nicht aufhören konnten zu schreien. Die Hysterie war greifbar, der Veranstalter musste mehr Sanitätspersonal und Ärzte aus den umliegenden Kliniken rufen, damit die betroffenen Menschen behandelt werden konnten und die Panik nicht weiter um sich griff. Noch verstand niemand, was eigentlich genau passiert war. Niemand hatte einen Schuss gehört, nur die Musiker und Leute hinter der Bühne wussten um den Zustand von Joe. Das Publikum hatte bloß mitbekommen, dass sie gestürzt und von der Bühne getragen worden war. Einige drängten deshalb nach vorn zum Bühnenrand und riefen nach ihr. Nur mit Mühe konnte die Security verhindern, dass sie backstage gelangten. Es war ein einziges Chaos, das sich draußen vor der Halle fortsetzte, weil viele Fans völlig aufgelöst davonliefen und es nicht einmal mitbekamen, wenn sie eine Straße überquerten.

Die junge Frau, die den ersten Notruf bei der Polizei absetzte, stand unter Schock und brachte lediglich gestammelte Sätze heraus. Dass jedoch irgendetwas höchst Dramatisches passiert sein musste, war nicht zu verleugnen. Etwa fünfzehn Minuten später trafen die ersten Streifenwagen an der Halle ein. Ein Absperren des Tatorts war mehr als schwierig, weil immer noch zahllose Fans vor und teilweise auch auf der Bühne lagen und ihrer Trauer freien Lauf ließen.

„Wer ist denn heute hier aufgetreten? Michael Jackson?" Polizeiobermeister Kai Leitner zuckte hilflos mit den Schultern, wusste er doch wirklich überhaupt nicht, wo er anfangen sollte. „Lass uns bitte schnell die Bühne absperren und den Leichnam inspizieren", schlug Lars Kruschek, sein Kollege und Vorgesetzter, vor. „Jetzt bloß keine Fehler machen. Wenn ein Promi umkommt, zerreißt die Pressemeute doch immer als Erstes die Sicherheitskräfte, die den Tod nicht verhindern konnten. Fakten zählen da wenig bis nichts. Wenn es sich um ein Gewaltverbrechen handelt, rufen wir sofort die Kollegen von der Mordkommission, das ist 'ne Nummer zu groß für uns! Und jetzt komm mit, hilf mir und versuch, so wenig Schaden wie möglich anzurichten!" Leitner unterdrückte ein Gähnen und stapfte seinem Kollegen hinterher.

Man hatte Joe Sanderson in ihrer Garderobe auf eine Couch gelegt und mit einem Laken bedeckt. Ihr Gesicht war weiß wie die Wand, so viel Blut hatte sie innerhalb kürzester Zeit verloren. Kruschek zog nur kurz das Laken zur Seite, betrachtete die Schusswunde unter dem linken Ohr der Sängerin und gab seinem Kollegen zu verstehen, dass hier nun schnellstens die Mordkommission gerufen werden musste. „Frag bitte direkt nach Kommissar Modrich. Peer Modrich. Der Typ ist wirklich gut, ein bisschen durchgeknallt, aber ein brillanter Kriminalist. Wenn du den nicht bekommst, brauchen wir zumindest seine Partnerin hier, Gudrun Faltermeyer. Und jetzt gib Gas, ich halte hier solange die Stellung."

Kruschek wischte sich mit seinem Taschentuch den Schweiß von der Stirn. Er war langsam echt zu alt für den Scheiß. Noch knapp achtzehn Monate, dann würde er in Pension gehen und mit seiner Frau und seinem Hund nach Norwegen ziehen. Sehnsüchtig blickte er aus dem schmalen Fenster.

3

Es waren noch 3,5 Kilometer bis zum Ziel. Langsam, aber sicher bemerkte Peer, dass er an seine Grenzen kam. Dabei hatte er sich mit voller Absicht bei diesem Lauf angemeldet. Einer der wenigen Halbmarathons, die abends stattfanden. Die Strecke um den Dortmunder Phönix-See war dafür wie gemalt, die hohen Laternen spendeten ein angenehmes Licht. Allerdings hatte das Wetter nicht mitspielen wollen. 25 Grad bei extrem hoher Luftfeuchtigkeit. ‚Ein Hoch auf den Klimawandel', dachte Peer, als er plötzlich ein fieses Zwicken in seiner linken Wade spürte. Der Muskel schien nun endgültig zuzumachen. Die wenigen Male, die Peer von einem Wadenkrampf heimgesucht wurde, fanden alle mitten in der Nacht statt. Ein harmloses Drehen im Bett von links nach rechts, dann dieses unaufhaltsame Ziehen, das sich erst zu einem beißenden, dann reißenden Schmerz entwickelte, bis Peer der Schrei förmlich auf den Lippen saß. In solch einem Moment hielt er kurz die Luft an, wartete, bis das schlimmste Reißen überstanden war, um dann wieder langsam auszuatmen und die Wade durch das behutsame Hochziehen des Fußes zu dehnen. Es war eine echte Wohltat, wenn der Schmerz nachließ. Allerdings spürte Peer noch Tage später das Ziehen in der Wade und ging ein wenig unrund. Beim Laufen oder gar in einem Wettkampf war ihm das noch nie passiert. Jetzt aber bahnte sich die Premiere an. Und das, obwohl er sich wirklich vorbildlich auf diesen Halbmarathon vorbereitet hatte. Peer hatte den Vorgaben seines Laufprogramms minutiös Folge geleistet, Läufe mit hoher und geringer Intensität wohl dosiert und kurze Tempoläufe ebenso eingestreut wie Steigungen. Dabei war sein Puls immer im aeroben Bereich geblieben. Kurzum: Er war fit wie seit Jahren nicht mehr und drohte nun dennoch schlappzumachen.

Die Anfeuerungen der Zuschauer an der Strecke nahm er nur noch gedämpft wahr, er versuchte vielmehr, seine Gedanken in andere Bahnen zu lenken. Wenn er jetzt ständig ‚Bloß kein Krampf, bloß kein Krampf' dachte, würde er schneller schreiend zu Boden gehen, als es ihm lieb war. Es waren keine drei Kilometer mehr. Karl Resslers Gesicht, seine letzte hässliche Fratze, bevor er starb, war das, was Peer nun auf der Strecke hielt. Er hatte seinen bislang härtesten Fall gelöst, warum sollte ein läppischer Wadenkrampf ihn ausgerechnet jetzt aus der Bahn werfen können? Hatte er gerade wieder das Wort ‚Wadenkrampf' gedacht? Verdammt, schon war dieses unangenehme Ziehen wieder da, nur diesmal wollte es nicht mehr verschwinden. Peer biss die Zähne zusammen, als sein Handy klingelte, das er zur Zeitmessung an seinem linken Oberarm befestigt hatte. Warum er sich für die Titelmelodie aus *Die Straßen von San Francisco* als Klingelton entschieden hatte, wusste er nicht, in diesem Moment war es ihm allerdings ziemlich peinlich, weil natürlich alle um ihn herum mitbekamen, wie er mit schmerzverzerrtem Gesicht auf die Knie sank, sogleich aber sein Handy aus der Halterung nahm und das Telefonat mit einem „Auahallo" entgegennahm. „Wer ist da? Was, woher zum Teufel haben Sie meine Nummer?" Peer saß wie ein begossener Pudel auf dem Boden und beobachtete die unregelmäßigen Zuckungen in seiner linken Wade. Plötzlich musste er lachen. „Kommissar Modrich, sind Sie noch dran? Hallo?" Modrich hatte Tränen in den Augen, sein Lachanfall wollte und wollte nicht aufhören. Kopfschüttelnd liefen die letzten Läufer an ihm vorbei, selbst die 72-jährige Dame, die als älteste Teilnehmerin bereits vor dem Lauf geehrt worden war. Modrich starrte unentwegt auf seine Wade, die mittlerweile nicht mehr zuckte, sondern wie verrückt kribbelte – der Wadenkrampf schien sich zu verabschieden. Langsam sammelte Peer sich wieder, konnte es aber weiterhin nicht fassen: „Leichner – oder wie Sie auch immer heißen – Sie wagen es, mich kurz vor dem Ziel meines Halbmarathons anzurufen? Wissen Sie, was ich mit Ihnen mache, wenn ich Sie zwischen die Finger kriege? Und wer zum Teufel hat Ihnen meine Handynummer gegeben?" „Das war Ihr Chef!", kam es zurück. „Es gibt einen Mord im Musikbusiness. Sagt Ihnen der Name Joe Sanderson etwas?",Heppner, dieses qualmende Stück Hundescheiße', dachte Peer. Es war an der Zeit, diesem Korinthenkacker eine Lektion zu erteilen. „Joe Sanderson? Sagten Sie gerade wirklich Joe Sanderson? Was ist mit ihr?" „Sie ist das Mordopfer, Kommissar Modrich. Das ist es ja, was ich Ihnen bereits die ganze Zeit erzählen wollte. Sie wurde während eines Auftritts erschossen!" Modrich versuchte aufzustehen. Der Wadenkrampf hatte allerdings noch nicht ganz aufgegeben, er war sogar zu neuem Leben erwacht. Peer zog sein linkes Bein hinter sich her wie ein Kriegsversehrter und hielt dabei sein Handy an sein vom Schweiß getränktes Ohr. „Joe Sanderson ist tot? In der Westfalenhalle? Also während eines Auftritts? Wow! Gut, ich beeile mich. Rufen Sie bitte noch mal im Dezernat an und verlangen nach Gudrun Faltermayer. Die soll mich doch netterweise in einer halben Stunde zu Hause abholen. Danke!"

Die Blicke der verbliebenen Zuschauer hafteten auf Peer. Alle anderen Teilnehmer hatten wohlbehalten das Ziel erreicht, offenbar wollte man den armen Kerl mit dem Wadenkrampf doch noch dazu ermuntern, die letzten Meter zu überstehen. Rhythmisch fingen die Leute an zu klatschen, im Dunkeln waren sie kaum noch zu sehen. Plötzlich bekam Peer die zweite Luft und lief langsam los. Nach nicht einmal hundert Metern war das flaue Gefühl in der Wade vollends verflogen, sodass Peer dem Ziel zwar als Letzter, aber dennoch glücklich entgegensteuerte. Joe Sanderson war wichtig, diesen Halbmarathon zu beenden war Peer Modrich in diesem Moment jedoch wichtiger.

„Wie siehst du denn schon wieder aus?" Guddis Blick war zugleich amüsiert und angeekelt. Peer hatte zwar geduscht, die Zeit, sich optisch wieder einigermaßen auf Vordermann zu bringen, hatte er allerdings nicht gehabt. Als er Guddi die Tür öffnete, trug er lediglich eine frische Unterhose und ein Paar graue Socken, die ursprünglich mal weiß waren und aus deren Vorderseite die viel zu langen Nägel von Peers Großzehen herauslugten. „Igitt", war Guddis spontaner Kommentar beim Anblick ihres Kollegen. „Gib mir bitte zwei Minuten. Muss nur noch frische Klamotten anziehen und die Zähne putzen!" „Denk vielleicht besser über eine gute Gesichtscreme nach. Du siehst aus wie nach 'nem Schlaganfall ... ach ja, und wie lange haben deine Fußnägel keine Schere mehr gesehen?" „Ich hab dich auch lieb", schallte es aus dem Badezimmer zurück. „Hast du schon genauere Infos zur Tat?" Guddi hob die Augenbrauen. Das war wieder so typisch! Vor gerade mal ein paar Minuten war sie über den Mord an Joe Sanderson informiert worden. Wie um alles in der Welt sollte sie bis jetzt neue Erkenntnisse gesammelt haben? Manchmal machte sie sich Sorgen um ihren Kollegen. Sie ertappte sich sogar dabei, dass sie sich den alten, ständig verkaterten und von Morbus Meulengracht zerschundenen Peer Modrich zurückwünschte. Seit er dem Fitnesswahn verfallen war und ihm seine Lauf-App mehr bedeutete als ein feuchtfröhlicher Abend mit seinen Freunden oder Kollegen, war Peer Modrich schon etwas seltsam geworden. Das Sprichwort ‚Mens sana in corpore sano' traf auf Peer definitiv nicht zu. Er las Bücher über Low-Carb-Ernährung, stellte sich zweimal täglich auf die Digitalwaage, machte um Gesottenes und Gebratenes einen Riesenbogen und hörte plötzlich Musik von Element of Crime und Rio Reiser. Was war da los?

„Und? Hast du oder hast du nicht?" Peer tänzelte die Treppe hinunter, in der rechten Hand seine Sneaker, in der linken einen Kamm, mit dem er sich unbeholfen die frisch geföhnten Haare frisierte. „Wenn du mich fragst, wird die Suche nach dem Täter extrem langwierig sein. Ich kenne allein in meinem Bekanntenkreis mindestens ein halbes Dutzend Leute, die Joe Sanderson die Trennung von Crusade nie verziehen haben und ihr die Beulenpest an den Leib wünschten. Und unter uns: So gut sie bei Crusade war, so belanglos sind ihre Songs seit Beginn ihrer Solokarriere geworden. Oder was meinst du?" „Lass uns bitte im Auto weiterquatschen, Peer", entgegnete Guddi etwas gequält, „die Kollegen von der Spurensicherung sind bereits in der Halle, alle warten nur noch auf uns. Und nein: Es gibt bislang noch keine neuen Erkenntnisse. Der Täter scheint nach dem tödlichen Schuss in der Menschenmenge aufgegangen zu sein und die Panik ausgenutzt zu haben, um das Weite zu suchen. Liegt ja auch nahe."

4

Wie eine Marionette, der man die Fäden durchtrennt hatte, war Joe Sanderson auf der Bühne in sich zusammengesunken. Das Kapitel war nun abgeschlossen. Ein für alle Mal. Er hatte seine Schwester gerächt, so wie sie es sich vor langer Zeit geschworen hatten. Er zitterte noch immer am ganzen Leib. Es war sein erster Mord. Es war sogar seine erste Straftat. Es gab nichts zu bereuen, sie hatte es verdient. Das Chaos nach dem Schuss hatte es ihm, wie geplant, leicht gemacht zu verschwinden. Während er nun, im Schutze der Dunkelheit, dasaß und eine Zigarette rauchte, hoffte er, dass seine Schwester ihre Rolle überzeugend spielen und die Bullen auf eine falsche Fährte locken würde.

5

Vor der Halle herrschte das reinste Chaos. In Tränen aufgelöste Fans von Joe Sanderson redeten wild gestikulierend auf Polizei- und Sicherheitskräfte ein. Sie hätten schließlich ein Recht darauf, zu erfahren, was mit ihrem Idol passiert war. Nur sehr langsam bahnten sich Guddi und Peer den Weg durch die aufgebrachte Menge. Als Guddi den Motor ausschaltete, polterten einige weibliche Fans mit den Fäusten auf die Motorhaube. Dabei blickten sie derartig entrückt, dass Peer und Guddi sich in einer Szene von *Ein Zombie hing am Glockenseil* wähnten.

„Meine Fresse, gleich knallt's! Finger weg von der Karre!" Peer war außer sich. Guddi musste ihn zurückhalten, er wäre sonst sicherlich ausgestiegen und hätte sich einen antiken Faustkampf mit diesen wild gewordenen Furien geliefert. „So sehr scheinst du dich dann doch nicht geändert zu haben", bemerkte Guddi süffisant. „Lass uns jetzt ganz ruhig aussteigen und diese Hyänen einfach ignorieren, ja? Da drin wartet Arbeit auf uns und wir werden bei diesem Mord nicht so viel Zeit bekommen wie bei einem ‚herkömmlichen'." „Was meinst du damit, dass ich mich doch nicht geändert habe? Ach scheiß drauf, hast recht. Langsam wird mir allerdings klar, warum Joe Sanderson so einen gewaltigen Erfolg hatte!" Guddis Gesicht verwandelte sich in

Sekundenschnelle. Mit zusammengekniffenen Augen und emporgerecktem Kinn drehte sie sich zu Peer und spuckte ihm ein „Ich höre" entgegen. „Och bitte! Im Ernst? Du etwa auch?" Peer wandelte am Ohrfeigenbaum, das stand außer Frage. Dass seine Partnerin, die sonst eine so toughe, mit messerscharfem Verstand ausgestattete Frau war, ausgerechnet auf den Weichspülpop einer Joe Sanderson stehen sollte, war ihm nicht nur vollends entgangen, er hätte es vermutlich auch ignoriert, hätte er davon gewusst. „Okay, sorry, ich wollte dich nicht verletzen. Guddi, seit wann ...?" „Schon immer. Wirklich. Sie ist meine Heldin, seit den ersten Tagen bei Crusade. Dass du und andere Kollegen sie die irische Variante von Helene Fischer titulieren, geht mir definitiv gegen den Strich, das kannst du mir glauben. Aber lassen wir das jetzt. Wir müssen ermitteln. Wenn wir das Schwein erwischen, das das hier getan hat, werde ich ihn höchstpersönlich verhören." „Woher willst du wissen, dass es ein Mann war?" Guddi sah Peer mit einem geringschätzigen Blick an. „Eine Frau würde so etwas nie tun. Nie! Joe Sanderson hat mit ihren Texten so vielen Frauen aus der Seele gesprochen. Sie war das Sinnbild der modernen, starken Selfmade-Frau. Ich meine, sie hat sich von all der unsachlichen Kritik nach der Trennung von Crusade nie beirren lassen. Sie hat selber nie schlecht über ihre alte Band geredet, im Gegenteil! Versteh mich nicht falsch: Sie war und ist sicher keine Heilige. Aber ihr Beitrag für die moderne

Popmusik ist immens und wird vermutlich erst in ein paar Jahren wirklich gewürdigt werden!"

Peer Modrich war selten sprachlos. Jetzt war der Moment gekommen. Offenbar kannte er seine Kollegin nicht so gut, wie er gedacht hatte. Für Guddi war mit dem Mord an Joe Sanderson eine Welt zusammengebrochen. Ab sofort musste er sich mit beißenden Kommentaren über Joe Sanderson, aber auch über andere Bands und Künstler definitiv zurückhalten, wenn er sich weiterhin auf die bedingungslose Zuverlässigkeit von Gudrun Faltermeyer verlassen wollte. Klingt unprofessionell, war es auch. Joe Sanderson war in ihrer Trivialität kaum zu toppen. Und singen konnte sie auch nicht wirklich. ‚Schluss jetzt', dachte Peer. Diese talentfreie Person war sein nächster Fall geworden. Der Mord an ihr war niederträchtig, der Täter hatte die Öffentlichkeit gesucht und dabei weitere Opfer riskiert. Nicht auszudenken, wenn eine noch größere Panik ausgebrochen wäre. Insofern war die Ermittlung des Täters oder der Täterin nun etwas, in das sich Peer mit akribischer Wucht stürzen würde, dabei musste er seine Abneigung gegen das Opfer beiseiteschieben.

6

Jan Kogler war noch immer am leben. Wie konnte das sein? Er hatte es zu Ende bringen wollen, die Spuren verwischen, so wie er es sich vorgenommen hatte. Plötzlich war da dieses Kind. Ein Mädchen? Er wusste es nicht mehr. Er wusste nur, dass er Kindern nichts und niemals etwas hätte antun können. Hals über Kopf war er verschwunden, hatte gehofft, dass die Jauchegrube den Rest besorgen würde. Das normale Leben, der Alltag würde dafür sorgen, dass er wieder einen klaren Kopf bekam. Und einen Plan, wie er seinen Auftrag zu Ende bringen könnte. Sich nur noch kurze Zeit unterm Radar bewegen, um dann zuzuschlagen. Alles würde gut werden, ganz bestimmt.

7

Der Backstagebereich der Westfalenhalle war mittlerweile hermetisch abgeriegelt worden. Natürlich hatten sich in der Zwischenzeit Dutzende von Reportern vor der Halle eingefunden, um völlig aufgelöste Fans zu interviewen und zu fotografieren. Sex sells, aber Mord noch viel mehr. Beim größten Kölner Privatsender Prime TV lief der Mord an Joe Sanderson bereits als Breaking News in Dauerschleife. Bodo Gleiwitz, der Starreporter des Senders, streute sogar das Gerücht, dass es sich um einen terroristischen Akt handeln könnte. Einfach unverantwortlich. Es war also höchste Zeit, dass Peer und Guddi das Feuer löschten, bevor es sich zu einem Flächenbrand auswuchs.

In dem Moment, als Modrich die Garderobe betrat, klingelte sein Handy. Sein Chef hatte wie immer ein untrügliches Gespür für den richtigen Moment. „Herr Heppner, ich bin hocherfreut, Ihre Stimme zu hören. Allerdings ist es gerade äußerst ungünstig, weil ..." „Modrich, hören Sie mir zu, egal wo Sie sind und was Sie gerade tun: Meine Frau ist seit gestern Abend verschwunden! Kein Anruf, keine Nachricht, einfach nichts! Ich habe das Gefühl, ihr ist etwas zugestoßen ... bitte kommen Sie so schnell wie möglich zu mir!" „Das ist ja schrecklich, Kurt!" Warum er seinen Vorgesetzten ausgerechnet jetzt beim Vornamen nannte, wusste Peer selbst nicht. „Ich bin gleich bei Ihnen, muss aber vorher in Sachen Joe Sanderson ermitteln. Was? Ja genau, diese furchtbare Sängerin. Was mit ihr ist? Ich dachte eigentlich, Sie wissen das: Sie ist vor ungefähr neunzig Minuten vor den Augen ihrer Fans auf der Bühne erschossen worden. Ja, tot ... mausetot sogar! Ich beeile mich und bin kurz nach Mitternacht bei Ihnen, passt das?" Modrich verdrehte die Augen. „Mann, ist der durcheinander." Guddi sah ihn ungläubig an. „Habe ich das eben richtig verstanden? Gesine Heppner wird vermisst? Wenn du mich fragst, hat sie das Weite gesucht. Kurt Heppner ist ein solcher Tyrann. Wenn er zu Hause nur halb so schlimm ist wie bei der Arbeit, hätte ich an ihrer Stelle schon längst die Koffer gepackt. Wenn sie clever ist, hat sie ihre Spuren gut verwischt und liegt jetzt irgendwo auf Jamaica am Strand und lässt es sich gut gehen."

Modrich und Guddi untersuchten die Leiche der Sängerin nur kurz. Zum einen schien Guddi der Ohnmacht nah zu sein, zum anderen kam ihr beim Betrachten der komplett zerschossenen Halsschlagader lediglich die Erkenntnis, dass sie nicht gelitten haben konnte. „Gibt es irgendwelche Zeugenaussagen, die uns weiterbringen könnten?", rief Peer in den Raum hinein. Leitner und Kruschek saßen schon länger wie bestellt und nicht abgeholt vor der Garderobe herum. Vermutlich hatten sie bereits Feierabend und sehnten ihre Ablösung herbei. Darauf würden sie jetzt allerdings noch etwas warten müssen. „Wir haben etliche Fans befragt", warf Leitner ein, „die meisten von ihnen waren so hysterisch, dass wir keine brauchbaren Aussagen bekommen konnten. Bei anderen hatten wir das Gefühl, dass sie sich nur wichtig machen wollten. Einmal in der Öffentlichkeit stehen, kennt man ja. Allerdings ..." „Allerdings was? Och Kollegen, jetzt lasst euch nicht alles aus der Nase ziehen!" Guddi war äußerst ungehalten. Der Anblick von Joe Sandersons Leiche hatte sie in einen anderen Aggregatzustand versetzt. Gudrun Faltermeyer war nun gasförmig, jeder noch so kleine Funken könnte sie zur Explosion bringen. Modrich versuchte sich als Mediator: „Wir wissen alle, dass der Mord an einer solch prominenten Persönlichkeit in Windeseile die Boulevardpresse auf den Plan ruft. Wir müssen daher gründlich und schnell sein. Also bitte: Haben wir irgendetwas Brauchbares?" Leitner sah Kruschek, der neben ihm auf einem Stuhl saß, vielsagend an. Kruschek verlagerte seinen Sitzschwerpunkt und ließ dabei fast unmerklich einen fahren. Aber eben nur fast. Guddi war außer sich und starrte Kruschek an, als wollte sie ihn töten. Wenn Modrich nicht in unmittelbarer Nähe gewesen wäre, hätte sie Kruschek vermutlich die Augen ausgekratzt oder entmannt – oder beides. „Das kann jetzt nicht ihr werter Ernst sein, Polizeihauptmeister Kruschek!" Modrich war nun auch kurz davor zu explodieren. Kruschek war sein Fauxpas ganz offenbar peinlich, so rot war er das letzte Mal gewesen, als seine Frau ihn beim Masturbieren erwischt hatte. „Es tut mir leid", brabbelte er los, „wir haben vorne im Pförtnerhäuschen tatsächlich eine Zeugin, die eventuell eine brauchbare Aussage machen kann. Zumindest hat sie uns in einer ersten kurzen Vernehmung gesagt, dass sie den Täter gesehen haben will. Das Beste wird sein, wenn wir sie jetzt noch mal befragen. Was meinen Sie? Ach ja, und brauchen Sie dabei mich und den Kollegen Leitner? Wenn nicht, würde ich ihn gerne in den Feierabend schicken." Guddi schüttelte den Kopf.

Die Person, die da im Pförtnerhäuschen auf einem Stuhl saß, war völlig aufgewühlt. Sie kaute an den Nägeln ihrer linken Hand, während sie im Sekundentakt tiefe Züge aus einer filterlosen Zigarette nahm. Als sie Peer und Guddi sah, hatte sie gerade einen besonders tiefen Zug genommen und bekam nun einen geradezu epischen Hustenanfall. Die Zigarette lag glimmend neben ihr auf dem Boden, während sie scheinbar kurz davor stand, sich übergeben zu müssen. Peer beugte sich über sie und redete beruhigend auf sie ein. Es war mehr ein Brummeln als etwas wohl Artikuliertes, was Guddi einen mehr als ratlosen Gesichtsausdruck bescherte. Als habe er ihr etwas Furchteinflößendes erzählt, schnellte die Frau plötzlich nach oben und knallte mit ihrem Hinterkopf gegen Peers Unterkiefer. Es knackte leise, ungefähr so, als habe jemand ein Ei aufgeschlagen. Während Peer laut aufschrie und sich das Kinn hielt, schien die Frau keinerlei Schmerzen zu spüren, obwohl sie eine immens blutende Platzwunde am Hinterkopf hatte. Kruschek und Guddi näherten sich vorsichtig ihrem Kollegen, der beide Hände vors

Gesicht hielt und leise vor sich hin winselte. „Peer, alles okay? Komm, lass doch bitte mal sehen." Guddi wollte Peers linke Hand vorsichtig zu sich ziehen, damit sie einen Blick auf sein lädiertes Kinn erhaschen konnte. Peer jedoch stieß sie rüde zurück und murmelte etwas Unverständliches in sich hinein.

„Mein Schwager hat 'ne riesige Hasenscharte. Wenn der redet, klingt er genauso wie ..." Guddi fuhr herum und gab Kruschek mit einem wilden Blick zu verstehen, dass jetzt nicht der Zeitpunkt für lausige Vergleiche war. Die Zeugin war in der Zwischenzeit von den herbeigerufenen Sanitätern am Hinterkopf provisorisch zusammengetackert worden. „Sie müssen damit auf jeden Fall noch ins Krankenhaus, Ihre Wunde muss genäht werden", ermahnte sie der Sani, woraufhin sie sich wieder setzte, ihre nächste Kippe ansteckte und apathisch in die Gegend starrte. Peer nuschelte erneut etwas vor sich hin. „Jetzt lassen Sie mal sehen", sagte der Sanitäter zu Peer. Dieser wiederholte das soeben Genuschelte, nur dreimal so laut. Dabei spie er blutiges Sputum, was Kruschek angeekelt zur Kenntnis nahm. „Ich glaube, er will, dass wir die Lady hier weiter vernehmen und ihre persönlichen Daten aufnehmen." „Das habe ich auch so verstanden, Kruschek. Einigen wir uns aber darauf, dass die ‚Lady' unsere wichtigste Zeugin ist und ich mir wünschen würde, dass Sie die Dame auch entsprechend behandeln. Ist das klar?" Peer liebte Guddi in solchen Momenten und versuchte zu lächeln, wobei ihm Blut aus dem Mund rann. Es war wie in einem Horrorfilm.

Er hatte keine Kontrolle mehr über seinen Unterkiefer. Dieser wackelte hin und her, war monströs geschwollen und entstellte Peers Gesicht aufs Übelste. „Wow", war dann auch der erste Kommentar des Sanitäters, als Peer langsam die Hände senkte. „Das sieht mir nach einem sauberen Bruch aus. Würde vorschlagen, wir bringen Sie direkt ins Krankenhaus. Damit ist nicht zu spaßen. Am besten fahren Sie mit der Zeugin, der KTW ist bereits auf dem Weg." Peer schüttelte widerwillig den Kopf. „Isnichsoschimm" entfleuchte ihm, was Guddi mit einem Schmunzeln kommentierte. „Bringen Sie ihn bitte nach vorne", sagte sie zum Sanitäter, „ich fürchte, wir können die Vernehmung besser ohne ihn fortsetzen. Wir sorgen dann dafür, dass die Zeugin später ins Krankenhaus gebracht wird. Ich nehme an, Sie bringen meinen Kollegen ins Prosperhospital?" „Ja, Unfallchirurgie, um es ganz genau zu sagen. Bitte warten Sie nicht allzu lange. Ich habe die Wunde zwar desinfiziert, aber bei der Größe des Cuts muss man vorsichtig sein. Eventuell hat sie auch eine Gehirnerschütterung davongetragen. Bitte lassen Sie die Vernehmung also nicht länger als eine halbe Stunde dauern." Guddi nickte und klopfte ihrem geschundenen Kollegen zum Abschied jovial auf die Schulter. „Bis gleich, Peer. Halt die Ohren steif. Und denk dran: Nicht so viel reden – ist 'n bisschen ekelig, was da grad so alles aus deinem Mund herausläuft!"

8

Kruschek hatte Guddi einen Kaffee gebracht. Es würde eine lange Nacht werden, darüber waren sie sich, ohne viele Worte zu verlieren, einig. Die Zeugin schwieg immer noch beharrlich. Fast eine Stunde war vergangen, seitdem die Sanitäter Peer mit seinem lädierten Kiefer weggebracht hatten. Seither schien es so, als sei die Zeugin in eine Art Trance gefallen. Fast regungslos saß sie auf dem Plastikstuhl im Büro des Pförtners, wiegte ihren Kopf kontinuierlich hin und her und starrte mit offenem Mund den Linoleumboden an. Die Neonröhren an der Decke des Büros summten monoton. Guddi nahm an, dass der Zusammenprall mit Peers Eisenschädel die Zeugin benommen gemacht hatte und es eine Weile dauern würde, bis sie mit der Vernehmung würde fortfahren können. Nun aber verlor sie langsam die Geduld. Sie hatte ihr etwas zu trinken, einen Müsliriegel und ein Kühlpäckchen gebracht, nichts davon hatte sie angerührt. Guddi hatte leise und bedächtig auf sie eingeredet. Sie solle sich erst einmal entspannen, die Schwellung am Kopf mit Eis kühlen und ihr dann signalisieren, wenn Guddi mit der Befragung fortfahren könnte. Nichts. Keine Reaktion. Zumindest ihre Identität konnte Kruschek klären. Die Dame hieß Stefanie Mellinger, war 28 Jahre alt und seit drei Jahren in Wuppertal-Oberbarmen gemeldet. Keinerlei Einträge im zentralen Polizeiregister. Es war nicht gerade viel, was sie über die vermeintlich wichtigste Zeugin in diesem spektakulären Mordfall wussten, aber Guddi war nach wie vor guter Dinge, etwas aus der Frau herauszuholen.

„Stefanie Mellinger ... das ist doch Ihr Name, oder?" Guddi hockte sich vor die Zeugin und versuchte, ihren leeren Blick einzufangen. Einen Wimpernschlag lang hatte sie das Gefühl, dass Mellinger ihren Blick erwiderte, doch dann verlor sie sich wieder im Linoleumboden des Pförtnerbüros. Guddi seufzte und nahm einen tiefen Schluck aus dem Kaffeebecher. Die Plörre schmeckte schlimmer als das, was man ihnen seit Jahren auf dem Revier zumutete. Vor knapp zwei Wochen erst hatte Heppner dem Antrag des gesamten Reviers endlich stattgegeben, einen Kaffeevollautomaten zu besorgen, es konnte also nur noch ein paar Tage dauern, bis sie und Modrich endlich etwas während der Arbeit trinken konnten, das den Begriff „Kaffee" wirklich verdient hatte. Gut, bei Modrich würde das jetzt noch etwas dauern, und Kaffee aus einer Schnabeltasse war dann vermutlich doch nicht das, was er sich unter einem gelungenen Start in den Arbeitstag vorstellte.

Sie ertappte sich dabei, zu lächeln, als die Zeugin leise vor sich hin summte: „He came into my life, when darkness was surrounding me. He brought me back to life, the day he left will never be forgotten ... never be forgotten!" ‚Was zum Teufel' – diese drei Worte standen Kruschek auf die Stirn geschrieben. „Jetzt ist sie völlig durchgeknallt", bemerkte er, doch Guddi hielt den Zeigefinger an ihre Lippen und bedeutete ihm zu schweigen. „We were children of the night, building bridges of love and hate, we were children of the night, building castles full of fate". Gerade als Kruschek wieder ansetzen wollte, frohlockte Guddi: „Das sind Textzeilen aus *Children of the night*, eine der ersten Singles von Joe Sanderson. Das war nicht ihr erfolgreichster Song, aber eigentlich der einzige, den die Musikpresse unisono und über den grünen Klee hinweg lobte. Viele ahnten damals schon, dass der Song nicht aus Joes Feder stammen konnte ... na ja, und wenige Monate später kam heraus, dass Joe einen alten, unveröffentlichten Song von Crusade zu ihrem eigenen gemacht hatte. Ein bisschen daran herumproduziert, ein paar Zeilen umgeschrieben und zack: Fertig war der nächste Hit. Joe Sanderson war wohl kurz nach dem Selbstmord von Daniel LaBoitte noch mal in dessen Penthouse in der Kensington High Street in London gewesen und hatte dort eine ganze Reihe unbekannter Songs und Songfragmente gefunden und an sich genommen. Tja, das war der Moment, als Joe Sanderson ihren guten Ruf als Künstlerin vollends zerstörte und von der Musikpresse fortan nur noch verrissen wurde. Die Fans aber ..."

„Die Fans liebten sie, nicht wahr?" Na bitte, wer sagt's denn? Stefanie Mellinger taute weiter auf. Kruschek hatte mittlerweile mehr Fragezeichen über dem Kopf als Haare auf demselben, aber Guddi setzte ihren Weg zum Innern des Fankerns unbeirrt fort. „Genauso war es, Frau Mellinger. Oder darf ich Stefanie zu Ihnen sagen?"

Guddi reichte der Zeugin die Hand. „Mein Name ist Gudrun Faltermeyer, aber alle, die mich kennen, nennen mich Guddi. Das dürfen Sie natürlich auch. Wissen Sie, auch ich bin ein großer Fan von Joe Sanderson. Ich möchte genau wie Sie herausfinden, wer Joe Sanderson umgebracht hat. Und Sie sind im Moment der einzige Mensch, der uns dabei helfen kann. Sie haben den Täter gesehen, richtig? Richtig?"

Stille. Stefanie Mellingers Geist schien abermals den Raum verlassen zu haben. Ihr Körper begann hin- und herzuwiegen, der Blick war wieder starr und ausdruckslos geworden. Guddi stand verzweifelt auf, atmete tief durch und gab Kruschek mittels einer eindeutigen Geste zu verstehen, dass sie mal zur Toilette musste. Als Guddi im Türrahmen des Pförtnerbüros stand und die Tür dabei war, hinter ihr zuzufallen, durchbrach ein hoher markerschütternder Schrei die Stille. Guddi kehrte auf dem Absatz um und ins Büro des Pförtners zurück, wo Kruschek über der Zeugin stand, die auf dem Boden lag und wie besessen um sich trat. Der Schrei hatte den gesamten Korridor der Backstage-Area durchflutet, und kurze Zeit später standen mehrere Mitarbeiter der Halle vor dem Pförtnerbüro und wollten wissen, was die zwei Polizisten mit der Zeugin anstellten. Die beiden Beamten, die Guddi zu ihrer Sicherheit auf dem Flur platziert hatte, schafften es mit letzter Kraft, die neugierigen Gaffer zurückzuschicken. „Kruschek, was ist passiert? Was haben Sie mit ihr gemacht?" „Ich? Gar nichts. Aber als Sie gerade das Büro verließen, sagte die Dame hier so etwas wie ‚Heil dem Erlöser' und fing dann an zu schreien, als ziehe man ihr die Fingernägel einzeln heraus. Wenn Sie mich fragen, gehört die Dame in die Klapse." „Hat sie das wirklich so gesagt? Sind Sie da ganz sicher? Was zum Geier soll das bedeuten? Oder haben wir es hier mit einer fanatischen Spinnerin zu tun?"

9

„Da hat aber einer den Mund besonders voll genommen, was?" Der Arzt, der Peer untersuchte, war nicht älter als Ende zwanzig, hatte den Namen irgendeiner Olivia auf seinen Unterarm tätowiert und roch aus dem Mund nach Salmiak. Während sich Modrich noch fragte, warum Dr. Jens Oemmler das gesagt hatte und wieso es ihm immer noch eimerweise aus dem Mund tropfte, hatte der Doc sich hinter ihm aufgebaut und seine Daumen auf die Kauflächen seines Unterkiefers gelegt. Dann ging alles sehr schnell: ein kurzer Ruck, ein trockenes Knacken, ein stechender Schmerz, der sich Gott sei Dank in Luft auflöste, bevor er unerträglich wurde. Dr. Oemmler stellte sich nun vor Peer und richtete den Kiefer zurecht, bis alles ineinander passte. „So, jetzt müsste es wieder stimmen. Versuchen Sie bitte mal, den Mund zu schließen." Unter gewaltiger Kraftanstrengung schaffte es Modrich, den Mund nicht nur zu schließen, sondern auch geschlossen zu halten. Keine Sabbereien mehr, es tat zwar noch höllisch weh, aber Peer hatte das Gefühl, dass sich das geben würde, je öfter er wieder normale Kaubewegungen machen würde. „Sie hatten wirklich großes Glück", betonte Dr. Oemmler, „es hat nicht viel gefehlt und Ihr Kiefer wäre gebrochen gewesen. Dann hätten Sie mit mehreren Wochen Rekonvaleszenz rechnen müssen. Er war aber nur ausgerenkt. Passiert immer dann, wenn man häufig gähnt und den Mund dabei zu weit aufsperrt. Oder haben Sie heute in einen besonders großen Apfel gebissen?" Modrich traute sich immer noch nicht zu sprechen. Die Blöße, wie ein willenloser Greis sabbernd vor sich hinzubrabbeln, wollte er sich nicht noch mal geben. Und so zuckte er vielsagend nichtssagend mit den Schultern, gab dem Arzt die Hand und verließ den Behandlungsraum. „Warten Sie", rief Oemmler ihm hinterher, „nehmen Sie die hier. Sie werden sicherlich noch ein paar Tage Probleme beim Essen oder bei der Zahnpflege haben. Und falls Sie an Sex denken: Überspringen Sie die Knutscherei. Zungenküsse sind in Ihrer Verfassung besonders schmerzhaft!" Er zwinkerte Peer zu. Modrich warf einen Blick auf die Verpackung und musste schmunzeln: Wenn der wüsste, wie viele Brüder und Schwestern von den kleinen Ibu-800ern bei ihm zu Hause im Badezimmerschrank als Notration lagen.

Den letzten Meulengracht'schen Hangover hatte Peer, nachdem sie Karl Ressler zur Strecke gebracht hatten. Er war mit Guddi und Meike Ressler aufs Übelste versackt. Danach ging es ihm drei Tage hundsmiserabel und er schwor sich, sein Leben umzukrempeln: kein Alkohol, keine Zigaretten mehr. Er stellte seine Ernährung um. Fleisch aß er nur noch sonntags, den Rest der Woche nahm er vegane Kost zu sich. Seine Fitness war besser als zu Jugendzeiten, Peer sah vitaler aus denn je, was ihn für die Krone der Schöpfung umso begehrenswerter machte. Aber auch in diesem Punkt hatte Peer Modrich eine Wandlung vollzogen. Waren es früher noch viel zu junge One-Night-Stands, die er zu Balladen von Bon Jovi oder Bryan Adams in die Kiste bekam, so hielt er es heute sagenhafte drei Monate mit ein und derselben Frau aus. Zuletzt war es eine Architektin aus Lünen, die er auf einem Konzert von Element Of Crime kennengelernt hatte. Sie hatten fast eine Woche über Gott und die Welt geredet, bis sie zum ersten Mal Sex hatten. Schnell stellte sich heraus, dass Melanie, so hieß die Architektin, seit fünf Jahren auf dem Trockenen gesessen hatte und mit Peer in kürzester Zeit alles nachholen wollte. Knappe drei Monate später beendete Peer Modrich zum allererstenmal in seinem Leben eine Beziehung, weil er körperlich am Ende war. Mehr Sex ging nicht. Beim besten Willen. Sie kam schneller als ein Düsenjet, aber irgendwann braucht selbst der größte Don Juan eine kreative Pause. Melanie aber wollte eine Pause nicht akzeptieren und ließ sich immer neue Experimente einfallen. Zuletzt hatte sie zwei ihrer besten Freundinnen als Zückerchen mitgebracht. Am Morgen danach zeigte Peers Waage nur noch 68 Kilo an. Da wurde ihm klar, dass es Zeit war, diese Tortur zu beenden, auch wenn sein omnipotentes Alter Ego ihn einen Schwächling und Versager schimpfte. Es ging einfach nicht mehr. Melanie versuchte alles, um Peer von seinem Entschluss abzubringen. Noch Wochen nach der letzten Nacht mit ihr schickte sie ihm Päckchen mit Reizwäsche, Dildos und Massageölen. Zuletzt waren es getragene Strings, die Melanie Peer in ihrer Hochphase nur zu gerne um den

Kopf gewickelt hatte. Und als er dachte, er hätte alles überstanden, lauerte Melanie ihm an seiner Laufstrecke auf. Natürlich wusste sie, wann und wo er regelmäßig joggte. In dem Waldstück war kurz vor der Dämmerung wenig bis nichts los, was Melanie dazu verleitet hatte, in die bedingungslose Offensive zu gehen. Bei Kilometer 16 sprang sie urplötzlich hinter einem Baum hervor, riss Peer zu Boden und ihm sogleich die Laufkleidung vom Leib. Sie selber trug nichts außer Hotpants und einer durchsichtigen Bluse. Peers Puls stockte, als Melanie Handschellen unter ihrer Bluse hervorzauberte. ‚Jetzt ist sie völlig durchgeknallt', dachte Peer, als sie sein bestes Stück unsanft aus der Laufhose wurschteln wollte. Er stieß sie mit aller Kraft von sich und versetzte ihr noch einen kräftigen Tritt in den entblößten Hintern. Melanie heulte wie ein kleines Kind, dem man sein Lieblingsspielzeug weggenommen hatte. Und obwohl Peer kurz darüber nachdachte, die Arme zu trösten – immerhin hatte er mit ihr mehr Orgasmen gehabt als mit allen anderen Frauen zuvor – ließ er Melanie liegen und lief seinen Halbmarathon zu Ende.

„Was für eine blöde Kuh", hörte er sich plötzlich sagen. Hocherfreut stellte er fest, dass er weder sabberte noch großartige Schmerzen verspürte. Ein leichtes Zischen begleitete seine Worte, ansonsten war er wieder der Alte. Es war Zeit, sich dem aktuellen Fall zu widmen. Immerhin musste ein flüchtiger Attentäter dingfest gemacht werden. Zu Hause angekommen duschte er schnell, zog sich um und machte sich auf den Weg ins Präsidium.

10

Gesine Heppner war in den letzten zehn Jahren zur Queen of Charity aufgestiegen. Es gab kaum eine Benefizgala oder Wohltätigkeitsveranstaltung in Nordrhein-Westfalen, bei der die aparte Gattin von Polizeichef Kurt Heppner nicht ihre Finger im Spiel hatte. Sie war die Strippenzieherin im Hintergrund, die fast alle Prominenten aus Film, Fernsehen und Sport in ihrer Kontaktliste hatte. Sie wusste alles über ihre „Klienten", sogar die sexuellen Vorlieben waren ihr nicht entgangen, besonders dann nicht, wenn Alkohol und Koks zu vorgerückter Stunde, wenn alle Kameras ausgeschaltet waren, die Hemmschwellen bei fast allen Beteiligten auf Grasnarbenniveau sinken ließen. Tatsächlich, und das war eine durchaus bemerkenswerte Erkenntnis für Gesine, zeigten die meisten Promis erst bei einem Alkoholpegel von über zwei Promille ihr wahres Gesicht.

Dieses Wissen hatte sie anfangs mit niemandem geteilt, sogar – oder besonders – nicht mit Kurt. Ihr Mann war selten vor 22 Uhr zu Hause und hatte dann wenig bis gar keine Muße mehr, sich mit seiner Gattin über die sexuellen Befindlichkeiten von Schauspielern oder Bundesligaprofis auszutauschen. Die einzigen beiden Menschen, die ihr heikles Wissen teilten, waren Heike und Frank Wiegand, die beiden anderen Gesellschafter ihrer Charity-Firma. Die „Celebs for Masses

GmbH" hatte ihren Sitz in Dortmund und war in den vergangenen fünf Jahren zu einem Unternehmen mit zweistelligem Millionen-Jahresumsatz herangewachsen. Was zu Beginn des neuen Jahrtausends aus der Idee einer gelangweilten Polizeichef-Gattin entstanden war, hatte sich bis heute zu einem Marktführer in Sachen Promivermarktung gemausert. Heike und Frank kannte Gesine noch aus der gemeinsamen Studienzeit an der Westfälischen Wilhelms-Universität in Münster, wo sie vergeblich versucht hatten, ihr Jurastudium zu absolvieren.

In ihrem Büro im Dortmunder Süden gab es einen Aktenschrank, der durch mehrere Zahlenschlösser gesichert war. Einmal im Monat änderten die drei die Zahlenkombinationen, um die größtmögliche Sicherheit für ihre Klienten zu gewährleisten. Der Inhalt des Aktenschranks war an Brisanz kaum zu überbieten: Es gab dutzendweise Foto- und Filmmaterial, das belastender und kompromittierender nicht hätte sein können. All dieses Material stammte in erster Linie von Journalisten, die mit der Celebs for Masses GmbH einen Pakt eingegangen waren, dass von all dem, was sie da gefilmt und abgelichtet hatten, niemals etwas an die Öffentlichkeit dringen durfte. Diesen Vertrag hatten alle ausnahmslos unterzeichnet, nachdem Gesine, Frank und Heike mit den in flagranti ertappten Promis einen Deal ausgehandelt hatten, der sowohl der Firma als auch den Journalisten einen nicht zu verachtenden monatlichen Obolus bescherte, mit dem alle Beteiligten gut leben, vor allem aber gut schlafen konnten. Sollte der Inhalt dieses Aktenschranks jemals an die Öffentlichkeit gelangen, würde das einer Denunziation biblischen Ausmaßes gleichkommen. Besonders eingefleischte Fußballfans wären gezwungen, ihr komplettes Weltbild neu zu ordnen.

Als Gesine erwachte, drang ein beißendes Gemisch aus Harz und Moder in ihre Nase. Viel schlimmer aber war die lückenlose Dunkelheit, die sie umschloss. Der Versuch, sich zur Seite zu drehen, scheiterte kläglich. Sie lag in einer Art Kiste, die oben, unten, links und rechts kaum mehr als eine Handbreit Platz bot. Die nackte Panik erfasste sie. Jemand hatte sie offenbar lebendig begraben. Ihr Überlebensinstinkt, der die Logik des menschlichen Verstandes eliminiert hatte, befahl ihr, nach Leibeskräften „Hilfe" zu schreien. Nach dem dritten Versuch war Gesine bereits so kurzatmig, dass sie dieses Bemühen einstellte, um Kräfte zu sparen. Ihr wurde schlagartig klar, dass sie niemand hörte und dass sie vermutlich nur noch wenige Stunden zu leben hatte, wenn derjenige, dem sie das zu verdanken hatte, nicht innerhalb kürzester Zeit nach ihr sehen würde. Und warum sollte das irgendjemand tun? Offenkundig trachtete man ihr nach dem Leben, offenkundig hatte jemand großes Interesse daran, dass ihr Mann Witwer wurde. Bevor Gesine sich über das Motiv des Täters Gedanken machte konnte, bemerkte sie, wie etwas, ungefähr in Höhe ihres linken Fußknöchels, zuerst an ihrer Hose nagte und dann unter dieselbe krabbelte. Es fühlte sich an wie ein sehr großes Insekt. Als das Krabbeltier ihr Knie erreicht hatte, versuchte Gesine es mit der linken Hand zu treffen. Leider hatte sie kaum Platz zum Ausholen und verfehlte ihr Ziel. Nun hatte es das Tier offenbar auf Gesines Kniekehle abgesehen. Dort verharrte es, Gesine spürte einen feinen Stich und ein unangenehmes Gefühl der Wärme in sich aufsteigen. Sie versuchte zu strampeln, um dieses ekelige Wesen irgendwie loszuwerden, aber je mehr sie sich bewegte, um so weiter schien sich das Gift, das dieses Biest ihr injiziert hatte, in ihrem Körper zu verteilen. Ihr wurde in schneller Abfolge heiß und kalt, ihre Kehle schnürte sich in kürzester Zeit zu, die absolute Ausweglosigkeit ihrer Situation ließ in Gesine zusätzlich Panik aufkommen. Ein allerletztes Mal setzte sie zum Schreien an, als sie plötzlich Schritte vernahm. So schnell wie sie diese wahrgenommen hatte, so schnell verstummte das Geräusch auch wieder. Hatte sie mittlerweile schon Halluzinationen? Kalter Schweiß rann ihr die Wangen hinunter. Das Tierchen in ihrer Hose schien Gefallen an ihrer Kniekehle gefunden zu haben und vergrub sich immer tiefer in Gesines Haut. Ihr wurde speiübel, gleichzeitig fühlte sie sich auf seltsame Weise federleicht. Nichts schien mehr von Bedeutung. Ihre Zeit schien abgelaufen.

Mit einem lauten Knarren stemmte jemand den Deckel des Sarges auf. Ihr Gefängnis wurde mit frischer Luft geflutet, gierig sog sie das unverhoffte Lebenselixier ein, bis sie wieder einigermaßen klar denken konnte.

Das schwache Licht, das die Dämmerung in ihr Gesicht warf, blendete sie für einen kurzen Moment, sie blinzelte und blickte in ein vermummtes Gesicht. Dann wurde sie gepackt und aus dem Sarg geschleudert, sodass sie bäuchlings im Morast landete. Die Person machte sich an Gesines Hose zu schaffen, um im nächsten Augenblick mit der flachen Hand auf die Stelle zu schlagen, wo wenige Sekunden zuvor noch das Tier sein Unwesen getrieben hatte. Die Gestalt erhob sich, verharrte für einen kurzen Moment, um dann triumphierend auszurufen: „Dornfingerspinne! Dass es diese Biester in unseren Breiten überhaupt noch gibt. Da bin ich ja gerade richtig gekommen, oder was meinst du, liebe Gesine?"

11

„Mist, ich habe Heppner vergessen!" In fünf Minuten würde Modrich wieder im Präsidium sein, als er sich das plötzlich sagen hörte. In letzter Zeit hatte Peer sich des Öfteren dabei ertappt, Selbstgespräche zu führen. Meist geschah das in Situationen, in denen er nicht alleine war. Im Gegenteil: Der Supermarkt war so ein Ort, an dem es fast regelmäßig passierte. Bisweilen bemerkte er, dass er argwöhnisch beobachtet wurde, während er „Wo zum Geier steht noch mal die Kokosmilch?" von sich gab. Wurde er langsam seltsam? Was würde in ein paar Jahren sein? Würde er Supermärkte nur noch dann aufsuchen, um Selbstgespräche zu führen ...? Der Gedanke daran war gleichermaßen surreal wie verstörend.

Er musste Heppner zumindest anrufen und informieren, dass er erst morgen zu ihm kommen würde. Heppner nahm ab, noch bevor das erste Klingelzeichen ertönte. „Modrich, wo in Dreiteufelsnamen stecken Sie? Ich drehe hier noch durch. Ich hatte mich auf Sie verlassen! Sie sind hoffentlich auf dem Weg?" Modrich musste kurz Luft holen, er hatte immer noch das Gefühl, als sei ein ICE über sein Gesicht gerollt. Er sprach so langsam wie möglich, damit sein Chef ihn auch wirklich verstehen konnte: „Sorry, Chef, ich hatte leider keine Zeit bislang. Ich war kurz im Krankenhaus und bin jetzt wieder auf dem Weg ins Präsidium, muss mich erst um den aktuellen Fall kümmern. Morgen früh komme ich sofort bei Ihnen vorbei, ist das okay?" Heppner seufzte laut auf: „Was ist denn mit Ihnen passiert? Sie klingen so, als hätten Sie den Mund voller Wattepads? Ich hab nur Bahnhof verstanden. Egal, ich brauche Sie. Und zwar jetzt! Gesine ist immer noch nicht aufgetaucht, ihre Geschäftspartnerin sagt, sie sei heute Morgen nicht im Büro erschienen. Ihr Handy ist ausgeschaltet, was völlig untypisch für Gesine ist. Ich verwette meinen Arsch darauf, dass ihr etwas zugestoßen ist!" Bei den letzten Worten verlor Heppner völlig die Fassung und brach in lautes Schluchzen aus. Modrich versuchte, das Ganze herunterzuspielen und seinen Chef zu beruhigen. „Gab es eventuell Streit zwischen Ihnen in letzter Zeit? Vielleicht ist sie ja einfach nur zu ihrer besten Freundin, um ein paar Tage Ruhe zu haben. Verstehen Sie mich nicht falsch, aber wer sollte Ihrer Frau denn etwas antun wollen? Sie ist doch wirklich eine absolute Sympathieträgerin. Kommen Sie, Kurt, Hand aufs Herz: Gab's Stress? Hat Gesine sich beschwert, dass Sie zu selten und zu spät nach Hause kommen? War sie am Ende eifersüchtig?" Es schien fast so, als habe Peer einen Knopf gedrückt. Allerdings den Falschen. Deeskalation war links, er hatte rechts erwischt. Dort, wo „Vulkanausbruch" stand. „Jetzt hören Sie mal gut zu, Sie Schimanski für Fußgänger, Sie Möchtegern-Emil-Zatopek: Gesine und ich haben keinen Stress, jedenfalls nicht mehr oder weniger als andere Paare! Aber, und das bleibt unter uns, sie hat anonyme Drohanrufe bekommen. Irgendjemand wollte sie ‚zur Rechenschaft ziehen'. Vor ein paar Tagen kam sie abends nach Hause und war völlig aufgelöst, weil sie offenbar bis zum Auto verfolgt worden war. Wir haben das noch nicht so ernst genommen, weil es einfach zu wenig Konkretes gab, dem man hätte nachgehen können. Jetzt weiß ich, dass es ein Fehler war, meine Frau nicht eher zu schützen. Und deshalb bitte ich Sie jetzt noch ein letztes Mal: Schwingen Sie Ihren Marathonarsch hierhin, lassen Sie den Fall mal beiseite. Ich erwarte Sie in spätestens fünfzehn Minuten bei mir zu Hause!"

12

„Gibt es was Neues von Modrich?" Kruschek hatte mit Guddi die Backstage-Garderobe verlassen, um Stefanie Mellinger ein wenig Zeit zu geben, wieder auf Raumtemperatur herunterzufahren. Ihr verbaler Ausraster hatte etwas Psychotisches, das Kruschek Angst einflößte, allein Guddi war sich nicht sicher, ob Mellinger wirklich reif für die Psychiatrie war oder einfach nur eine geniale Schauspielerin. Immerhin hatte sie sich als Zeugin freiwillig gemeldet. Alles in allem war ihr Verhalten mehr als seltsam, es würde definitiv Sinn machen, einen Psychologen zurate zu ziehen. Oder Modrich?! Richtig, wo steckte er eigentlich? War er immer noch im Prosperhospital? Modrich wäre früher in so einer Situation sicherlich keine Hilfe gewesen, doch seitdem er sein Leben in die Hand genommen und auch noch in den Griff bekommen hatte, war aus ihm ein echter Verhörspezialist geworden. Seine Menschenkenntnis war bisweilen beängstigend treffsicher, seine Strategie während einer Zeugenvernehmung nur selten von außen zu durchschauen. Selbst erfahrene Kriminalisten wie Guddi zollten ihm mittlerweile den größten Respekt. Das war nicht immer so. Guddi erinnerte sich nur zu gut an die ersten Wochen nach dem Abschluss der Akte „Karl Ressler", als Modrich noch wie ein führerloses Schiff durch die vom Sturm aufgepeitschte See trieb.

Er hatte nach seinem letzten Absturz zwar aufgehört zu rauchen und zu saufen, war aber trotzdem für den polizeilichen Dienst absolut ungeeignet und erschien in schöner Regelmäßigkeit verspätet zum Dienst. Dabei mochte man ihn weder anschauen noch mit ihm reden, er war stark abgemagert und völlig lethargisch. So eine rigorose Ernährungsumstellung schien offenbar auch Nachteile zu haben.

Guddi schaute auf ihr Smartphone, das sie während des Verhörs von Stefanie Mellinger auf stumm geschaltet und zur Seite gelegt hatte. ‚Muss dringend zum Chef. Komme später wieder zur Halle. Kann noch immer nicht richtig sprechen. Melde mich! Peer'

„Wir müssen erst einmal ohne Kommissar Modrich auskommen", erklärte sie Kruschek. „Ich würde gerne Meike Ressler anrufen und herbestellen. Ich fürchte, wir kommen mit der Zeugin so nicht weiter." Kruschek schaute sie fragend an. „Meike Ressler ist eine ausgewiesene Expertin und eine der besten Psychologinnen, die ich kenne." „Und die Schwester von diesem Monster ... wie hieß der noch? Fred Ressler?" „Karl. Karl Ressler. Genau die ist das, ja." Guddi lief ein Schauer den Rücken herunter. Auch sie hatte der Fall „Karlchen" noch lange nach seinem Ende mehr beschäftigt, als ihr lieb war. Die erste und vielleicht wichtigste Veränderung, die sie und Peer vornahmen, war die Versetzung von der Sitte ins Morddezernat. Weder Guddi noch Peer hatten, nachdem die Akte Ressler geschlossen war, Lust auf perverse Triebtäter und Kinderschänder, deren einzige Lebensmotivation darin zu bestehen schien, den schwächsten und hilflosesten Menschen der Gesellschaft unsagbar Böses anzutun. ‚Normale' Morde waren doch spannend genug.

Als die Versetzung genehmigt war, hatte Guddi damals, anders als Peer Modrich, der dem Veganismus und dem Laufwahn verfiel, eine Reise mit ihren drei besten Freundinnen in die Berge angetreten. Eine einsame Hütte in den Schweizer Alpen und viele intensive Gespräche am offenen Kamin hatten Guddi zwei Wochen lang über den Schrecken hinweggeholfen. Karl Ressler würde sie vermutlich niemals loswerden, aber sie wusste nun, wie sie ihn vom Hof jagen konnte, falls er sie wieder mal in ihren Erinnerungen heimsuchte.

Am Ende des Flurs kamen zwei Männer den Gang herunter, die Guddi bereits gesehen hatte, als sie an der Halle angekommen waren. Der linke sah aus wie der uneheliche Sohn von Chuck Norris und René Weller, das Hemd hatte er bis zum Bauchnabel aufgeknöpft, dazu trug er eine viel zu enge Levi's 501. Die restlichen Haupthaare hatte er sorgsam von rechts nach links gekämmt, um seine Glatze zu kaschieren. Eine goldumrandete, übergroße Sonnenbrille und ein üppiger Oberlippenbart rundeten das Bild ab. Die Krönung allerdings waren seine Cowboystiefel aus Krokodilleder, die den letzten Beweis antraten, dass dieser Typ modisch in den 80er-Jahren hängen geblieben war. Der andere war kleiner und deutlich schmächtiger, sein etwas tapsiges Auftreten und sein Polyesteranzug verliehen ihm den diskreten Charme eines Gebrauchtwagenverkäufers. Guddi merkte, wie ihre Mimik langsam entglitt. Nur mit großer Mühe konnte sie verhindern, laut loszuprusten und sich auf die Schenkel zu schlagen. „Wir sind die Konzertveranstalter des heutigen Abends", rief der etwas unscheinbarere Mann mit einem leichten fränkischen Akzent. „Ich bin Mirko Sänger von R-Concerts, das hier ist mein Kollege Viktor Pospisil!"

Guddi musste sich immer noch zusammenreißen. Wie um alles in der Welt konnte man erwarten, mit solchen Typen seriöse Geschäfte machen zu können? Wie konnte es sein, dass zwei solche Lackaffen ein ausverkauftes Joe Sanderson Konzert veranstalteten und mit 'nem Sack voller Geld nach Hause gingen? Irgendwas lief hier deutlich schief. Während Guddi im tiefen Tal der Vorurteile wandelte, ergriff Kruschek das Wort: „Freut uns, Sie kennenzulernen. Wie können wir Ihnen helfen?" Guddi hatte ihre Contenance ebenfalls wiedererlangt und lächelte gequält in Richtung des behaarten Bauchnabels auf zwei Beinen. „Wir möchten eine Aussage machen", begann Pospisil mit sonorer Stimme, „ich denke, wir können die Ermittlungen in diesem tragischen Fall vorantreiben."

Wow! Guddi war baff. So viel Distinguiertheit hätte sie dem Typen gar nicht zugetraut. Natürlich war es eine Binsenweisheit und vor allem für einen Kriminalisten von elementarer Bedeutung, sich nicht von Äußerlichkeiten blenden zu lassen. Weder in die eine noch in die andere Richtung. Es gab genügend Beispiele von männlichen

Kollegen, die sich von den großen Rehaugen einer Zeugin oder Tatverdächtigen haben beeinflussen lassen.

Guddi besann sich also darauf, wieder professionell und vorurteilsfrei zu denken und führte die beiden Konzertveranstalter in einen etwas größeren Raum, in dem die traurigen Reste des Künstlercaterings auf ihre Entsorgung warteten.

„Wir werden Ihre Aussage natürlich zu Protokoll nehmen müssen", erklärte Guddi Sänger und Pospisil. „Ich gehe davon aus, dass Sie damit kein Problem haben?!" Während der eine, Viktor Pospisil, ruhig blieb und Guddi mit festem Blick musterte, schien Sänger kurz vor der Schnappatmung zu stehen. Kalter Schweiß spiegelte sich auf seiner Stirn, unruhig nestelte er an seiner Hosentasche, und aus irgendeinem Grund blinzelte er plötzlich im Sekundentakt. „Möchten Sie eventuell etwas Wasser, Herr Sänger?" Kruschek war die plötzliche Nervosität des Zeugen nicht entgangen, seine Reaktion erstaunte Guddi nun aber doch. Ihr Kollege reagierte exakt so, wie man es auf der Kommissarschule lernte: Erhöhe niemals den Druck auf einen Zeugen, wenn dieser ohnehin schon zu nervös ist, um einen klaren Gedanken zu fassen. Nimm erst einmal ein wenig Druck aus dem Kessel, lenke das Gespräch auf etwas vermeintlich Unwesentliches, damit sich der Zeuge wieder herunterfährt und den Fokus auf seine eigentliche Aussage nicht verliert. ‚Ist das wirklich derselbe Beamte, der vorhin noch hemmungslos vor sich hin blähte?', fragte sich Guddi. Sie würde ihn im Auge behalten. So viele fähige

Ermittler gab es leider nicht, es wäre ein Jammer, wenn einer wie Kruschek seine Karriere als Streifenpolizist beenden müsste. Eigentlich schade, dass er schon zu den älteren Kollegen gehörte.

„Natürlich haben wir damit kein Problem, richtig, Mirko?" Mirko Sänger hatte einen großen Schluck Wasser genommen, war immer noch etwas kurzatmig, nickte aber dennoch in Richtung seines Partners. „Läuft das Ding da schon?" Pospisil deutete auf das Aufnahmegerät, das Guddi in die Mitte des Tisches gelegt hatte. Im gleichen Moment drückte sie den Aufnahmeknopf, sprach kurz das Datum, die Uhrzeit und die Namen der anwesenden Personen auf und gab Pospisil das Zeichen, zu beginnen. Pospisil setzte sich aufrecht hin und holte tief Luft, sodass sein Chuck-Norris-Dekolleté zum Vorschein kam. Guddi musste aufpassen, nicht ins Aufnahmegerät zu prusten. „Irgendjemand hatte es auf Joe Sanderson abgesehen", begann Pospisil, „sie wurde offenbar erpresst. Ich habe seit Jahren einen guten Draht zu ihrer Mutter, die all die Jahre eine wichtige Vertraute für Joe war. Sie hat mich vor ungefähr einem halben Jahr, als klar war, dass wir die Tour veranstalten würden und der Vorverkaufsstart unmittelbar bevorstand, angerufen, um mir zu diesem Erfolg zu gratulieren. Sie müssen nämlich wissen, dass Mirko und ich schon damals, als Joe noch bei Crusade gesungen hat, die Tournee der Band in Deutschland veranstaltet haben. Wir waren es, die die Band für Deutschland entdeckt und die erste Klubtour sehr erfolgreich durchgeführt haben."

Pospisil legte eine schöpferische Pause ein, holte mehrfach tief Luft und fuhr dann fort: „Leider gibt es in diesem Business keinerlei Loyalität, sodass die nächste Tour von Crusade, die dann zum ersten Mal durch Arenen führte, die geschätzten Kollegen von Eazy Booking aus Hamburg bekamen und damit einen riesigen Reibach machten!" Offenbar hatte Pospisil das noch immer nicht verwunden. Guddi beobachtete, wie der Mann seine Fäuste ballte und an seinem Hals eine Ader hervortrat, die sicher platzten würde, wenn er nicht bald ein wenig Luft ablassen konnte. „Herr Pospisil, ich finde Ihre Ausführungen zwar sehr spannend, muss aber darauf drängen, dass Sie uns bitte nur die relevanten Fakten schildern, die uns in dem Fall Joe Sanderson hoffentlich weiterbringen." Guddi hatte ihr unverbindlichstes Lächeln aufgesetzt und blickte Chuck Weller, wie sie Pospisil innerlich nannte, ruhig an.

„Sie haben offenbar keine Ahnung von der Konzertbranche, was? Warum ich Ihnen das alles hier erzähle, wollen Sie wissen? Nun, als ich den Zuschlag für diese Tour bekam, war es klar, dass alle Konzerte im Nu ausverkauft sein würden. Joe Sandersons Solotournee war genau das, worauf die Welt gewartet hatte. Joes Entscheidung für Mirko und mich war ein Schlag ins Kontor von Eazy Booking. Ich gehe jede Wette ein, dass die Kollegen hinter den Erpressungen und dem heutigen Mord stecken. Matthias Stötzinger ist in der Beziehung wirklich alles zuzutrauen. Er hat es gar nicht gern, wenn ihm jemand etwas wegnimmt, an dem er jahrelang seine Freude hatte. Niederlagen gehören nicht zu seinem Lebensplan. Als ich die Sanderson-Tour bekam, hat er in seinem Büro gewütet wie ein Wahnsinniger. Er soll sogar Platinauszeichnungen von der Wand gerissen und durch die Luft geschleudert haben. Der Typ ist eine tickende Zeitbombe, wenn Sie mich fragen!"

„Und dieser Stötzinger ist sicher der Chef von ... wie heißt die Firma noch gleich?"

Jetzt hatte Guddi Chuck Weller doch ein wenig zu sehr gereizt. Blitzartig stand der Hüne auf und warf dabei mit lautem Getöse seinen Stuhl um und das Wasser, an dem Mirko Sänger genuckelt hatte, vom Tisch. Kruschek verdrehte die Augen. „Hören Sie, Frau Inspektor oder wie Sie auch immer genannt werden wollen: Wenn Sie keine Ahnung von der Materie haben, ist das völlig okay. Ich versuche gerade, Ihnen das Konzertgeschäft verständlich zu machen. Mir liegt viel daran, dass dieser Fall schnell gelöst wird. Wenn Sie aber mit einer derartigen Ignoranz an die Sache herangehen, werden Sie vermutlich nie zum Ziel kommen. Mit meiner Unterstützung brauchen Sie ab jetzt jedenfalls nicht mehr zu rechnen!"

Guddi hatte den Bogen überspannt. Sie musste sich selbst eingestehen, dass sie die beiden Typen nicht sonderlich ernst genommen und Pospisil nicht wirklich zugehört hatte. Dass der Kerl aber gleich so auf die Barrikaden ging, wollte sie nicht so recht verstehen. Dennoch kroch sie zu Kreuze. „Herr Pospisil, Sie haben völlig recht. Ich habe mich Ihnen noch gar nicht richtig vorgestellt. Mein Name ist Faltermeyer, Gudrun Faltermeyer. Ich bin Kommissarin im Morddezernat. Tut mir leid, dass dieses Gespräch einen solchen Verlauf genommen hat, aber glauben Sie mir: Das hat nichts mit Ignoranz zu tun, sondern mit Ahnungslosigkeit. Ich bin großer Fan der Ermordeten, kenne mich aber in der Konzertbranche überhaupt nicht aus.", ‚Außerdem haben meine Ohren automatisch auf Durchzug geschaltet, als ich euch Witzfiguren habe kommen sehen', dachte Guddi und konnte sich das Lachen nur mit Mühe verkneifen. Stattdessen schleimte sie sich weiter bei der Rotzbremse ein. „Wenn ich das richtig verstehe, haben Sie diesen Stötzinger also ausgestochen. Ich nehme an, das hatte nicht nur mit Ihrem Charme, sondern auch mit einem großen Scheck zu tun? Warum hat Stötzinger, wenn er schon so ein impulsives Gemüt hat, nicht Sie zur Schnecke gemacht? Mit Joe Sanderson hätte er doch noch Geld verdienen können, wenn er die nächste Tour wieder gemacht hätte. Vielleicht verstehe ich ja wirklich zu wenig von Ihrem Business, aber ein wirkliches Motiv, Joe Sanderson umzubringen oder einen Killer anzuheuern, hatte er in meinen Augen nicht."

Pospisil hatte sich wieder beruhigt und hingesetzt. Jetzt ergriff Mirko Sänger das Wort. „Stötzinger und Joe Sanderson hatten eine Affäre. Joe war nicht die Erste, die dieser ehrenwerte Herr im Laufe der Jahre flachgelegt hat. Soweit wir von Joe wissen, ging das Ganze ungefähr ein Jahr, bis Joe feststellte, dass sie nicht die Einzige war." Guddi hob die Augenbrauen. Sie hatte vor einiger Zeit ein Foto von ihm in irgendeinem Revolverblatt gesehen. Der Mann war nicht gerade ein zweiter George Clooney, sondern von eher mickriger Gestalt. Nicht größer als 1,65 m, schätzte Guddi. Hinzu kamen Segelohren, eine Kartoffelnase und ein nicht mehr zu kaschierender Wohlstandsbauch. Warum sich Joe Sanderson mit so einem Wicht eingelassen hatte, wollte ihr nicht in den Kopf. „Und Sie meinen also, dass der Moment, als Joe feststellte, dass sie nicht die alleinige Mätresse von Herrn Stötzinger war, dazu geführt hat, dass sie sich wieder Ihrer Agentur anschloss?" Sänger nickte. „Und der große Scheck", ergänzte Pospisil grinsend. „Natürlich war das für uns eine große Genugtuung, als Joe vor unserer Tür stand und uns die ganze Geschichte erzählte. Trotzdem wusste sie um ihren künstlerischen Wert und ließ durchblicken, dass es außer uns noch weitere namhafte Mitbewerber gab. Jeder, der nur ansatzweise Ahnung von der Strahlkraft dieser Frau hatte, wusste, dass man ihr eine nahezu ausverkaufte Tournee anbieten konnte, ohne ein großes Risiko einzugehen. Für uns war das wirklich eine Premiere. Normalerweise sind wir nicht unbedingt dafür bekannt, dass wir Künstler überbezahlen … aber in dem Fall mussten wir eine Ausnahme machen."

Kruschek war schon eine Weile auf und ab gegangen. Irgendetwas machte ihn offenbar ungeduldig. „Hören Sie, Herr Pospisil. Ich kann Ihren Ausführungen nur bedingt folgen. Uns, also meiner Kollegin Faltermeyer und mir, geht es einzig um das Motiv. Und noch mal:

Warum sollte ein Mann wie Stötzinger, nur weil er offenkundig zu viel Testosteron im Blut hatte und auch sonst kein Kind von Traurigkeit war, am Ende seiner Karriere einen Mord begehen und damit seine gesamte Existenz aufs Spiel setzen? Eigentlich hätte Joe Sanderson doch eher einen Grund gehabt, Stötzinger zu töten. Eifersucht ist bisweilen ja ein durchaus starkes Mordmotiv." Guddi sah Kruschek etwas ungläubig an. Was für ein aufgewecktes Kerlchen der Mann doch war. Mit Modrich an ihrer Seite wäre sie vermutlich nicht einen Schritt weiter gewesen. Kruschek machte seine Sache wirklich gut. Das würde sie ihm nach dem Verhör noch unbedingt sagen müssen. „Außerdem", fuhr Kruschek fort, „frage ich mich, warum Stötzinger Frau Sanderson dann, nach Ihren Aussagen, auch noch erpresst haben soll. Wenn der Typ wirklich so eine tickende Zeitbombe ist wie sie behaupten, dann würde das doch eher für eine Tat im Affekt sprechen. Das, was heute hier passiert ist, benötigt doch eher eine gewisse Planungszeit. Tut mir wirklich leid, aber ich kann in Ihren Behauptungen nur sehr wenig Brauchbares entdecken." Mit diesen Worten richtete er seine Uniform. ‚Hoffentlich klatscht er mich nicht ab', dachte Guddi.

„Es waren Fotos", flüsterte Mirko Sänger. „Das Schwein hat sie beim Sex gefilmt und heimlich Fotos gemacht. Sein gesamtes Schlafzimmer ist mit Kameras und Mikrofonen verwanzt. Joe wusste natürlich von nichts, bis sie die Fotos in ihrem Briefkasten fand."

13

Für einen kurzen Augenblick verspürte Gesine Heppner eine große Erleichterung. Noch vor wenigen Minuten hatte sie mit ihrem Leben abgeschlossen. Nun saß sie irgendwo im Nirgendwo, die Arme auf dem Rücken festgebunden, auf dem kalten Boden einer alten, heruntergekommenen Scheune. Ihr Entführer hatte Gesine einen Schluck Wasser gegeben, bevor er sich ihr schweigend gegenübersetzte und sie unbewegt anstarrte.

Der Sauerstoff und das Wasser hatten Gesine wieder Mut schöpfen lassen, ihr Gegenüber jedoch flößte ihr Unbehagen ein. Es war wirklich schwer zu sagen, ob es sich um einen Mann oder eine Frau handelte. Das Gesicht steckte hinter einer Guy-Fawkes-Maske, die Stimme wurde durch irgendetwas verzerrt und hatte Ähnlichkeit mit der von Darth Vader. Nicht besonders einfallsreich, dachte Gesine in einem Anflug von Galgenhumor und versuchte, ihre Umgebung zu analysieren. Alles, was sie mit ihrem eingeschränkten Sichtfeld erkennen konnte, war ein alter Traktor, der am Ende der Scheune vor sich hin rostete und ein großer, hölzerner Bottich, in dem Gülle oder etwas Ähnliches sein musste. Der Gestank machte ihr zu schaffen, trotzdem versuchte sie, sich innerlich aufzurichten und gegen ihre missliche Lage anzukämpfen.

Mit einem Mal brach Darth Vader sein Schweigen. „Gesine, Gesine, was hast du nur getan? Geheimnisse hüten, vor Gott und der Welt. Macht man das, hm?" Gesine wurde heiß und kalt. Da saß doch tatsächlich jemand vor ihr, der von ihrem Aktenschrank zu wissen schien. Nur Heike, Frank und sie selbst wussten, wo die geheime Liste, die geheimen Fotos und das Abkommen mit der Presse lagen. Das konnte nicht sein. Die Person musste bluffen. Gesine beschloss zu schweigen.

Darth Vader begann zu lachen. Immer lauter wurde sein Lachen. Es wollte gar nicht aufhören, bis Gesine ihm ein lautes „Stopp!" entgegenwarf. „Was wollen Sie? Wovon reden Sie? Und vor allem: Wer sind Sie?" Aber Darth Vader lachte weiter. Plötzlich verkrampfte sich Gesines Magen. Waren das noch die Spätfolgen von dem Spinnenbiss? „Bitte hören Sie zu. Ich müsste wirklich dringend zur Toilette. Gibt es hier irgendwo eine Stelle, wo ich das ungestört erledigen kann?" Darth Vaders Lachen verstummte schlagartig. Gesines Krämpfe wurden immer schlimmer. Lange würde sie das nicht mehr aushalten. Ihr Blick wurde flehender, kalter Schweiß rann ihr die Stirn herab. „Gesine, Gesine. Wo denkst du hin? Glaubst du im Ernst, ich würde dich bei so etwas Intimem wie dem menschlichen Stuhlgang alleine lassen? So nah, wie ich dir gerade jetzt bin, so nah wird dir nie wieder jemand sein. Du musst wissen, dass das Wasser, das du vor ein paar Minuten getrunken hast, eine stattliche Dosis Diuretika enthielt. Das ist das Lieblingsmedikament von Bulimikern. Zuerst bekommst du

Kreislaufprobleme, dann sinkt dein Kaliumwert auf null, zu guter Letzt bekommst du ganz schlimmen, wässrigen Durchfall. Wenn du den überlebst, wird eine bakterielle Infektion deine Darmflora komplett zerstören."

Triumphierend schaute Darth Vader auf seine Uhr. „In ungefähr neunzig Minuten wirst du so ausgetrocknet sein, dass nur noch der Gnadenschuss hilft, den ich dir dann natürlich gerne verabreiche. Schau mal!" Aus einem Beutel, der vor seinen Füßen auf dem Scheunenboden lag, zog die Gestalt ein Bolzenschussgerät. „Damit werden Rinder betäubt, bevor man sie schlachtet. Ich dachte mir, dass das genau die richtige Waffe ist, um eine Sau wie dich von ihren Sünden zu erlösen. Und jetzt bin ich gespannt, was da gleich alles aus dir herauskommt." Und wieder begann er zu lachen.

Gesine hatte seine letzten Worte nur noch lückenhaft aufgenommen. Der Druck in ihrem Unterleib wurde unmenschlich. Sie konnte es einfach nicht mehr zurückhalten. Alles, was sie noch davon abhielt, war ein letzter Funken Stolz, der jedoch nach und nach erlosch. Als ihre letzte Widerstandskraft verebbte und ihr Schließmuskel den Dienst versagte, wich eine hellbraune, übel riechende Masse aus ihrem Körper und verteilte sich erst in ihrer Hose und dann auf dem Scheunenboden. Gesine fühlte sich furchtbar erleichtert, aber auch unsagbar erniedrigt, während die Person gegenüber genüsslich zusah, wie sie weiter auszulaufen schien. Die Erleichterung war nur von kurzer Dauer, der nächste Krampf kündigte die nächste Entleerung an. Gesine war es mittlerweile egal, sie wollte nur noch, dass diese üblen Krämpfe aufhörten. Doch sie hoffte vergeblich. Immer und immer wieder förderte die Peristaltik ihres Darmtrakts weitere Schlammmassen aus ihrem Körper heraus, mit jedem Schub veränderte sich die Farbe, zum Schluss mischte sich Blut dazu. Das Letzte, was Gesine wahrnahm, war, wie sich die Gestalt erhob, auf sie zuschritt und über ihrem zuckenden Körper stehenblieb. „Du bekommst nun die gerechte Strafe dafür, dass du unserem Erlöser Dinge vorenthältst, die er natürlich wissen muss. Wie konntest du glauben, dass er nicht merkt, wie du ihn hintergehst? Gesine, Gesine, so wie du werden noch viele andere sterben. Sterben müssen. Dort, wo Sünde die Menschen verdirbt, muss der Erlöser einschreiten. Du warst nicht ehrlich, du hast falsches Zeugnis abgelegt. Du schützt andere, die der Sünde auf den Leim gegangen sind. Du lässt mir keine Wahl!" Der finale Schmerz kam für Gesine wie eine Erlösung.

14

Vincent Maiwald war seit dem Drama um Jan Kogler untergetaucht. Das letzte Lebenszeichen war ein Attest wegen seelischer Erschöpfung, das er an dem Tag, als Jan gefunden wurde, bei seinem Arbeitgeber eingereicht hatte. Seit zehn Jahren arbeitete er nun als Versicherungsfachangestellter bei einem großen Dortmunder Unternehmen und hatte in dieser Zeit nicht ein Mal gefehlt. „Seelische Erschöpfung" klang einigermaßen unverfänglich, das Modewort „Burn-out" machte schnell die Runde. Keiner seiner Kollegen machte sich ernsthaft Gedanken oder gar Sorgen, weil die Diagnose Burn-out schon des Öfteren der Grund für das plötzliche Fehlen eines Arbeitskollegen war. Am Ende waren sie dann alle wieder als ausgeglichene Menschen aufgetaucht, die mit Stress deutlich besser umzugehen wussten.

Vince hatte Jan Kogler natürlich beim Fußball kennengelernt. Sein Arbeitgeber bekam nicht nur ein festes Freikartenkontingent für Mitarbeiter, sondern ab und zu auch sogenannte VIP-Tickets, die einem den Zugang zu den Partys ermöglichten, die die Mannschaft nach besonders wichtigen Siegen feierte. Nach dem Einzug ins Viertelfinale des DFB-Pokals war Vince dabei, als die Mannschaft mit einem halben Dutzend abgedunkelten Großraumlimousinen in die City gefahren wurde. Das Ziel war das angesagte Morellis, eine Mischung aus Bar und Plüschdisco. Die Mannschaft feierte ausgelassen, hatte der Trainer doch die offizielle Erlaubnis erteilt, „mal richtig fliegen zu lassen". Sogar das Training am nächsten Tag war gestrichen worden.

Vince war anfangs nicht ganz wohl, auch weil er wusste, dass für ihn die Nacht kurz werden würde. Sein Chef würde ihn am nächsten Morgen bereits um 8:15 Uhr zum Rapport bitten, die Quartalszahlen für seinen Bereich waren fällig. Seitdem Vince nicht mehr im Außendienst Klinken putzen musste und nur noch für die Erstaufnahme der Kfz-Haftpflichtschäden zuständig war, schlief er wieder ruhiger. Trotzdem war dieses Meeting wichtig. Sein Chef mochte ihn nicht, das war Vince nicht entgangen. Er konnte nicht festmachen, woran es lag, aber er war sich darüber im Klaren, dass er sich keine groben Schnitzer erlauben durfte.

In dem Moment, als sich Jan Kogler neben ihn an die Bar setzte, um sich einen Drink zu bestellen, war es um Vince geschehen. Bislang kannte er den bulligen Mittelstürmer nur von der Mattscheibe, und dann meistens während eines Zweikampfs oder Kopfballs, also dann, wenn niemand auf dieser Welt wirklich gut aussah. Er duftete verführerisch nach L'Eau d'Issey, hatte ein makelloses Gesicht und volles, dunkelblondes Haar, das er mit etwas Gel so geformt hatte, dass es scheinbar willkürlich unperfekt saß. Den alles entscheidenden Kick gab Vince jedoch Jans Stimme. Sie war extrem tief, ein klein wenig angeraut und alles in allem sehr männlich. Als Jan sich beim Barkeeper eine Strawberry Margarita bestellte, kreuzten sich ihre Blicke für einen kurzen Moment. War das nur ein professionelles Lächeln in Jans Augen, das er jedem Fan schenkte? Oder zwinkerte er ihm tatsächlich fast unmerklich zu? Vince nippte nervös an seinem Glas Wasser und versuchte, sich nichts anmerken zu lassen. Er spürte jedoch, wie Jan Kogler ihn musterte. Konnte das wirklich sein? Vince war jetzt Mitte dreißig und sah, nach seiner eigenen Einschätzung, nicht sonderlich attraktiv aus. Es gab Stellen an seinem Körper, die er wirklich abscheulich fand. Seine extrem langen Ohrläppchen zum Beispiel. Oder das immer lichter werdende Haar. Das Schlimmste aber waren für Vince selbst seine Zähne. Er konnte sie putzen und pflegen, so oft und so gründlich er wollte, sie wurden einfach nicht weiß. Darüber hinaus hatte sein Kieferorthopäde vor über zwanzig Jahren kläglich versagt, als er Vince' Gebiss begradigen wollte. Herausgekommen war eine nicht zu kaschierende Zahnlücke in der Mitte seiner oberen Schneidezähne und ein Eckzahn, den die kieferchirurgische Behandlung scheinbar um 45 Grad in die falsche Richtung gedreht hatte.

„Hey! Na, alles klar bei dir? Bist du der neue Innenverteidiger?" Jan Kogler hatte sich zu Vince herübergebeugt und grinste breit. „Der neue was?", stammelte Vince unbeholfen. „Ach so, das war ein Scherz, oder? Ich kann gar nicht spielen ... also Fußball ... eigentlich überhaupt keine Ballsportarten. Na ja, am Schwebebalken war ich immer ganz gut." Was um alles in der Welt war in ihn gefahren? Warum redete er einen solchen Stuss daher? Aber Vince hatte sich getäuscht. Jan Kogler fiel fast vom Barhocker vor Lachen. „Am Schwebebalken war ich immer ganz gut! Brüller. Den muss ich mir merken. Du gefällst mir. Möchtest du was trinken ... also, was Richtiges?" Und wieder meinte Vince, ein Zwinkern bemerkt zu haben. Was war hier los? Er fühlte sich unwohl und gleichzeitig seltsam euphorisch. Der Duft von Jan Kogler hatte auf ihn eine aphrodisierende Wirkung. Er stellte fest, dass er erregt war. Was zum Geier passierte mit ihm? Er war nicht schwul ... oder etwa doch? Die Anzahl seiner Frauengeschichten war wirklich mehr als überschaubar; eigentlich waren es nur zwei, mit denen Vince wirklich Sex hatte. Und der war immer seltsam unbefriedigend. Es war wie ein Job, der zu tun war. Keine Spannung, die sich aufbaute, keine Erregung, so wie jetzt.

„Was ist nun? Sekt oder Selters?", fragte Jan jetzt etwas ungeduldiger und machte den Anschein, als würde er das Interesse an Vince verlieren. „Mojito", platzte es aus Vince heraus. „Mojito, so ist es recht! Hey Barkeeper, mix mir bitte noch einen Mojito für meinen Freund hier. Aber gib dir ein bisschen mehr Mühe als bei meiner Margarita, verstanden?"

Zwei Stunden später hatte Vince Jan seine gesamte Lebensgeschichte erzählt, Vince wusste seinerseits nun jede Menge Kabinengeflüster, hatte versucht zu verstehen, was eine Raute im Profifußball bedeutet und warum es so wichtig ist, vor dem Spiel unbedingt noch mal zum Klo zu gehen. „Komm, lass uns tanzen", sagte Jan,

„der DJ spielt gleich Macklemore, da fährt der Kogler immer besonders gut drauf ab. Oder kannst du nicht tanzen?" „Doch. Das heißt, ich weiß es nicht wirklich. Ach komm, wir probieren es einfach!" Sowohl Vince als auch Jan hatten mittlerweile jeder fünf Cocktails intus und waren einfach zu betrunken, um wirklich gut tanzen zu können. Sie versuchten dennoch ihr Bestes. Als der DJ dann plötzlich *Alkohol* von Herbert Grönemeyer auflegte, gab es für die beiden kein Halten mehr. Grölend lagen sie sich in den Armen und hüpften ungelenk auf der Tanzfläche herum.

Jan sah auf die Uhr. „Mist, schon halb drei. Ich muss dann mal wieder heimwärts, glaube ich. Trainingsfrei hin oder her. Wenn ich jetzt nicht aufhöre, kann ich die Startelf am Wochenende vergessen. Magst du mir deine Nummer geben? Ich würde dich gerne wiedersehen." Das Zwinkern war nun definitiv keine Einbildung mehr. Vince musste sich zusammenreißen, damit er nicht vor Freude aufschrie. „Ich hab 'ne Visitenkarte von meiner Versicherung dabei. Da steht meine Durchwahl drauf. Kein Scheiß, du rufst mich wirklich an, oder?" Jan Kogler nahm Vince' Hand, zog sie zu sich heran und hauchte einen Kuss auf den Handrücken. „Können diese Augen lügen? Schlaf gut, mein Schatz. Wir sehen uns in Kürze wieder!" „Ich freu mich", antwortete Vince tonlos. War das der Beginn einer wunderbaren Freundschaft oder ließ er sich gerade auf eine Affäre mit einem Bundesligaprofi ein? Er schüttelte sich, als wollte er die letzte Frage wie ein lästiges Insekt loswerden.

15

Vince stand vor dem Haupteingang des Johanniter-Krankenhauses und wippte unruhig hin und her. Er hatte lange mit sich gerungen, weil er wusste, dass ihr Geheimnis auch jetzt, da Jan mehr tot als lebendig war, niemals herauskommen durfte. Das war gegen jegliche Abmachung und würde eine Welle nach sich ziehen, die den gesamten Profifußball unter sich begraben könnte. Aber war es wirklich richtig, noch länger zu schweigen? Er trug ein viel zu großes, dunkelgraues Kapuzenshirt und eine schwarze Baseballkappe. Immer wieder zählte er von zehn bis null herunter, um sich Mut zu machen, immer wieder musste er abbrechen, weil entweder irgendeine Person auftauchte, die er genauestens musterte oder weil ein Krankentransportwagen mit Blaulicht angerast kam, was seine Konzentration vehement störte.

Das, was ihn allerdings am meisten davon abhielt, ins Krankenhaus hineinzugehen, war, dass er überhaupt nicht wusste, was er tun würde, wenn er Jan dort oben in seinem Bett liegen sah. Die Gefahr, hysterisch weinend zusammenzubrechen, war durchaus real, auch wenn er genügend Zeit gehabt hatte, sich auf diesen Moment vorzubereiten. Niemand konnte vorhersehen, wie er im Angesicht des nahenden Todes reagieren würde. Besonders, wenn es um den Menschen ging, der einem alles bedeutete.

Vince blickte zu Boden, atmete tief ein, blickte wieder auf und marschierte los. In diesem Moment bemerkte er eine Gestalt, die sich im Schatten einer der mächtigen Marmorsäulen im Eingangsbereich des Krankenhauses zu verstecken schien. War sie schon länger dort? Vince war sich nicht sicher, zu unruhig war er, zu sehr hatte er sich von allerlei Zufälligkeiten ablenken lassen. Eins war jedoch gewiss: Diese Person bescherte Vince deutliches Unbehagen. Das Gesicht war nicht zu erkennen. Sie schien, ähnlich wie Vince, auf den perfekten Moment zu warten, unbemerkt ins Krankenhaus zu gelangen. Wurde er etwa gerade paranoid? Oder hatte diese Person am Ende etwas mit den Drohbotschaften zu tun, die Jan kurz vor seinem Verschwinden bekommen hatte? Und warum stand diese Gestalt ausgerechnet jetzt da? Vince wollte nichts weiter, als sich von seinem Geliebten zu verabschieden, ihn noch ein allerletztes Mal zu berühren. Diesen Moment sollte ihm niemand kaputt machen, dafür würde er alle erdenklichen Risiken eingehen. Es schien allerdings, als müsste er sich noch etwas gedulden. Die Person war ihm mehr als suspekt. Glücklicherweise hatte sie Vince offenbar noch nicht bemerkt. Jetzt fuhr ein schwarzer Kombi vor und hielt direkt am Haupteingang. Die Gestalt verließ ihre Deckung und stieg in das Fahrzeug. Aus der Entfernung konnte Vince leider nicht erkennen, wer am Steuer saß, allerdings war ihm nicht entgangen, dass sich die beiden

Personen kurz küssten, bevor der Wagen wegfuhr. Er wartete noch ein paar Sekunden, bis er all seinen Mut zusammennahm und ruhigen Schrittes das Krankenhaus betrat. Die Intensivstation befand sich im 3. Stock, Vince nahm den Fahrstuhl und sprach während der wenigen Augenblicke noch mal leise seinen Text.

„Ich bin Peter Lorenz, der Fanklubbeauftragte von LüDo 1909. Ich habe einen Brief dabei, den unser Fanklub für Jan Kogler geschrieben hat. Hier ist mein Ausweis." Der Polizeibeamte vor Jans Zimmer warf einen eher flüchtigen Blick auf das Dokument, das ihm Vince unter die Nase hielt. „LüDo 1909? Was ist denn das für ein Fanklub? Nie davon gehört. Hat der was mit den 1909ern aus Dorstfeld zu tun?" Mist, damit hatte Vince nicht gerechnet. Warum konnte das nicht ein stinknormaler Polizist sein, der da Wache hielt? Warum mussten sie einen nehmen, der sich offenbar mehr in der Schwarz-Gelben Szene auskannte als so mancher Spieler? „Uns gibt es noch nicht so lange. Unser Fanklub ist nichts für den, sagen wir mal, klassischen Fan!" Das Gesicht des Polizeibeamten drückte eine Mischung aus Ratlosigkeit und Neugierde aus. Er stand unmittelbar davor, Vince mit der nächsten Gretchenfrage in die Enge zu treiben, als sein Walkie-Talkie laut knackte. „Tobi für Jens!" „Jens hört", entgegnete er. Vince atmete tief durch. Er hoffte, dass nun irgendetwas passieren würde, das ihm den Weg zu Jan freiräumte. „Brauche hier unten mal bitte dringend Verstärkung. Verdächtiges Fahrzeug. Kannst du deinen Standort kurz verlassen?" Jens Gardener, der

Polizeibeamte vor Jans Krankenzimmer, blickte Vince eindringlich an. „Ich komme sofort, muss nur noch kurz was hier oben erledigen!" Vince schnürte es die Kehle zu, als Gardener sagte: „Dann bringen Sie in Gottes Namen Ihre Botschaft an den armen Kerl da rein. Und sorgen Sie am besten gleich dafür, dass er wieder fit wird. Die Ärzte scheinen ihn ja aufgegeben zu haben, aber wenn Sie ihm sagen, dass wir ihn im Kampf um die Meisterschaft dringend brauchen, dann wird er es sich ja vielleicht noch mal überlegen und nicht abdanken." Vince wusste nicht, wie er die Reaktion des Beamten deuten sollte, die Hauptsache war jetzt ohnehin, dass Gardener die Station verließ und Vince somit endlich zu seinem Geliebten konnte.

Leise öffnete er die Tür und warf einen schüchternen Blick in den abgedunkelten Raum. Jan war an diverse Schläuche angeschlossen, auf dem Gesicht trug er eine Atemmaske. Der Geruch von Desinfektionsmitteln und Hoffnungslosigkeit paarte sich mit dem verwelkter Topfpflanzen, die geschätzten eintausend Kuscheltiere machten das gesamte Zimmer zu einer Art Schrein. Jan Kogler war nur noch ein Körper, der durch allerlei Apparaturen künstlich am Leben erhalten wurde. Vince wurde bewusst, dass er seinen Geliebten vermutlich nie wieder so in die Arme schließen könnte, wie er es in den vergangenen Monaten immer und immer wieder getan hatte. Jan war bis auf die Knochen abgemagert, seine Arme hingen schlaff aus dem Bett. Vince spürte die erste Träne auf seiner Wange. Wie sollte er es überhaupt anstellen, Jan ein allerletztes Mal zu umarmen, ihm Lebewohl zu sagen?

Als Jens Gardener den Eingangsbereich des Krankenhauses erreicht hatte, wimmelte es dort von Menschen. Ärzte, Sanitäter, blutende Patienten auf Bahren. Offenbar war irgendwo in der Nähe der Mallinckrodtstraße ein LKW mit einem Linienbus kollidiert. Der Polizeifunk sprach von zwölf zum Teil lebensgefährlich verletzten Personen. Da die Notaufnahme bereits völlig überlastet war, brachte man die Verletzten nun durch den Haupteingang ins Krankenhaus. In dem allgemeinen Chaos hatte niemand bemerkt, wie dort zehn Minuten zuvor ein roter SUV von einer vermummten Gestalt abgestellt wurde. Nur Tobias Mendreikes, Polizeimeisteranwärter aus Castrop-Rauxel, fiel der Wagen auf. Von so einem träumte er schon länger: breite Reifen auf Stahlfelgen, tiefergelegtes Chassis und verchromte Zierleisten. Mit seinem mickrigen Beamtengehalt würde das aber noch lange ein unerfüllter Wunsch bleiben. Aber wer stellte ein so auffälliges Fahrzeug ins absolute Halteverbot direkt vor ein Krankenhaus?

Nachdem er Jens um Verstärkung angefunkt hatte, verließ er seinen Posten, um den SUV zu inspizieren. Als die Rohrbombe, die unter der Fahrerseite angebracht war, detonierte, war Mendreikes keine zwei Meter von dem Fahrzeug entfernt. Er hatte nicht den Hauch einer Chance. Sein Gesicht wurde in Bruchteilen von Sekunden zerfetzt, sein Körper flog in hohem Bogen nach hinten und wurde gegen die Fassade des Krankenhauses geschleudert. Seine Knochen zerbarsten wie Streichhölzer, das Genick zum Schluss. Jens Gardener hatte Glück, dass er sich noch im Gebäude aufhielt. Draußen brach das perfekte Chaos aus.

Vince hatte die Explosion vor dem Krankenhaus nur als dumpfen Knall wahrgenommen. Seit einigen Minuten saß er nun am Bett seines Geliebten und hielt dessen Hand. „Ich weiß, dass du es nicht wollen würdest", flüsterte er Jan zu, „aber ich werde, egal wie das mit dir hier ausgeht, unsere Geschichte öffentlich machen. Es ist an der Zeit, dass die Leute die Wahrheit erfahren, und nicht nur über uns. Das bin ich dir und unserer Liebe schuldig!" Vince lief ein Schauer über den Rücken, als er diese Worte sprach. Er spürte, dass Jan nicht mehr aufwachen würde. Viel wichtiger war jedoch, dass er sich mit diesem soeben gegebenen Versprechen eine unendlich schwere Bürde auferlegt hatte. Vince war sich absolut im Klaren darüber, dass es da draußen mächtige Menschen gab, die eine Enthüllung, wie Vince sie plante, mit aller Kraft verhindern würden und dabei vermutlich auch über Leichen gingen. Er würde sein Geständnis wasserdicht machen und bei einem Notar hinterlegen müssen, falls ihm etwas zustieß.

Vince atmete tief ein, gerade so, als wollte er sich auf eine wichtige Aufgabe vorbereiten. Die Schritte draußen auf dem Krankenhausflur nahm er erst wahr, als sie schon unmittelbar vor Jans Zimmer waren. Mit einem schnellen Satz versteckte sich Vince hinter dem Vorhang, der das Waschbecken in Jans Zimmer vom Rest des Raumes trennte. Vince versuchte verzweifelt, so flach wie nur eben möglich zu atmen. Durch den Vorhang konnte er nicht wirklich erkennen, ob die Person, die das Zimmer betreten hatte, zum Krankenhauspersonal gehörte. Ein Arzt konnte es jedenfalls nicht sein, die Zeit der Visite war längst vorüber. Sollte er sich vielleicht doch besser aus seinem Versteck wagen und sich zu erkennen geben? Wenn es eine Schwester oder ein Pfleger war, würde er einfach kurz erklären, wer er war, und nichts würde passieren. Aber die Erinnerung an die verdächtige Person vor dem Eingang des Krankenhauses war noch allgegenwärtig, sodass Vince entschied, besser unentdeckt zu bleiben. Dann jedoch änderte sich alles, als die Gestalt jenseits des Vorhangs „In der Hölle sollst du schmoren!" zischte. Leise, fast unmerklich, aber eben doch für Vince vernehmlich. Die Panik stieg in ihm hoch, plötzlich vermochte er sehr wohl zu erkennen, was dort, jenseits des Vorhangs, vor sich ging. Schläuche wurden entfernt, Apparaturen wurden abgestellt. Diese Gestalt war gerade dabei, den Menschen zu töten, den Vince mehr liebte als sein Leben. Ohne nachzudenken gab er sein Versteck auf und stürzte sich mit einem wilden Kampfschrei auf den Eindringling. Dabei erwischte er ihn am Hinterkopf. Die Folge war ein kurzes Taumeln. Damit hatte er oder sie offenbar nicht gerechnet. Allerdings ließ die Reaktion nicht allzu lange auf sich warten. Katzengleich sprang die Gestalt kurz zur Seite, als Vince zum zweiten Mal einen Angriff wagen wollte. Laut krachend segelte er vorbei und landete flach auf dem Boden. Bevor er sich wieder aufrappeln konnte, war die Person über ihm und hieb auf Vince ein. Verzweifelt versuchte Vince auszuweichen und krallte sich dabei gleichzeitig alles, was er von seinem Gegner zu packen kriegte. Der letzte Schlag traf ihn an der linken Schläfe und raubte ihm das Bewusstsein.

16

Über dem Heppner'schen Anwesen im noblen Dortmunder Stadtteil Gartenstadt lag eine gespenstische Stille. Peers Kiefer pochte immer noch unablässig und ließ kaum einen klaren Gedanken zu. Er musste dringend zurück zur Westfalenhalle. Ein Mord ist immer eine verabscheuungswürdige Tat. Findet er jedoch während eines Livekonzerts statt, bekommt das Ganze eine völlig neue Dimension. Sobald sich die Schmierfinken des Morgenechos oder die Sensationsreporter von Prime TV darauf gestürzt hatten, würde sich die Panik unter allen konzertaffinen Menschen schneller verbreiten als die Cholera in den Subtropen. Peer hoffte nach wie vor, dass Gesine Heppners Verschwinden einen ganz plausiblen Grund haben würde und Kurt Heppner einfach aus einem ersten Impuls heraus in eine derartige Hysterie verfallen war. Immerhin war Gesine, zumindest im Vergleich zu Kurt, noch wirklich attraktiv. Peer würde es nicht wundern, wenn sie einfach mit irgendeinem blutjungen Lover auf und davon wäre.

Modrich eilte auf die Heppner-Villa zu, als sich die Haustür öffnete und Kurt Heppner vor ihm stand. Peer hatte seinen Chef noch nie zuvor in einem solch bedauernswerten Zustand gesehen. Sein Gesicht leichenblass, die Hände schweißnass, hielt er zitternd sein Smartphone in der Hand und schaute unentwegt auf das Display. „Hallo Chef", nuschelte Modrich, „ich konnte leider nicht eher vorbeikommen. Ich hoffe, es gibt gute Neuigkeiten ...?!" Heppner fiel auf die Knie, sah Peer ins Gesicht und streckte ihm die Hand entgegen, in der er das Smartphone hielt. „Aus. Alles ist aus. Vorbei. Das war's!" Er wurde von einem heftigen Weinkrampf heimgesucht. Peer nahm das Smartphone vorsichtig in seine rechte Hand und warf einen Blick auf das Display. Das Foto war unscharf, sodass Modrich zuerst an einen Wurm dachte. Aber was machte dieser Edelstein auf dem Rücken des Wurms? Die Schockwelle erfasste ihn im nächsten Moment, als er seinen Blick geschärft hatte. Der Wurm war ein Ringfinger, der Edelstein war ganz offenkundig ein ziemlich teurer Ehering. Was fehlte, waren die vier restlichen Finger der Hand. Peer mußte würgen. Um ein Haar hätte er sich über den Rhododendron, der im Vorgarten von Heppners Villa stand, übergeben. Die Schmerzen in seinem ausgerenkten Kiefer kehrten mit Macht zurück. Wer um Himmels willen tut so etwas? Und hieß das nun, dass Gesine Heppner bereits tot oder noch am Leben war? Während Peer diese Gedanken wie in einer Dauerschleife durch den Kopf schossen, ließ das flaue Gefühl in seinem Magen langsam nach.

„Kommen Sie, Kurt, lassen Sie uns erst einmal reingehen. Vielleicht ist das Ganze ja nur ein übler Scherz!", versuchte Modrich seinen Chef zu beruhigen.

17

„Franzi, was ist nur mit dir los? Du musst Papa und mir erzählen, was dich bedrückt, ja? Bitte, wir machen uns große Sorgen!" Liane und Gerd Puhl waren verzweifelt. Ihre neunjährige Tochter Franziska war seit geraumer Zeit wie paralysiert, sprach kaum ein Wort, aß und trank aber noch viel weniger. Bis nach dem Wochenende würden sie warten, dann wäre es höchste Zeit, mit ihr einen Arzt aufzusuchen. Anfänglich hatten sie dem nicht viel Bedeutung beigemessen. Franziska war schon immer ein eher in sich gekehrtes, aber sehr selbstständiges Kind. Sie hatte nur wenige Freunde, was ihr allerdings nichts auszumachen schien. Sie spielte stundenlang alleine, hatte mehr Fantasie als der Rest der Kinder in ihrer Klasse zusammen. Und ab und zu ging sie spazieren, eine Stunde, zwei Stunden. Einmal blieb sie über sechs Stunden von zu Hause weg. Gerd und Liane machten sich natürlich Sorgen und waren gerade dabei, Franziska der Polizei als vermisst zu melden, als sie die Haustür aufschloss und völlig zerzaust im Eingang stand. „War bei den Hasen und bei den Rehen draußen im Hixterwald. Die haben mit mir Fangen gespielt. Das war toll. Mach ich morgen wieder!" Die Gardinenpredigt, die Gerd Puhl ihr eigentlich halten wollte, blieb aus. Franziska sollte ihre Unbekümmertheit unbedingt beibehalten. Natürlich war es nicht ganz ungefährlich, ein neunjähriges Mädchen alleine die Welt erkunden zu lassen, aber dort, wo die Puhls wohnten, war sie, die Welt, noch in Ordnung.

Bis zu diesem unheilvollen Tag, als Franziska nicht wie sonst mit roten Wangen und hungrig nach Hause gehüpft kam, sondern mit zu Boden gesenktem Blick vor der Tür stand. Sie atmete stoßweise, in ihrem Gesicht konnte man die Spuren der Tränen erkennen, die auf dem Heimweg getrocknet waren. Liane hatte, nachdem die ersten vorsichtigen Versuche sie zum Reden zu bringen gescheitert waren, ihrer Tochter eine heiße Milch mit Honig gemacht. Ihr Lieblingsgetränk würde sie schon gesprächig machen, so hoffte ihre Mutter. Als aber auch das nichts half, beschlossen sie, Franziska für einen Moment in Ruhe zu lassen und brachten sie in ihr Zimmer. Dort blieb sie über zwei Stunden, als sie plötzlich wie ein Geist die Treppe herunterkam und sich an den Tisch im Esszimmer setzte. „Hunger!" Franziska sperrte den Mund auf, wie ein junger Vogel, dessen Mutter soeben mit frischen Insekten zum Nest zurückkam. Liane stellte ihr Cornflakes mit Milch hin. Das war etwas, das sie am liebsten zu jeder Tageszeit aß. Franziska nahm den Löffel und schaufelte sich die Portion in Windeseile in ihren zarten Körper. Wortlos stand sie auf und ging Richtung Treppe. „Moment. Bitte warte mal, mein Schatz", rief ihr Liane nach, „möchtest du mir nicht erzählen, was passiert ist? Wir machen uns solche Sorgen. Wir erkennen dich gar nicht wieder. Bitte sprich mit uns. Du weißt doch, dass du keine Angst haben musst und uns alles erzählen kannst. Dafür sind wir doch da!" Liane versuchte, so sanft und gleichermaßen eindringlich zu schauen, wie sie nur konnte. „Bin müde, möchte schlafen!" Das war alles, was Franziska herausbrachte.

„Wir müssen morgen mit Franzi zu Doktor Böhmer. Ich halte das nicht mehr aus. Irgendetwas muss vorgefallen sein. Vielleicht haben wir schon viel zu lange gewartet?!" Gerd und Liane machten sich große Vorwürfe. Nicht auszudenken, wenn ihrer Tochter etwas passiert wäre. Sie hätten sich nie mehr im Spiegel betrachten, geschweige denn unter die Leute treten können. Sie hatten beide insgeheim gehofft, dass Franzi irgendwann von alleine mit der Sprache rausrücken und ihnen ihr dunkles Geheimnis offenbaren würde. Dass sie dies nun nicht ohne fremde Hilfe schaffen würden, war klar. Außerdem waren die Ferien bald zu Ende, da war es wichtig, dem Problem auf den Grund zu gehen, ehe die Schule sie auf ihre Tochter ansprach.

18

Der abgedunkelte Raum im St. Gertrudis-Hospiz war vollkommen schallisoliert. Lediglich der flache Atem des einzigen Patienten im Zimmer 217 war zu hören. „Papa, ich bin's, Peer! Kannst du mich hören?" Peer hatte sich an das Bett seines Vaters gesetzt und hielt dessen Hand. Sie war, wie der Rest von Felix Modrichs Körper, auf erschreckende Weise abgemagert und schien keinerlei Kraft mehr zu haben. Fast unmerklich öffnete Felix Modrich die Augen und versuchte, seinen Sohn zu erblicken. Das leichte Drehen seines Kopfes fiel ihm sichtlich schwer. „Wer hätte das gedacht", wisperte er und lächelte, „wer hätte gedacht, dass wir uns noch mal wiedersehen? Das mit Karlchen hast du gut gemacht, mein Sohn!" Peer musste sich zusammenreißen, wollte er nicht losheulen wie ein Schlosshund. Karlchen war der Grund, warum er sich von seinem Vater losgesagt hatte, jeglichen Kontakt zu ihm vermied. Er wollte damals verhindern, dass zwischen ihnen eine Situation entstand, in der Peer seinem Vater klarmachte, dass er es eben doch drauf hatte. Diesen Triumph genoss Peer lieber in aller Stille. Er wusste um den Stolz seines Vaters. Ein Ermittler vom Rang eines Felix Modrich hätte vermutlich auch in der Auflösung des Karlchen-Falls noch ein Haar in der Suppe entdeckt und versucht, ihm seinen Erfolg schlecht zu reden. Diese Diskussionen hasste

Peer wie die Pest, auch weil sein Vater am Ende immer das letzte Wort hatte und meistens recht behielt. Felix Modrich hatte das Talent, Argumente für seine These aus dem Hut zu zaubern. Argumente, die eigentlich wenig bis nichts mit der Sachlage zu tun hatten, die aber den Gesprächspartner zunehmend verwirrten und am Ende willenlos zurückließen. Felix Modrich war ein Alphatier, das selbst die schlimmsten Niederlagen in Siege umzuwandeln wusste. Darunter hatte Peers Selbstvertrauen immer wieder gelitten. Genau das brauchte er aber, um Fälle wie Karlchen zu lösen.

Und jetzt, nachdem er über ein Jahr nichts mehr von seinem Vater gehört oder gesehen hatte, saß er an seinem Sterbebett und hielt seine knöcherne Hand. „Danke, Papa! Das war aber auch dein Verdienst. Immerhin hast du mir damals, als du ihn eingebuchtet hattest, allerlei Details über Karl Ressler verraten. Mehr als ich eigentlich wissen durfte. Wie geht es dir?"

Felix Modrich holte tief Luft und grinste Peer breit an. „Ich hab mich nie besser gefühlt, sieht man mir das nicht an? Diese hübsche Ärztin sagt, noch ein bis zwei Wochen, dann kann ich wieder nach Hause und mich um mein Hobby kümmern!" Peer senkte den Kopf und schluckte, spielte das Spiel aber mit. „Hobby? Welches Hobby meinst du? Sind es immer noch viel zu junge Frauen?" Felix Modrich legte die linke Hand in seinen Schritt und schnalzte mit der Zunge. „Glaub mir, mein Junge. Der kleine Felix ist immer noch in Bestform. Aber ich meine eigentlich das Kochen. Wenn das hier vorüber ist, kommst du mal wieder bei mir vorbei. Ich bereite uns dann ein Coq au Vin zu, das du dein Leben lang nicht vergessen wirst. Und dazu trinken wir einen guten Tempranillo, den magst du doch immer noch, oder?" Die Tür des Krankenzimmers öffnete sich. Herein kam eine junge Frau, deren betörende Schönheit Peer für einen Moment die Sorge um seinen todkranken Vater vergessen ließ. „Oh, entschuldigen Sie bitte, ich wollte nicht stören. Ich war gerade in der Nähe und wollte mich nach dem Befinden von Herrn Modrich erkundigen. Sie sind ...?" „Sein Sohn. Peer. Peer Modrich. Freut mich. „Sie sind Peer? Ihr Vater hat mir viel von Ihnen erzählt. Sie beide haben ein sehr spezielles Vater-Sohn-Verhältnis, richtig? Ich bin Bea Leitner, die behandelnde Ärztin Ihres Vaters."

Die Situation war einigermaßen grotesk: Auf dem Bett lag sein Vater im Sterben, vor ihm stand die vermutlich hübscheste Frau, die er jemals getroffen hatte. Peer fragte sich, was das Schicksal wieder mal mit ihm im Schilde führte. Er merkte, dass ihm der Schweiß ausbrach und gleichzeitig Tränen in die Augen schossen. Das Schicksal war ein echtes Miststück, musste Peer wieder einmal feststellen. „Tut mir leid, Frau Doktor, ich weine ungern im Beisein von Menschen, die ich gerade erst kennengelernt habe, aber Sie scheinen mit Ihren Worten irgendeinen wunden Punkt von mir getroffen zu haben. Hätten Sie mal ein Taschentuch?" ‚Himmel noch mal', dachte Peer, ‚jetzt reiß dich bitte zusammen. Was soll die Frau von dir halten?' „Hier, bitte. Und tun

Sie sich keinen Zwang an. Ich mag Männer, die Mut zu echten Gefühlen haben." Jetzt wurde es Peer eine Spur zu kitschig. Er kam sich vor wie in einer Daily Soap. Fehlte nur noch, dass sie jetzt vorschlug, mit ihm nachher einen Kaffee trinken zu gehen. „Wenn Sie gleich noch ein paar Minuten haben, würde ich mich gerne mit Ihnen unterhalten. Hier um die Ecke gibt es ein nettes, kleines Café." ,Halleluja!', dachte Peer. Sie hatte es wirklich gesagt. Es wurde immer grotesker. Schließlich hörte Peer seinen Vater sagen: „Geht nur, ich komm' schon klar. Vielleicht könnt ihr der Schwester sagen, dass ich mich doch gegen die Rouladen entschieden habe und lieber die Graupensuppe hätte?" Peer beugte sich über seinen Vater, gab ihm einen zärtlichen Kuss auf die Stirn, drückte seine Hand und verabschiedete sich von ihm. Er nahm sich vor, ihn so oft es ging zu besuchen.

„Wer hat Sie informiert?" fragte Bea Leitner lächelnd. Peer war immer noch vollkommen verwirrt und begann leicht zu torkeln. „Verzeihen Sie bitte. Ich muss mich jetzt sofort setzen, sonst liege ich Ihnen gleich zu Füßen, allerdings unfreiwillig." Die Ärztin lächelte mitfühlend. „Da vorne ist ein kleiner Warteraum. Vielleicht sollten wir uns erst einmal dort unterhalten und warten, bis es Ihnen wieder besser geht?" Peers Beine schienen aus Pudding zu sein. Kalter Schweiß lief ihm den Rücken hinunter. Wenn das so weiterginge, würde er vermutlich bald wieder seinem alten Lebensstil frönen und Senor Tempranillo zu sich nach Hause einladen. „Es war ein Brief von der Hospizleitung, der vor ein paar Tagen in meiner Post lag. Mein Vater hat mich als einzigen Verwandten angegeben, deshalb mussten sie mich früher oder später anschreiben. Ich hatte ja schon länger keinen Kontakt mehr zu ihm, und jetzt ... na ja, Sie wissen das ja besser als ich!"

Die Ärztin blickte betroffen zu Boden und rang sichtlich nach Worten. „Als ich Ihren Vater nach weiteren Verwandten fragte, ist er mir ausgewichen. Was ist mit Ihrer Mutter passiert?" Peer lächelte gequält. „Lassen Sie es mich so ausdrücken: Sie hatte mehrere gute Gründe, um meinen Vater zu verlassen. Die meisten waren halb so alt wie er und ähnlich hübsch wie Sie!" Bea Leitner errötete, was Peer extrem sympathisch fand. „Ihr Vater hat immer an seine Chance zu überleben geglaubt, vielleicht sogar mehr als ich." Nun hob sie den Kopf und sah Peer an. „Als ich ihm damals sagte, wie lange er vermutlich noch zu leben hat, war das nur im ersten Moment ein Schock für ihn. Schon zwei Tage später kam er bestens gelaunt zur ersten Chemo und versuchte, den Tumor mit ziemlich makabren Witzen über das Sterben unschädlich zu machen. Natürlich konnte das nicht gelingen, aber so hat jeder Krebspatient seine eigene Art, mit der Krankheit umzugehen. Ich hatte mal einen älteren Herrn, der sein schwarzes Melanom mit Eigenurin behandelte. Morgens, mittags und abends. Und ob Sie's glauben oder nicht: Es half! Zumindest anfänglich." Ehe Bea Leitner weitererzählen konnte, brummte Peers Handy in seiner Hosentasche. Guddi hatte es wirklich raus, immer im falschen Moment zu stören.

„Guddi, sei mir nicht böse, aber im Moment würde ich gern nicht gestört werden und ... er ist was?" Wenn er nicht bereits gesessen hätte, wäre es jetzt an der Zeit gewesen, ein gemütliches Plätzchen zu suchen. Am besten einen schalldichten Raum, damit niemand hören konnte, wie Peer seinen Frust herausbrüllte. Jan Kogler war aus dem Krankenhaus verschwunden. Ein unbekannter Mann lag an seiner Stelle im Krankenbett und redete wirres Zeug. Und um dem Ganzen die Krone aufzusetzen, hatte es unmittelbar vor dem Krankenhaus eine Explosion gegeben, bei der ein Kollege ums Leben gekommen war. Das Comeback des Senor Tempranillo rückte immer näher, soviel stand fest. „Oh Mann, weißt du eigentlich, wie sehr ich dich hasse? Ich bin dann in einer halben Stunde am Krankenhaus."

Bea Leitner steckte Peer in diesem Moment einen Zettel zu und lächelte ihn an. Er spürte ein wohliges Kribbeln am ganzen Körper. Das Lächeln dieser Frau schien ihn regelrecht zu verzaubern. Er würde es brauchen, um die bösen Geister zu vertreiben, die ihn tagtäglich in Form von durchgeknallten Mördern und sonstigem Dreckspack begegneten. „Melden Sie sich einfach bei mir, wenn Sie den Kopf wieder freihaben. Ich würde mich wirklich freuen, den Kaffee mit Ihnen irgendwann zu Ende zu trinken." Ihr Pferdeschwanz wippte im Takt ihrer Schritte, als sie den Warteraum verließ. Bea Leitner war in sein Leben gerauscht wie ein Hochgeschwindigkeitszug. Jetzt lag es an ihm, einen guten Platz zu reservieren und dann schnell einzusteigen. Erst dann konnte die Fahrt losgehen. Nur langsam erhob er sich und strebte dem Ausgang entgegen. War gar nicht so leicht, Haltung zu bewahren, wenn der Bauch voller Schmetterlinge war.

19

Guddi saß auf einem Stuhl neben dem Bett, in dem ein völlig aufgewühlter junger Mann lag, der sich als Vincent Maiwald ausgab und nach einem Anwalt verlangte. Die Beule an seinem Kopf zeugte von einem wuchtigen Schlag, der durchaus tödlich hätte enden können. Von Jan Kogler fehlte jede Spur. Das Einzige, das Guddi bislang aus diesem hysterischen Etwas herausgebracht hatte, war eine sehr rudimentäre Beschreibung einer Gestalt in einem Kapuzenshirt. Nicht einmal das Geschlecht dieser Person konnte der Zeuge, der gleichzeitig auch Opfer geworden war, zweifelsfrei benennen. Und das, obwohl er der Person unmittelbar gegenübergestanden und sie hatte sprechen hören. In so einer Situation, das wusste Guddi mittlerweile nur zu gut, war es vollkommen sinnlos, Druck auf den Zeugen auszuüben. Natürlich hätte sie nur zu gerne und sofort eine Ringfahndung nach der flüchtigen Person initiiert, aber dafür war die Täterbeschreibung zu dürftig. Die Kollegen kämmten dennoch die umliegenden Straßen durch, schließlich konnte die Person mit Jan Kogler im Schlepptau nicht weit gekommen sein.

Guddi musterte den immer noch zitternden jungen Mann, der ihr in diesem Moment irgendwie leidtat. „In welcher Beziehung standen Sie zu Jan Kogler? Was war der Grund Ihres Besuches?" Sie sprach so sachte wie möglich zu ihm. Und dennoch schienen ihn die Fragen wie Nadelstiche zu treffen. Er kniff die Augen zusammen und kämpfte offenbar gegen einen Weinkrampf an. Nachdem er mehrmals tief ein- und wieder ausgeatmet hatte, sah er Guddi an und lächelte zum allerersten Mal, seitdem sie sich zu ihm gesetzt hatte. Vielleicht hatte sie ihn ja nun doch geknackt? „Sie müssen Jan finden, versprechen Sie mir das?" Guddi hätte Vince gern dieses Versprechen gegeben, aber sie wussten beide, dass Jan Koglers Überlebenschancen nun noch geringer waren als vor seiner Entführung. „Was ich Ihnen versprechen kann, ist, dass wir alles tun werden, um denjenigen, der das hier getan hat, zur Strecke zu bringen. Aber Sie müssen uns dabei helfen. Sie sind unser wichtigster Zeuge. Um den Fall zu lösen, müssen Sie kooperieren. Und dazu gehört unter anderem auch, dass wir den Grund Ihres Besuches wissen müssen. In welcher Beziehung standen Sie zu Herrn Kogler?" Vince' Blick war vielsagend. Guddi verstand.

Die Tür des Krankenzimmers wurde aufgestoßen. Guddis Kollege Kruschek rang nach Luft, sein Gesicht verriet indes, dass er keine guten Nachrichten hatte. „Wir haben Jan Kogler gefunden. Jemand hat ihn in einen der Müllcontainer gesteckt und mit einem Laken zugedeckt. Er ist tot."

Das war leider der ungünstigste Zeitpunkt für diese Mitteilung. Damit dürfte die Kooperationsbereitschaft des wichtigsten Zeugen gen null gehen. Vince Maiwald stieß einen spitzen Schrei aus und schlug wie ein Wilder um sich. Guddi bedeutete Kruschek, den Raum besser sofort zu verlassen. Sie setzte sich zu Vince aufs Bett und versuchte, eine seiner Hände zu greifen. Aber Vince war total außer sich und hieb wie von Sinnen auf Guddi ein. Nur mit Mühe gelang es ihr, ihn zu überwältigen. Um sicherzugehen, dass er nicht wieder durchdrehte und auf sie losging, legte sie ihm Handschellen an. Nun kauerte er sich wie ein Häufchen Elend in dem Krankenbett zusammen und starrte völlig apathisch zu Boden. „Vince, es liegt jetzt an Ihnen, uns auf die Spur des Mörders Ihres Freundes zu führen. Wir werden alles daran setzen, den Typen zu finden, aber ohne Ihre Aussage wird es vermutlich deutlich länger dauern. Vince? Hier ist meine Karte, rufen Sie mich unter der Mobilnummer an. Sie erreichen mich dort zu jeder Zeit, verstanden?" Nichts. Keine Reaktion. Der Mann war völlig entrückt. Aus ihm würde Guddi jetzt nichts herausbekommen.

Sie rief die Kollegen vom psychologischen Dienst an und bat darum, dass sie sich umgehend um Vince Maiwald kümmerten. Guddi hoffte inständig, dass sie den armen Kerl wieder zurück in die Spur bringen würden. Ihr Instinkt sagte ihr, dass zwischen Jan und ihm mehr war als eine Freundschaft. Als sie das Zimmer verließ, schien Vince zu schlafen. Auf dem Gang kamen ihr bereits zwei Kollegen vom psychologischen Dienst und Peer entgegen. „Es ist das letzte Zimmer hinten links", wies Guddi die Kollegen an. „Peer, wir haben hier im Moment nichts weiter zu tun. Wir müssen uns um den Mörder von Jan Kogler kümmern." Als sie

Peers verblüfftes Gesicht sah, ergänzte sie: „Ja, du hast richtig gehört. Kogler ist auch tot. Nach Joe Sanderson das zweite prominente Opfer innerhalb kurzer Zeit. Das kann doch kein Zufall sein. Und von Gesine Heppner fehlt nach wie vor jede Spur. Es deutet im Moment einiges darauf hin, dass wir bei Sanderson und Kogler von ein und demselben Täter ausgehen müssen." Peer nickte zustimmend. „Ich würde sogar sagen," ergänzte er, „dass wir es mit einer Tätergruppe zu tun haben. Oder glaubst du etwa ernsthaft, dass das, was hier und heute vor und im Krankenhaus passiert ist, von einem Einzeltäter geplant und begangen werden konnte? Das sind mindestens zwei, jede Wette. Na komm, dann lass uns mal die Fakten zusammenlegen und schauen, wie weit wir damit kommen."

20

Es war eine sehr unruhige Nacht. Franziska Puhl hatte ihre Eltern kaum ein Auge zutun lassen. In kurzen und regelmäßigen Abständen rief Franziska im Schlaf um Hilfe und schlug dabei mit den Händen gegen den Bettrahmen. Sie war schweißgebadet und extrem kurzatmig, gerade so, als habe sie soeben den schrecklichsten Tag ihres so jungen Lebens noch mal in voller Länge erlebt. Gerd Puhl nahm seine zitternde und wimmernde Tochter fest in die Arme und sprach beruhigend auf sie ein. Als auch dies nichts half, versuchte er es mit Singen. „La-Le-Lu, nur der Mann im Mond schaut zu ... ." Das Lied, das Heinz Rühmann seinem Sohn in *Wenn der Vater mit dem Sohne* vorsang, hatte bislang auch immer bei Franzi geholfen, wenn sie Probleme beim Einschlafen hatte. Und für einen kurzen Moment schien es auch diesmal seine Wirkung nicht zu verfehlen. Franzis Atmung beruhigte sich, sie kuschelte sich enger an ihren Vater und schloss die Augen. Liane sah ihren Mann dankbar an. Dafür liebte sie ihn. So sehr sie ihn manchmal wegen seines Stoizismus auf den Mond wünschte, so sehr bewunderte sie ihn in Situationen wie dieser dafür. Liane selbst zitterte wie Espenlaub und spürte die Panik in sich aufsteigen. Ohne Gerd wäre sie in solchen Momenten komplett überfordert.

„Ich hab Angst, Papa. Ich will nicht, dass mir etwas passiert, Papa!" Gerd sah seine Frau eindringlich an. Es war jetzt besser, wenn Liane das Kinderzimmer verließ. Gerd würde versuchen, Franzi zu beruhigen und gleichzeitig ein paar Informationen aus ihr herauszukitzeln, die endlich Licht ins Dunkel bringen würden. So hoffte er zumindest. Liane hatte die Tür des Kinderzimmers leise hinter sich geschlossen. „Psssst", flüsterte Gerd seiner Tochter sanft ins Ohr, „niemand wird dir etwas antun, mein Schatz. Solange Mama und Papa da sind, brauchst du dir darüber überhaupt keine Sorgen zu machen. Und überhaupt: Wer sollte denn einem so zauberhaften Geschöpf wie dir etwas Schlimmes antun wollen, hm? Ich schwöre dir hiermit, dass jeder, der es nur wagt, dir ein Haar zu krümmen, es mit mir zu tun bekommt. Und du weißt, was das heißt, oder? Sieh mich mal an!" Franzi hob langsam den Kopf. Gerd Puhl hatte sich vor ihr aufgebaut, die Beine breit und die Hände an der Hüfte. Dabei tat er so, als hätte er links und rechts einen Revolver in einem Gurt stecken. Lässig warf er beide Schießeisen in die Luft, drehte sich um die eigene Achse und fing sie wieder auf. Fast zeitgleich wanderten sie zurück in den Gurt. „Und jetzt lasst ihr gefälligst mein kleines Mädchen in Ruhe, ihr Halunken. Mit euch nehme ich es jederzeit auf. Verzieht euch, oder ich mach euch Beine!" Abschließend rieb er seine Faust an seinem Sheriffstern.

Franzi lächelte. Endlich lächelte sie wieder. Sie hatte mit ihrem Vater schon einige Westernklassiker gesehen. Ob es nun *Zwölf Uhr mittags* oder *Winchester '73* war, Franzi und Gerd Puhl genossen jede Minute, vor allem den finalen Showdown, in dem immer die Guten gewannen. Und dabei war es beiden egal, ob es James Stewart, Gary Cooper oder der große John Wayne war, der den Schurken am Ende zur Strecke brachte. „Das ist mein Mädchen", flüsterte Gerd, „jetzt versuch, noch ein wenig zu schlafen. Ich hole morgen früh frische Croissants, okay?" Wortlos legte sich Franzi in ihr Bett und war kurze Zeit später wieder eingeschlafen. Das ganze Prozedere wiederholte Gerd Puhl noch dreimal in dieser Nacht.

Als sie gemeinsam am Frühstückstisch saßen und die noch ofenwarmen Croissants verputzten, stieß Franzi plötzlich ihr Glas um und sprang von ihrem Stuhl auf. „Da! Das ist der Mann! Ist er ... tot?" Gerd drehte die Zeitung um, die er vor sich ausgebreitet in den Händen hielt, und las die Schlagzeile: ‚Jan Kogler ist seinen schweren Verletzungen erlegen! Polizei sucht unbekannten Täter!'

„Du hast Jan Kogler an diesem Tag gesehen, Franzi?" Liane Puhl sah ihre Tochter mitleidsvoll an. „Wen noch? Hast du noch eine andere Person gesehen?" Gerd spürte, dass seine Tochter wieder kurz davor war, zuzumachen. Ihr Augen flackerten, als sie mit zitternder Stimme sagte: „Da war noch jemand, ja. Der wollte den da töten. Dann hat er mich gesehen und ... und!" Stille. Franzi war leichenblass und hyperventilierte. „Ein Mann also", sagte Gerd Puhl, „kanntest du ihn?" Franzi zuckte mit den Schultern. Ihre Eltern wussten, dass sie im Moment nichts mehr aus ihrer Tochter herauskriegen würden. Vielleicht sollten sie mit ihr direkt zur Polizei gehen. Das Ganze duldete einfach keinen Aufschub mehr.

21

„War das wirklich nötig?" „Ja, er musste sterben. Wir konnten nicht riskieren, dass er es überlebt. Willst du etwa ins Gefängnis?" „Natürlich nicht. Aber warum nicht ein wenig unauffälliger? ‚Bombenexplosion vor dem Krankenhaus!' Haben wir so viel Aufmerksamkeit nötig? Wir sind doch keine Terroristen!" „Doch, jetzt schon. Und das ist auch gut so. Sollen sie uns doch dafür halten. Macht uns das Leben leichter!" „Aber wer war der Typ in seinem Zimmer?" „Das wüsste ich auch gern. Wir müssen auf der Hut sein. Vielleicht haben die Bullen ja doch eine Ahnung und beschatten uns?" „Was ist mit ihr?" „Alles gut. Zustand unverändert. Da kommt dein Bruder!"

22

Auf dem Weg ins Präsidium war Peer schweigsamer als sonst. Guddi brauchte nicht lange, um festzustellen, dass seine Gedanken um eine bestimmte Sache kreisten. „Dass er schwul gewesen sein könnte, beschäftigt dich, richtig?" Wenn Peer den Wagen gefahren hätte, wäre er vor Schreck vermutlich in den vorausfahrenden Verkehr gerauscht. Er blickte aus dem Fenster ihres Dienstwagens und versuchte, das Gespräch auf etwas anderes zu lenken. „Ich muss nachher mal wieder laufen gehen. Den Kopf frei kriegen. Ist gerade alles ein bisschen viel." „Na, vielen Dank für das Gespräch, Herr Modrich!" Guddi schüttelte den Kopf. Bevor sie weiter verbal auf Peer eindreschen konnte, fiel er ihr ins Wort. „Ich gebe zu, dass der Gedanke, dass einer unserer besten Pöhler mit einem Mann zusammenlebt, schon extrem gewöhnungsbedürftig für mich ist. Und sicher nicht nur für mich." Guddi setzte abermals an, diesmal, um zu protestieren. „Lass mich bitte ausreden, Gudrun!" So hatte er sie eine halbe Ewigkeit nicht mehr genannt. „Es hat einzig und allein mit der Sportart zu tun. Fußball ist ein Männersport, deshalb können die Damen mit ihrer Nationalmannschaft ja auch Titel erringen wie sie wollen. Frauenfußball ist doch immer noch eine Randsportart in Deutschland. Was ich damit sagen will, ist: Wenn sich die Jungs auf dem Platz nach einem Tor umarmen und knutschen, hatte das bislang ja nie eine sexuelle Komponente. Sollte jetzt aber herauskommen, dass es Spitzenfußballer gibt, die andere Männer lieben, dann wird der gesamte Sport in ein anderes Licht gerückt!"

Guddi prustete los und wäre dem Vordermann um ein Haar ins Heck gerasselt. „Junge, Junge, wenn ich das schon höre. ‚In ein anderes Licht gerückt!' Was für ein bodenloser Dünnpfiff! Das meinst du jetzt hoffentlich nicht ernst, Modrich? Ich meine, was soll das überhaupt heißen? ‚In ein anderes Licht gerückt!' Ist dann etwa ein Tor, das ein schwuler Spieler schießt, weniger wert als das eines Heteros? Oder der Elfmeter, den ein schwuler Torwart hält, doch drin?" Jetzt musste Peer lachen. Er liebte seine Partnerin, wenn sie sich so in Rage redete. Guddi war vermutlich der ehrlichste Mensch, den er jemals getroffen hatte. Verstellen war für sie immer eine immens hohe Herausforderung. Am liebsten sagte sie ihrem Gegenüber unverblümt, was sie von ihm hielt – oder eben nicht hielt. „Von mir aus können die alle abwechselnd mit Männlein, Weiblein oder beiden Geschlechtern gleichzeitig ins Bett gehen", holte Peer aus, „ich habe nicht das geringste Problem damit, einen schwulen Fußballer anzufeuern oder auszupfeifen. Gleiches Recht für alle. Aber schau dir doch mal die Leute an, die an den Wochenenden ins Stadion strömen oder sich die Bundesligaspiele zu Hause anschauen. Ich würde meinen, dass für mindestens die Hälfte eine Welt zusammenbricht, wenn der Spieler, dessen Name auf dem Trikot steht, das sie gerade tragen, sich als schwul outet. Das können die nicht verarbeiten, fürchte ich. Stille Tage im Klischee ..."

Mittlerweile hatten sie den Parkplatz am Polizeipräsidium erreicht. Guddi zog den Schlüssel ab und wandte sich zu Peer. „Ich will und kann es einfach nicht akzeptieren, dass eine aufgeklärte westliche Gesellschaft wie unsere im 21. Jahrhundert immer noch nicht in der Lage ist, offen mit der Tatsache umzugehen, dass es Menschen, ja sogar Prominente gibt, die anders lieben als die Mehrheit! Was glaubst du, wie viel Prozent der Profifußballer schwul sind? Zehn? Fünfundzwanzig? Und was glaubst du, wie viele von denen, die auf der Tribüne stehen und das, wenn es denn mal rauskommt, verurteilen, selber ein Geheimnis haben?" „Vermutlich alle", lachte Peer und gab Guddi einen leichten Stoß, „Du bist großartig, Gudrun Faltermeyer. Hast du schon mal darüber nachgedacht, in die Politik zu gehen? Leute wie dich könnten die gut gebrauchen. Ja-Sager und falsche Diplomaten haben wir genug. Denk vielleicht mal drüber nach. Ein Leben lang bei der Polizei ist ja eventuell nicht das Gelbe vom Ei!" Guddi gluckste. „Reim dich oder ich schlag dich. Na ja, ich weiß nicht. Kümmern wir uns erst einmal um den aktuellen Fall. Ich wette allerdings, dass die sexuellen Vorlieben von Jan Kogler irgendetwas mit seinem Tod zu tun haben. Vielleicht sollten wir mal recherchieren, wie die sexuelle Gemengelage bei Joe Sanderson war? Und Gesine? Was wissen wir über sie? Oh Mann, das wird kein angenehmes Gespräch mit Kurt, wenn wir mit so einer Frage um die Ecke kommen!" Guddi und Peer ahnten, dass sie eine erste heiße Spur hatten.

23

Kurt Heppner hatte sich seit dem Verschwinden seiner Frau sichtlich verändert. Seine Wangen waren eingefallen, tiefe Augenringe zierten sein Gesicht. Am schlimmsten war aber, dass er sich extrem gehen ließ. War er selbst immer perfekt gekleidet und rasiert, schien es Heppner mit der Hygiene nicht mehr so ernst zu nehmen, seitdem Gesine verschwunden war. Das war nun schon immerhin über einen Monat her. Alle Kollegen rümpften jedenfalls die Nase, als ihr Chef den Besprechungsraum betrat. Der Bart stand Heppner gar nicht so schlecht, wie Guddi befand, insgesamt machten sie sich jedoch alle Sorgen um ihn. Eigentlich hatte er das Recht, sich eine Auszeit zu nehmen. Jeder hätte das verstanden. Kurt Heppner selbst hatte jedoch verlauten lassen, dass er mit der extremen psychischen Belastung klarkommen wollte, ja musste. Immerhin hatte er die Hoffnung noch nicht aufgegeben, seine Frau lebend wiederzusehen. Aber selbst, wenn dies nicht der Fall sein würde: Kurt Heppner wollte den oder die Täter dingfest machen, koste es, was es wolle – und wenn es die Körperhygiene war.

Neben Modrich und Guddi saßen noch Kruschek und Leitner im Besprechungsraum. „Sind wir dann vollzählig?", fragte Heppner, sichtlich ungeduldig. „Frau Ressler kommt ein paar Minuten später. Sie steckt im Stau auf der A40 fest." Kruschek blickte in die Runde und musste feststellen, dass die Erwähnung des Namens ‚Ressler' erstaunliche Reaktionen auslöste, besonders bei Peer Modrich. Er biss sich auf die Unterlippe und fing an, leise vor sich hin zu fluchen, als wollte er einen Dämon daran hindern, von ihm Besitz zu ergreifen.

„Ich habe gerade Ihr Aussageprotokoll von der Vernehmung des Zeugen Maiwald gelesen", fing Heppner an und wandte sich Guddi zu. „Ihre Schlussfolgerung, dass Maiwald eine ‚intime Beziehung' zum Opfer hatte, finde ich etwas spekulativ. Worauf genau stützen sie diese?" Guddi wusste, dass sie sich etwas zu weit aus dem Fenster gelehnt hatte, aber je länger sie über den Fall Kogler nachdachte, umso überzeugter war sie, dass die Beziehung der beiden Männer zueinander der Schlüssel zum vermeintlichen Täterkreis war. „Wenn ich Ihnen jetzt sage, dass meine Intuition ungefähr neunzig Prozent ausmacht, werden Sie vermutlich nur ein müdes Lächeln übrig haben. Aber genau so ist es. Außerdem hat Maiwald im Krankenhaus ungewöhnlich emotional auf die Nachricht von Koglers Tod reagiert." Modrich räusperte sich und ergänzte: „Es ist vermutlich die Wahrheit. Ich war zwar persönlich nicht dabei und kann die extreme Reaktion von Vince Maiwald weder bestätigen noch dementieren, aber nach allem, was Kollegin Faltermeyer und ich an Indizien und Aussagen zusammengetragen haben, kann man hier getrost davon ausgehen, dass die beiden Männer mehr als nur Kumpel waren." Guddi spürte, dass Heppner mit

Modrichs Ausführungen nicht zufrieden war. Warum musste Peer auch unbedingt erwähnen, dass er bei der Zeugenaussage nicht anwesend war.

„Sie wollen mir also weismachen, dass der bislang wichtigste Zeuge lediglich von einer einzigen Beamtin befragt wurde? Das ist, mit Verlaub, ein mehr als starkes Stück. Damit haben wir genau nichts in der Hand. Wenn dieser Maiwald beim nächsten Mal alles abstreitet, haben wir seine Aussage und die der Kollegin Faltermeyer. Keine Aufnahme, kein unterschriebenes Aussageprotokoll. Sie wissen doch beide, dass ein so brisantes Thema erst dann an die Öffentlichkeit dringen darf, wenn wir hieb- und stichfeste Beweise haben?"
„Das ist uns durchaus bewusst", warf Peer ein, „und natürlich werden wir weiter im Umfeld von Jan Kogler recherchieren. Ob die Beziehung der beiden Männer wirklich publik gemacht werden sollte, steht ohnehin auf einem ganz anderen Blatt. Sie wissen ja, welches Bild der durchschnittliche Fußballfan da draußen von seinen Idolen hat." „Nicht nur der", konterte Heppner schnell, „auch ich würde mich zu denen zählen, die das für nahezu unmöglich halten. Das haben die Medien in den letzten Monaten doch nur hochgekocht, weil sie offenbar nichts Besseres zu tun hatten und irgendein Sommerloch mit den üblichen Gerüchten füllen mussten. Früher gab es auch keine schwulen Fußballer. Oder glauben Sie ernsthaft, dass Netzer, Breitner und Konsorten irgendetwas damit am Hut hatten?

„Früher war sowieso alles besser, oder?" Die Stimme gehörte Meike Ressler, die schwungvoll den Raum betrat. „Woher wollen Sie wissen, lieber Herr Heppner, dass es in den vergangenen Jahrzehnten keine schwulen Fußballer gegeben hat?" Modrich seufzte. „Meike, schön, dass du hier bist. Bitte nimm Platz", sagte Guddi. Meike ließ sich auf dem Stuhl neben Peer nieder. Modrich mied den Blickkontakt. Meike aber hatte sich warm geredet. „Hätten Sie damals ernsthaft damit gerechnet, dass Rock Hudson oder Freddie Mercury schwul sind?" „Oder Rob Halford", warf Modrich völlig unerwartet ein. „Peer, ich dachte schon, du seist eingenickt!", bemerkte Meike süffisant. „Wer ist Rob Halford?" Modrich verdrehte die Augen: „Das ist der Sänger von Judas Priest, einer der besten Metalbands aller Zeiten. Rob Halford trug bei den Konzerten seiner Band immer schwarzes Leder, hauteng, selbst die Mütze auf seinem kahlen Kopf war schwarz und aus Leder." Guddi lachte. „Und da warst du tatsächlich überrascht, als er sich outete? Ich meine, das klingt für mich nach einem absoluten Schwulen-Klischee. Bist du sicher, dass er nicht auch noch bei den Village People gesungen hat?" Jetzt musste auch Peer lachen. „In der Nachbetrachtung hätte man es tatsächlich damals wissen müssen", resümierte er. „Worauf ich, und ich denke auch Meike, abzielen, ist, dass man nicht einfach hingehen und sagen kann, dass ein Mann nicht schwul sein kann, nur weil er einen vermeintlich ‚männlichen' Sport ausübt oder sonstige Dinge tut, die allgemein als typisch männlich gelten. Wir müssen uns von diesen Klischees trennen."

Meike erhob sich von ihrem Stuhl und ging um den Tisch herum. „Ich würde Modrichs Aussage definitiv unterstützen, besonders auf unseren Fall bezogen. Beide Opfer, sowohl Jan Kogler als auch diese Sängerin, müssen irgendetwas an sich gehabt oder getan haben, was den Mörder auf den Plan gerufen hat. Und offenbar ist sein Handeln moralisch-religiös motiviert. Die Morde an beiden sollten ein Zeichen setzen. Die Opfer waren Prominente, die in unserer Gesellschaft großes Ansehen genossen. Dass sie so spektakulär getötet wurden, weist darauf hin, dass sich die Öffentlichkeit Fragen stellen soll. Und wir sind gut beraten, das Privatleben beider genauestens zu durchleuchten, um dann zu entscheiden, was davon wir öffentlich machen und was lieber nicht."

Heppner hatte aufmerksam zugehört und schien zusehends nachdenklicher zu werden. Sein Blick schweifte ab, er stand auf und ging ein paar Schritte Richtung Fenster. „Aber was könnte Gesine mit alldem zu tun haben? Sie ist kein Star, noch hat ihr Privatleben irgendwelche dunklen Geheimnisse. Zumindest hoffe ich das!" Heppner fing wieder an, auf seine Unterlippe zu beißen. Seine Anspannung übertrug sich auf alle anderen Anwesenden. Leitner hob die Hand und deutete an, mal zur Toilette zu müssen.

Meike meldete sich erneut zu Wort. „Was, wenn wir alle auf der falschen Fährte sind und wir hier Zusammenhänge sehen, die es gar nicht gibt?" Sie wandte sich Kurt Heppner zu. „Ist es vollkommen ausgeschlossen, dass die Entführung Ihrer Frau von jemandem begangen wurde, der sich an Ihnen rächen will?" Heppner zeigte keinerlei erkennbare Reaktion.

Guddi jedoch erinnerte sich an einen Fall, der keine zwei Jahre zurücklag. Eine Serie von Banküberfällen hielt den Kreis Unna in Atem. Als der Filialleiter einer Volksbank bei einem Überfall erschossen wurde, ging der Fall ans Morddezernat über. Es gab nach dem Überfall auf die Volksbank noch zwei weitere mit Todesfolge, bei dem Letzten wurde eine junge Frau vom Fluchtwagen überfahren, als sie mit ihrem Kinderwagen die Straße vor der Bank überqueren wollte. Das Baby erlag wenig später ebenfalls seinen schweren Verletzungen. Kurt Heppner hatte den Fall aus irgendeinem Grund sehr persönlich genommen. Guddi wusste bis heute nicht, was genau da in ihrem Chef vorgegangen war. Dass ihn die Tragik des Todes von Mutter und Kind mitnahm, war natürlich nachvollziehbar, dennoch war Kurt Heppner eigentlich ein Mensch, der sich immer von seiner Ratio leiten ließ. Und obwohl es unterschiedliche und teils widersprüchliche Zeugenaussagen gab, legte er der Staatsanwaltschaft Indizien vor, die tatsächlich ausreichend waren, zumindest einen der Täter zu fassen und vor Gericht zu bringen. Der Mann war ein bis dato völlig unbescholtener Bürger, der kurz vor Beginn der Überfallserie in einer der Banken gearbeitet hatte, die dann überfallen wurden. Seine ehemaligen Arbeitskollegen schienen mit dem Typen noch eine Rechnung offen zu haben und bezeugten, dass er kurz nach seiner Entlassung damit gedroht habe, sich an allen zu rächen, die ihm so übel mitgespielt hatten. Dass er bei zweien der Überfälle ein lupenreines Alibi vorbringen konnte, reichte ebenso wenig wie die Aussage seiner Freundin, die ihn als jemanden beschrieb, der lieber auch noch die linke Wange hinhielt, anstatt sich zu wehren oder zurückzuschlagen. Am Ende wurde er schuldig gesprochen und musste für fast zehn Jahre hinter Gitter. Seinen vermeintlichen Kompagnon und die erbeutete Geldsumme hatte man nie gefunden.

„Wie hieß der Mann, den Sie damals als Serienbankräuber festgenommen haben und der bis zuletzt behauptet hatte, unschuldig zu sein?" Guddis abrupte Frage sorgte dafür, dass alle Anwesenden ihren Blick auf Kurt Heppner richteten. „Sie meinen diesen Schwittek? Rüdiger Schwittek? Der ist, wenn ich richtig informiert bin, vor ein paar Monaten an einem Herzinfarkt gestorben!". Guddi nickte grüblerisch, als Meike erneut das Wort ergriff. „Es ist trotzdem wichtig, dass Sie, Herr Heppner, noch einmal darüber nachdenken, ob es nicht noch weitere Personen gibt, die gegen Sie Rachegedanken hegen könnten. Solange befinden wir uns hier im Reich der Spekulation." Heppner wirkte zusehends nervös. „Sie können sich darauf verlassen, dass ich mir Gedanken machen werde. Schließlich geht es um meine Frau." Dann drehte er sich zu Modrich und Guddi. „Haben wir alle Personen aus Gesines Umfeld befragt?" Modrich und Guddi sahen Kruschek an, der die beiden Geschäftspartner von Gesine befragen sollte. Kruschek rutschte nervös auf seinem Stuhl herum. „Heike und Frank Wiegand? Die Befragung hat leider keinerlei Erkenntnisse zum Verschwinden von Frau Heppner gebracht", erklärte Kruschek. „Sie sagten übereinstimmend aus, dass die Geschäfte gut liefen und es für sie keinerlei Anzeichen dafür gegeben habe, dass ihre Geschäftspartnerin von irgendwem bedroht oder erpresst wurde. Klang für mich auch durchaus glaubhaft!"

Modrich stutzte und erinnerte sich an das Versprechen, das er Heppner gegeben hatte. „Chef, Sie haben mir doch letztens ..." „Haben Sie auch die Alibis der beiden überprüft, Kruschek?", fiel Heppner Modrich ins Wort. „Natürlich, Herr Heppner, das hat Leitner erledigt. Beide waren verreist. Gemeinsames Wochenende an der Nordsee."

„Und was ist mit den angeblich kompromittierenden Fotos, die dieser Stötzinger von Joe Sanderson geschossen hat?" Heppner hatte seine Hausaufgaben besser gemacht als je zuvor. Man hatte den Eindruck, als hätte er diesen Fall zu seinem eigenen erklärt. Guddi übernahm das Kommando. „Auf den Fotos sieht man in der Tat das Opfer und diesen Lustgreis beim Sex. Aber das ist nicht kompromittierend, sondern einfach nur ekelig." Heppner erhob sich, ging zum Fenster, atmete zweimal tief ein und aus und schüttelte den Kopf. Als er sich wieder zu den anderen Anwesenden wandte, wirkte er verändert. Gerade so, als würde er jeden Moment explodieren und Guddi, Modrich, Meike und Kruschek den verbalen Knock-Out verpassen wollen. Instinktiv duckten sich Guddi und Peer weg.

„Ich fasse also zusammen", polterte Heppner los, „wir haben einmal die Vermutung der geschätzten Kollegin Faltermeyer, dass Jan Kogler vom anderen Ufer war und mit einem Mann zusammenlebte. Eine brauchbare Aussage dieses Mannes haben wir aber leider nicht. Richtig? Richtig! Dann haben wir noch eine ermordete Sängerin, deren Agent den ärgsten Konkurrenten als Täter verdächtigt, nur weil der mal was mit eben dieser Sängerin hatte. Richtig? Richtig! Gleichzeitig gibt es auch hier eine Zeugin, die zuerst dem Kollegen Modrich den Kiefer bricht und uns seitdem keine brauchbaren Angaben zur Tat machen konnte oder wollte. Ist dem so?" „Der Kiefer ist nicht gebr ..." warf Modrich ein, was Heppner vollends ausrasten ließ. „Dilettanten seid Ihr! Alle miteinander. Wie kann man so dämlich sein und den wichtigsten Zeugen befragen, kurz nachdem dieser erfahren hat, dass sein Lebenspartner tot aufgefunden wurde?" „Bei allem Respekt, Chef," erwiderte Guddi, „aber das konnten wir ja zu dem Zeitpunkt noch nicht wissen!" Heppner war jetzt nicht mehr zu halten, vor allem was seine Lautstärke anging. „Glaubt hier irgendjemand, dass Maiwald im Vollbesitz seiner geistigen Kräfte war, als die Kollegin Faltermeyer bei ihm war und ihn vernahm? Und verlangte er nicht auch einen Anwalt, hm? War's nicht so, werte Kollegin?" „Zugegeben, das stimmt", versuchte

Guddi die Lage zu entspannen, aber es gelang nicht. „Natürlich stimmt das", feuerte Heppner weiter aus allen Rohren, „und ich garantiere Ihnen, dass er sich morgen schon nicht mehr an das erinnern wird, was er Ihnen vorgestammelt hat. Wir haben nichts, nullkommanichts. Dafür ist meine Frau aber nach wie vor verschwunden. Ob sie noch am Leben ist, weiß niemand, aber Sie werden Verständnis dafür haben, dass mir einiges daran gelegen ist, Gesine wiederzusehen. Und ich hoffe inständig, dass sie noch am Leben ist. Wenn nicht, werden Sie sich warm anziehen müssen. Das verspreche ich Ihnen!"

Heppner schien fertig zu sein. Alle waren mucksmäuschenstill. Ihr Chef hatte ihnen gerade vor Augen geführt, dass sie bislang in ihrer Ermittlungsarbeit einige Kardinalfehler begangen hatten, die nur schwer wieder gutzumachen sein würden. Guddi, Peer und Kruschek fühlten sich richtig mies. Lediglich Meike Ressler schien nur darauf gewartet zu haben, dass Heppner seinen Vortrag beendete, und feuerte zurück. „Kehren Sie bitte erst einmal vor Ihrer eigenen Tür, bevor Sie alle bisherigen Erkenntnisse für unbrauchbar erklären und die Schuld ausschließlich bei Ihrem Team suchen. Wir müssen doch noch überprüfen, ob es nicht jemand aus Ihrer Vergangenheit ist. Wenn wir das ausschließen können, grenzen wir die verbleibenden Möglichkeiten ein. Und eine dieser Möglichkeiten ist, dass zwischen den beiden Promimorden und der Entführung Ihrer Frau tatsächlich ein Zusammenhang besteht. In meinen Augen wäre der Schlüssel zur Lösung dieses Falls vermutlich Ihre Frau, Herr Heppner."

Kurt Heppner hatte gerade einen großen Schluck Kaffee genommen und bekam, als er Meikes Worte hörte, einen furchtbaren Hustenanfall. Sein Gesicht lief rot an, die Adern an seinem Hals drohten zu platzen. Nur mühsam schaffte er es, sich zu fangen und wieder ruhig zu atmen. Er musterte Meike Ressler eine gefühlte Ewigkeit, ehe er aber ein „Wie kommen Sie darauf?" über die Lippen brachte, kam ihm Meike zuvor. „Schauen Sie: Die Tatsache, dass Ihre Frau, im Gegensatz zu den beiden anderen Opfern, verschwindet, ist schon mal die erste Besonderheit. Außerdem vertritt Ihre Frau zwar Prominente, sie selber ist aber keine Berühmtheit. Besonderheit Nummer zwei. Wenn wir davon ausgehen, dass alle drei Opfer ein und derselben Tätergruppe geworden sind, dann muss es zwischen den Opfern irgendeine Verbindung geben. Was wir hier wissen, ist, dass Gesine Heppner ein Charityunternehmen leitet. Offenbar waren Jan Kogler und eventuell auch Joe Sanderson Klienten Ihrer Frau, die sie bei Bedarf für unterschiedliche Events engagierte. Ich habe noch vor Kurzem in der Tageszeitung ein Foto von Kogler gesehen, auf dem er quasi als Glücksfee bei einer großen Party der bekanntesten Anwaltskanzleien NRWs fungierte. Es gibt also eine Verbindung zwischen Gesine, Jan Kogler und vermutlich auch Joe Sanderson. Dass die Täter alle drei Personen als Opfer ausgesucht haben, aber nur Ihre Frau verschwinden ließen, legt die

Vermutung nahe, dass die Täter ihr eine Sonderstellung zubilligen. Unter Umständen lebt Gesine sogar noch!" Modrich, Guddi und auch Kruschek standen mit weit geöffneten Mündern da. Kurt Heppner schwankte und suchte nervös nach Halt. „Sie meinen tatsächlich, dass meine Frau noch leben könnte? Aber was ist mit ihrem Finger? Und warum melden die Schweine sich dann nicht? Worum geht es ihnen überhaupt?"

Modrich hatte als Erster sein Gesicht wieder unter Kontrolle und ging in die Offensive. „Vor diesem Hintergrund macht es auf jeden Fall Sinn, noch mal die beiden Geschäftspartner Ihrer Frau aufzusuchen. Wir müssen wissen, an welchen Projekten sie aktuell arbeiten. Im Idealfall gewähren sie uns sogar Einblick in ihre Kundendatei. Vielleicht lässt sich dadurch ja eine Querverbindung zwischen Opfern und vermeintlichen Tätern herstellen!"

Im nächsten Augenblick schwang die Tür zum Besprechungsraum auf. Polizeiobermeister Leitner stand im Türrahmen und schaute zu Guddi und Peer hinüber. „Draußen wartet ein gewisser Gerd Puhl mit seiner Tochter Franziska. Er behauptet, seine Tochter könnte eine wichtige Aussage im Fall Jan Kogler machen." Guddi sah Peer an. Ein leichtes Lächeln zog über seine Lippen. Der Zufall schien es gut mit ihnen zu meinen. „Wir kommen! Sie entschuldigen uns, Kurt? Das hier scheint wichtig zu sein ..." Modrich verließ mit Guddi den Raum. Heppner sah ihnen verdutzt und einigermaßen konsterniert hinterher.

24

Hajo Grothmann saß auf seinem Mähdrescher und fuhr den letzten Hektar Ernte ein. Trotz seiner 42 Jahre sah er aus wie ein alter Mann. Seit fast fünfzehn Jahren führte er zusammen mit seiner Frau Petra den Hof, den sein Vater ihm in dritter Generation vererbt hatte. Petra und er hatten keine Kinder, was irgendwann dazu führen würde, dass sie den gesamten Grundbesitz meistbietend verschachern würden. Es sei denn, sie fänden jemanden, der keine Probleme mit einem Knochenjob hatte, der täglich maximal fünf Stunden Schlaf zuließ und dessen Erlös Jahr für Jahr weniger wurde.

Die Felder entlang der alten B1, die der Familie Grothmann gehörten, waren die ertragreichsten überhaupt. Petra und Hajo betrieben seit fast sechs Jahren eine Obst- und Gemüsescheune, die saisonale Erzeugnisse zu erschwinglichen Preisen und in herausragender Qualität zum Verkauf anbot. Die Kunden kamen aus einem Umkreis von fast fünfzig Kilometern. Hajo hatte das Gefühl, dass viele von ihnen tatsächlich mittlerweile viel bewusster lebten und nicht zwölf Monate im Jahr ‚frische' Erdbeeren aus Chile kauften, deren Vitamingehalt gen null ging. Ohne die Scheune wären sie längst pleite, die Mehrarbeit schlug sich aber auch auf die Gesundheit der beiden nieder. Petra hatte mit Ende dreißig bereits den dritten Bandscheibenvorfall und schien nicht mehr um eine Operation herumzukommen. Hajo selbst hatte seit ein paar Wochen regelmäßig Schwindelanfälle und unerklärliche Schweißausbrüche, hinzu kamen Appetitlosigkeit und Probleme beim Wasserlassen. Sie hatten sich vorgenommen, das Land zu verkaufen, wenn Hajo fünfzig war, um sich dann mit dem Geld ein Häuschen in der Toskana zu kaufen, wo sie ihren Lebensabend verbringen wollten. In Siena hatten sie ihren letzten gemeinsamen Urlaub verbracht. Das war vor zwölf Jahren.

Die Sonne ging unter über dem weiten Feld an der alten B1, Hajo musste die großen Scheinwerfer am Mähdrescher einschalten. Noch zwei Bahnen, dann würde er endlich Feierabend machen. Seit über drei Stunden saß er auf dem Bock, um ihn herum überall dieser feine Getreidestaub, der beim Ernten entstand. Trotz geschlossener Fenster zog der Staub durch alle Ritzen und hatte sich über die Jahre auch in Hajos Atemwegen festgesetzt. Er trug aus diesem Grund seit Längerem immer ein feuchtes Tuch, das er sich wie ein Bankräuber im Wilden Westen um das Gesicht band.

Der Mähdrescher verrichtete seine Arbeit vorbildlich, die Inspektion, die nach der letzten Ernte fällig war, hatte ihn wieder zu einem zuverlässigen Arbeitsgerät werden lassen. Plötzlich ruckelte der Drescher für ungefähr drei Sekunden auf und ab, als hätte er starke Bodenwellen überquert. Da waren aber keine Bodenwellen. Hatte er etwa wieder ein Reh überrollt? Das passierte leider regelmäßig. Als Fahrer konnte er bei dem schummerigen Licht kaum etwas erkennen, und offenbar schienen die armen Tiere aufgrund des Lärms, den der Mähdrescher machte, bisweilen die Orientierung zu verlieren. Gleiches galt im Übrigen auch für Hasen, die allerdings Gott sei Dank schnell und wendig genug waren, um im allerletzten Moment zur Seite zu springen und sich zu retten.

Es gab eigentlich keine Zeit, sich um den vermeintlichen Tierkadaver zu kümmern. Hajo hatte allerdings ein großes Herz. Er bremste daher kräftig und brachte den Mähdrescher abrupt zum Stehen. Die Scheinwerfer ließ er brennen, als er aus dem Führerhaus stieg und langsam die Stufen herabschritt. Aus seiner Arbeitshose zog er seine alte Taschenlampe hervor, die er nun anknipste und mit der er unter den Drescher leuchtete.

Ein beißender Geruch stieg in Hajos Nase. Ihm wurde speiübel. Da musste irgendetwas sein. Er robbte, die Taschenlampe im Mund, vorwärts und spürte unter der linken Hand etwas Weiches und Feuchtes. Der Gestank wurde immer schlimmer. Langsam, ganz langsam ließ er den Kopf nach links wandern und leuchtete Richtung Boden. Im nächsten Moment stieß er einen spitzen Schrei aus und ließ dabei die Taschenlampe aus dem Mund fallen. In Panik wollte er möglichst schnell rückwärts robben, stieß dabei aber mit dem Kopf an die Radaufhängung des Dreschers. Der Schmerz durchzuckte ihn wie ein Blitz und Hajo musste mit der Ohnmacht kämpfen. Der kalte Schweiß, der an seinem gesamten Körper herunterlief, hatte keine gesundheitlichen Gründe. Er hatte soeben mit seiner Hand in menschliche Eingeweide gegriffen. Offenbar hatte sein Mähdrescher ganze Arbeit geleistet und einen Menschen fein säuberlich filetiert. Hajo konnte und wollte nicht weiter nach dem Rest des Körpers suchen, das sollten bitte andere für ihn erledigen. Völlig außer Atem erreichte er die Straße, holte sein Mobiltelefon heraus und wählte die 110.

25

Die Befragung der kleinen Franziska verlief sehr schleppend. Das Mädchen schaffte es einfach nicht, Vertrauen zu einem der anwesenden Erwachsenen aufzubauen. Ständig versteckte sie sich hinter dem Rücken ihres Vaters, der alles unternahm, um Franziska zu beruhigen und für die Fragen der Ermittler empfänglich zu machen. Aber es half nichts. Nach und nach verließen Modrich, Guddi und auch Meike den Verhörraum und beratschlagten auf dem Gang, was als Nächstes zu tun sei.
„Vielleicht", warf Guddi ein, „macht es überhaupt nur Sinn, wenn einer von uns die Befragung durchführt? Ich meine, immerhin hat die Kleine einen Mordversuch beobachtet. Ich denke nicht, dass sie soweit vorausschaut, dass der Täter ihr womöglich auch nach dem Leben trachtet, aber wenn ich ihren Vater richtig verstanden habe, hat sie das Erlebnis doch stark traumatisiert. Und nun sitzen vier Erwachsene um sie herum und bombardieren sie mit Fragen. Das kann ja nicht gut gehen."
„Du hast recht, Guddi", pflichtete Peer ihr bei, „ich weiß nur leider nicht, wie lange sich unser lieber Chef noch in Geduld üben kann. Immerhin ist es seine Frau, die vermisst wird und bei deren Suche wir nicht einen Zentimeter vorankommen, sondern nach wie vor völlig im Dunkeln tappen." „Alles gut und schön", schloss Meike die Gedankenrunde ab, „am Ende des Tages können wir

unsere Bringschuld gegenüber Heppner nicht auf dem Rücken einer Neunjährigen austragen. Franziska ist im Moment zugegebenermaßen unsere einzige brauchbare Zeugin, aber wenn wir hier so weitermachen, dann garantiere ich euch, wird ihr Vater gleich aufstehen und mit seiner Tochter an der Hand das Revier verlassen. Und wer weiß, ob die Staatsanwaltschaft mit der Anordnung, eine neunjährige Zeugin zu einem Mord zu befragen, so ohne Weiteres rausrückt?" Guddi und Peer schauten frustriert zu Boden. „Was schlägst du also vor, Meike?", wollte Peer wissen. „Den Wiegands noch mal einen Besuch abzustatten, halte ich für eine sehr gute Idee. Vielleicht erinnern sie sich ja doch noch an besondere Verbindungen zwischen Gesine und den beiden Mordopfern, die uns bislang entgangen sind. Wenn jemand Einsicht in all die potenziell heiklen Akten der Agentur hat, dann ja wohl Frank und Heike Wiegand. Ich werde in der Zwischenzeit versuchen, Franziska zu einer Aussage oder zumindest zu einer brauchbaren Täterbeschreibung zu bewegen."

Guddi und Peer war klar, dass Meike mit ihrer Strategie richtig lag. Ärgerlich war es, dass sie nicht von alleine darauf gekommen waren. Peer merkte in diesem Moment, dass der Zustand seines Vaters ihn doch mehr beschäftigte, als er wahrhaben wollte. Ständig hatte er die bemitleidenswerte Gestalt vor Augen, die einmal der große Felix Modrich und der Inbegriff von Kraft und Energie gewesen war. Dass aber beide, Guddi und er, zeitgleich so schlecht funktionierten, kam eigentlich nie vor. Er würde sich seine Kollegin mal zur Seite nehmen und auf einen Kaffee einladen. Irgendetwas musste auch bei ihr nicht in Ordnung sein.

Sie sprach nur sehr selten über ihr Privatleben, die wichtigsten Fakten hatte sich Modrich aus ihrer Personalakte zusammengeklaubt. Guddi hatte zwei Kinder, neunjährige Jungs namens Leo und Fred, die beide die 4. Klasse besuchten. Ihr Mann Hartmut arbeitete im Vertrieb eines großen Energieunternehmens und war daher öfter im Ausland unterwegs als zu Hause. Die beiden sahen sich, wenn es hochkam, alle zwei Wochen. Kürzlich hatte Guddi mal süffisant bemerkt, dass sie sich nicht mehr an den letzten Sex mit ihrem Mann erinnern könne. Was aber viel schlimmer war: Die Kinder hatten, wenn es Probleme gab, nicht mal einen Elternteil als Ansprechpartner. Guddi nahm die aktuellen Fälle fast immer mit nach Hause und wurde nicht selten mitten in der Nacht von dort zu einem Einsatz gerufen. Zum Glück war da noch Hilde Sperling, ihre Nachbarin und Nanny der beiden Kinder. Hilde war pensionierte Grundschullehrerin und verwitwet. Ihr Mann hatte ihr ein stattliches Vermögen hinterlassen, das, zusammen mit ihrer Lehrerpension, dafür sorgte, dass sie finanziell auf Rosen gebettet war. Außerdem hatte sie ein immens großes Herz für Kinder und vollstes Verständnis für Guddis Situation.

„Woran denkst du eigentlich gerade, Peer?" Sie saßen bereits in ihrem Dienstwagen, als Guddis Frage Peer wieder zurück in die Realität holte. „Johannesweg 18 in

Dortmund-Sölde. Fahren wir da jetzt einfach so unangemeldet hin oder soll ich vorher noch mal anrufen?"
„A", entgegnete Modrich, „der Überraschungsmoment sollte auf unserer Seite sein."

Meike Ressler hatte den Verhörraum betreten und die Tür leise hinter sich geschlossen. Franziska hatte ihr Gesicht in die Jacke ihres Vaters gebohrt, so als wollte sie nicht gesehen werden. Plötzlich wandte sie sich Meike zu und blickte sie völlig angstfrei an. Meike war für einen Moment völlig perplex und wäre um ein Haar über eins der Stuhlbeine gestolpert. „Ich möchte einen Stift und einen Zettel, bitte." Meike sah Gerd Puhl an, der gleichermaßen erleichtert wie verwirrt schien. Ein Schulterzucken war alles, wozu er imstande war. Auch er hatte in den letzten Tagen kaum ein Auge zugetan, das konnte man an seinen tiefen Augenringen mehr als deutlich erkennen.

Meike kramte aus der Schublade des Schreibtisches einen Collegeblock und einen Bleistift hervor und legte beides behutsam auf Franziskas Platz. „Ich finde es wirklich ganz toll von dir, dass du uns helfen möchtest, Franzi. Ich darf dich doch Franzi nennen, oder?" Franziska nickte zaghaft. Schweigend, aber äußerst gewissenhaft begann sie zu zeichnen. Meike warf ihrem Vater einen ermutigenden Blick zu. Sie würde, wenn das hier vorbei war, in Ruhe mit ihm reden müssen, ihm begreiflich machen, dass sie alles in ihrer Macht stehende dafür tun würden, Franzi und ihre Eltern zu schützen. Denn eines war allen klar: Der Täter hatte Franzi gesehen und würde sicher alles daran setzen, sie zu finden und zum Schweigen zu bringen. Im schlimmsten Fall würden die Puhls in ein Zeugenschutzprogramm überführt werden und eine komplett neue Identität annehmen müssen.

„Fertig", rief Franziska stolz und schob den Collegeblock zurück zu Meike. Die Angst war nun vollständig aus Franzis Gesicht gewichen. Sie hatte alles getan, um die Person, die sie gesehen hatte, so detailgetreu wie nur möglich wiederzugeben. Offenbar war ihr damit eine riesige Last von den kleinen Schultern genommen worden. Meike musterte das Porträt des vermeintlichen Täters aufmerksam. Durch die Kapuze, die diese Gestalt an jenem unheilvollen Tag getragen hatte, war weder das Alter noch das Geschlecht zu erkennen. Das Kapuzenshirt hatte jedoch einen auffälligen Schriftzug: WACKEN OPEN AIR 2004. „Das habe ich mir gemerkt, weil mein Onkel mir einmal davon erzählt hat. Er mag diesen hässlichen Typen mit der Warze im Gesicht!" Meike lachte auf. Franziska meinte offenbar nicht Peter Maffay, sondern Lemmy Kilmister, den legendären Frontmann von Motörhead. „Franzi, du hast das Gesicht der Person offenbar nicht genau gesehen. Bist du dir, was die Nase angeht, wirklich sicher?" Meike hatte einen solchen Zinken zuletzt auf dem Kinoplakat von *Die Supernasen* gesehen, dem unsäglichen Film mit Thomas Gottschalk und Mike Krüger. „Ja, die war wirklich größer als alle Nasen, die ich bislang gesehen habe!" Meike klatschte in die Hände. „Also dann: Wir suchen nach einem Mann oder einer Frau, ziemlich zierlich, offenbar Heavy-Metal-Fan. Besonderes Kennzeichen: Eine Nase, die fast bis zum Boden reicht!" Franziska und Gerd Puhl erhoben sich sichtlich erleichtert und strebten dem Ausgang zu. „Halten Sie sich bitte zu unserer Verfügung. Wir müssen zeitnah entscheiden, was mit Ihrer Familie passiert. Bitte nehmen Sie Franzi zur Sicherheit aus der Schule und bleiben Sie so oft wie möglich zu Hause. Ich werde ab sofort Polizeischutz für Sie und Franzi veranlassen, und zwar rund um die Uhr."

Meikes nächster Anruf galt Guddi und Peer.

26

Bea Leitner hatte einen wirklich beschissenen Tag hinter sich. Obwohl sie eigentlich die Onkologie leitete, hatte sie für einen erkrankten Kollegen kurzfristig einspringen müssen und stand nun im OP der Notaufnahme. Seitdem sie um acht Uhr den Dienst angetreten hatte, waren drei Menschen während einer OP verstorben. In allen drei Fällen war es schon vor der Operation abzusehen, dass die Patienten, wenn sie denn überhaupt überlebten, für immer Pflegefälle bleiben würden. Der letzte tragische Fall war der eines siebenjährigen Mädchens, das auf dem Weg zu ihren Großeltern beim Überqueren der Straße von einem Auto erfasst und fast hundert Meter mitgeschleift wurde. Der Fahrer, ein 81 Jahre alter Rentner, hatte unmittelbar vor dem Unfall einen Herzstillstand erlitten und war bereits tot, als der Notarztwagen an der Unfallstelle eintraf. Das Mädchen hatte multiple Frakturen im Schädel- und Wirbelsäulenbereich und schlimme innere Verletzungen davongetragen und konnte nur mit allergrößter Mühe bis zum Erreichen des Krankenhauses am Leben erhalten werden. Bea und ihr Team waren natürlich bereits über Funk vom Zustand des Opfers informiert worden und bereiteten sich äußerst gewissenhaft auf die Operation vor. Ein Kinderleben retten zu müssen war nicht nur für Bea immer noch etwas Besonderes. Das hatte nichts damit zu tun, dass das Leben eines Erwachsenen auf dem OP-Tisch weniger galt als das eines Kindes, allerdings waren die Gespräche mit den Angehörigen verstorbener Kinder in den allermeisten Fällen eine enorme Belastung für Bea, die sich den anklagenden Blicken der Eltern stellen musste und noch Wochen später in ihren Träumen von den elterlichen Vorwürfen verfolgt wurde.

Das Mädchen erlitt noch während der OP einen Herzstillstand infolge eines vielfachen Organversagens, und obwohl Bea und ihr Team fast dreißig Minuten versuchten, das Kind zu reanimieren, starb die Kleine unter ihren Händen. Erstaunlicherweise reagierten die Eltern relativ gefasst, vermutlich, weil sie beim Eintreffen im Krankenhaus bereits über die Schwere der Verletzungen und die geringe Überlebenschance informiert worden waren und offenbar nicht an medizinische Wunder glaubten. Bea wusste allerdings, dass der Schock die Eltern spätestens dann ereilen würde, wenn sie zu Hause die Tür des leeren Kinderzimmers öffneten. Sie hoffte inständig, dass der Rest ihres Dienstes nicht mehr ganz so viele Katastrophen mit sich bringen würde.

Als sie gegen 16:30 Uhr erschöpft ihren Spind öffnete, wünschte sie sich nichts sehnlicher als einen ruhigen Abend zu Hause vor dem Fernseher. ‚Vielleicht läuft ja ein Tatort', dachte sie, als sie eine Nachricht auf ihr Handy bekam. Ihr Herz machte einen Satz: Es war Peer Modrich! Ob sie spontan Lust hätte, mit ihm essen zu gehen? Und ob sie Lust hatte. Der Tatort würde also warten müssen. Bea grinste selig und stellte sich innerlich schon mal ihr Outfit für den Abend zusammen.

27

„Was ist mit ihm hier?" Keine Antwort. Seit der Sache im Krankenhaus war er irgendwie verändert, als hätte etwas von ihm Besitz ergriffen. Keine noch so flüchtige Emotion spiegelte sich in seinem markanten Gesicht, er sprach nur noch das Allernötigste und schlief sehr wenig und unruhig. Seine fahle Gesichtsfarbe zeugte von einer großen psychischen Last, die auf ihm zu liegen schien. Warum teilte er seine Gedanken nicht wie früher mit ihr? „Hey, der Schauspieler, was ist mit dem? Hat sich das nun erledigt oder steht das weiterhin an?" Immer noch keine Antwort. Sie hatte Angst. Zum ersten Mal, seitdem sie ihren Feldzug führten, hatte sie Angst. Vor allem aber dieses Gefühl, dass alles böse enden würde. Er war von einem kühlen Strategen zu einer tickenden Zeitbombe geworden. Und das bedeutete, dass sie über kurz oder lang irgendeinen Fehler begehen würden, der nicht mehr auszubügeln war.

„Es bleibt bei dem Plan", bemerkte er plötzlich mit tonloser Stimme, „schon morgen legen wir los. Sollen wir die Details noch mal durchgehen oder ist alles klar?" Ein Anflug von Lächeln huschte über sein Gesicht. Für einen kurzen Moment hatte er wieder dieselbe Ausstrahlung, dieselbe Magie in seinem Blick wie früher. Dieser Blick, der gleichermaßen geheimnisvoll wie ungeheuer charmant war und mit dem er jede Frau um den Finger wickeln konnte. „Ich habe keine Fragen, nein", antwortete sie und atmete tief durch. „Mir ist nach einem opulenten griechischen Essen und hemmungslosem Sex im Anschluss mit dir. Wäre das nach deinem Geschmack?" Wortlos stand er auf und griff nach seinem Sakko. „Mal sehen, Schwesterherz", entgegnete er knapp.

28

Das Büro der Celebs for Masses GmbH lag im Erdgeschoss eines mit viel Liebe restaurierten Fachwerkhauses in Dortmund-Sölde. Auf dem glänzenden Messingschild waren sowohl Gesine Heppner als auch Frank und Heike Wiegand als Geschäftsführer ausgewiesen. „Kein Wunder, dass das Schild fast größer ist als die Eingangstür", kommentierte Guddi. Eine rundliche Frau Ende fünfzig öffnete die Tür. Peer fühlte sich unweigerlich an die Haushälterin Berta aus *Two and a Half Men* erinnert, besonders, als ihnen das „Sie wünschen?" entgegenblies. Guddi und Peer warfen sich einen flüchtigen Blick zu. Beiden war nicht entgangen, dass ‚Berta' nach einer Mischung aus Nikotin, Alkohol und Odol aus dem Mund roch. Eine äußerst unangenehme Kombination.

„Mein Name ist Modrich", legte Peer los, „dies ist meine Kollegin Gudrun Faltermeyer. Wir kommen vom Morddezernat Dortmund und würden sehr gerne mit Herrn und Frau Wiegand sprechen. Und nein: Wir haben keinen Termin! Und ja: Es ist trotzdem sehr wichtig, dass wir sie jetzt sprechen!" Bevor Berta etwas entgegnen konnte, hatten Guddi und Peer bereits ihre Dienstausweise gezückt, um keine Zeit zu vergeuden. In Modrichs Hosentasche brummte indes sein Handy ohne Unterlass. Dafür hatte er jetzt keine Zeit. Sie mussten das durchziehen, schließlich lag es nah, dass die beiden

Geschäftsführer Informationen besaßen, die sie im Fall Gesine Heppner auf eine heiße Spur bringen könnten. Und womöglich lag hier sogar der Schlüssel zur Lösung aller drei Fälle. Das Handy brummte weiter in Peers Hosentasche. „Herr Wiegand ist verreist, Frau Wiegand hat im Moment eine wichtige Telefonkonferenz. Dürfte ich Sie daher bitten, für einen Moment Platz zu nehmen? Ich werde schauen, dass Frau Wiegand Sie im direkten Anschluss an das Gespräch empfängt!" „Tun Sie das", antwortete Guddi etwas schnippisch, „wir rühren uns hier nicht vom Fleck, da können Sie unbesorgt sein!"

Den Korridor, in dem Guddi und Peer Platz genommen hatten, zierten zahlreiche Fotos, auf denen Gesine Heppner mit diversen hochkarätigen Prominenten zu sehen war. Egal, ob aus Sport, Politik oder Kultur, Gesine schien sie alle mehr als gut zu kennen. „Ui, sogar Bernhard Fellner zählt zu ihren Kunden", staunte Guddi. Als sie das Fragezeichen über Peers Kopf bemerkte, legte sie direkt nach. „Jetzt sag nicht, du kennst ihn nicht? Der hat letztes Jahr den Bambi für die Hauptrolle in diesem Dreiteiler über die RAF bekommen, *Im Bann des Terrors*. Den musst du doch kennen ... nein?" Peer zeigte auf ein anderes Foto, auf dem Rick Wagner, ein ehemaliger Weltklasse-Zehnkämpfer, zu sehen war. „Den da kenn' ich. Der hat was geleistet, damals bei den Olympischen Spielen in Seoul. Was für ein Duell gegen Dwight Jameson, den Ami mit den muskulösesten Oberschenkeln, die ich jemals gesehen habe! Aber Burkhard Fellner? Sagt mir gar nichts!" Guddi gab Peer einen kräftigen

Ellbogenstoß in die Rippen, der ihm kurzzeitig die Luft nahm. „Peer, du Kretin!" zischte sie. In diesem Moment kam Berta aus ihrem Büro und bedeutete beiden, dass sie ihr nun folgen sollten.

Heike Wiegands Büro zierten weitere große, gerahmte Fotos von Preisverleihungen, Filmpremieren und VIP-Partys, auf denen meist Gesine Heppner mit ihren Klienten zu sehen war. Sie schien das Aushängeschild der Firma zu sein, auch rein optisch. Heike Wiegand war lediglich auf einem Foto zu erkennen. Jemand hatte sie abgelichtet, als sie am Buffet stand und sich ein Dutzend Scampis auf den Teller warf. Peer fragte sich belustigt, warum man diesen Moment fotografisch festhielt und sich dann auch noch einrahmen und ins Büro hängen ließ. Litt diejenige Person womöglich unter Minderwertigkeitskomplexen? Wenn man Heike Wiegand so sah, konnte man schon darauf kommen. Unscheinbar wäre eine euphemistische Umschreibung für die Dame gewesen, die Peer und Guddi mit einem etwas gequälten Lächeln in Empfang nahm. Heike Wiegand war, nahm man ihr die High Heels weg, sicher nicht größer als 1,50 Meter. Ihre geschätzten 80 Kilo Lebendgewicht hatte sie in ein deutlich zu kleines Armani-Kostüm gequetscht. Der Versuch, ihre Tränensäcke zu entfernen schien vor nicht allzu langer Zeit kolossal gescheitert. Sie erinnerte an Uwe Ochsenknecht, allerdings vor seiner OP.

„Soll ich Ihnen vielleicht einen Kaffee machen lassen? Wir haben ihn bei einem sehr guten Barista gekauft, unsere neue Siebträgermaschine zaubert eine Crema, die Sie so schnell nicht vergessen werden!" Guddi und Peer sahen sich etwas unentschlossen an. Ehe sie antworten konnten, schnippte Heike Wiegand zweimal mit den Fingern ihrer linken Hand. Berta brauchte keine Sekunde, um dem Geheiß ihrer Chefin Folge zu leisten. Hier herrschte offenbar Zucht und Ordnung.

„Seit dem Verschwinden von Gesine arbeiten Frank und ich quasi 24/7, wenn Sie verstehen, was ich meine. Ich habe also nicht viel Zeit. In einer Viertelstunde steht ein Conficall mit einem der bekanntesten Spielerberater Europas an. Am Ausgang dieses Telefonats hängt für die Firma ein hoher sechsstelliger Betrag!" Für einen Moment sah Heike Wiegand betreten zu Boden. „Gesine hatte den Erstkontakt hergestellt. Jetzt, wo sie nicht mehr da ist, kann es sein, dass uns der Kunde von der Fahne geht, wenn ihm mein Gesicht nicht passt. People's Business, wenn Sie verstehen, was ich meine!" Guddi und Peer warteten ein paar Sekunden, um Heike Wiegands Redeschwall nicht zu unterbrechen. Berta schwang die Tür auf und kredenzte den hochgelobten Kaffee.

„Erst einmal danke für den Kaffee und für die Zeit, die Sie sich für uns nehmen", begann Guddi gewohnt diplomatisch, „wir können nachvollziehen, dass die Situation innerhalb der Firma gerade keine einfache ist. Umso wichtiger ist es, dass Sie uns Ihre Bestandskundendatei aushändigen, und zwar am besten noch heute." Heike Wiegand hob die Augenbrauen und legte den Kopf schief. Dabei sah sie aus wie eine Taube während der Balz. Ehe sie protestieren konnte, ergänzte Peer: „Wenn

Sie Ihre Chefin lebend wiedersehen wollen, brauchen wir unbedingt diese Unterlagen. Es scheint einen direkten Zusammenhang zwischen einem oder mehreren Ihrer Kunden und dem Verschwinden von Gesine Heppner zu geben." „Sie ist nicht meine Chefin!", entgegnete Heike Wiegand sichtlich empört. „Wir haben die Firma zusammen gegründet und sind gleichberechtigte Partner. Ohne unser Geld und unsere wirtschaftliche Weitsicht und Expertise wäre Gesine, trotz ihrer zweifellos guten Businesskontakte und Social Skills, nicht so weit gekommen. Was die Kundendatei angeht ..."

Berta klopfte bereits seit einiger Zeit gegen die Glastür des Büros, fuchtelte wild mit den Armen und zeigte dabei auf Modrich. Peer öffnete die Tür einen kleinen Spalt, um Berta mitzuteilen, dass sie sich doch bitte noch etwas gedulden möge. „Einer Ihrer Kollegen ist am Apparat", legte sie unbeirrt los, „er hat wohl schon mehrmals vergeblich versucht, Sie auf dem Handy zu erreichen. Sie sollen sofort zurückrufen. Der arme Kerl war ganz außer Atem. Ich habe nur was von Leichenteilen verstanden!" Modrich winkte Guddi zu sich. „Ich muss los. Irgendwas mit einem Leichenfund. Drücken Sie uns die Daumen, dass es nicht Gesine Heppner ist," sagte er in den Raum hinein. Dann flüsterte er so leise er konnte: „Mach du hier weiter. Reicht ja, wenn einer von uns dahin fährt. Und lass dir doch auch noch ein Foto von Frank Wiegand geben – du weißt schon, wegen der Nase." Beim Rausgehen sah Peer auf die

Uhr und seufzte. Das Date mit Bea Leitner würde er verschieben müssen.

29

„Und cut! Danke euch allen, die Szene ist im Kasten."
Bernhard Fellner atmete tief durch, als sein Regisseur die magischen Worte sagte. So ein Werbespot war oftmals anstrengender als ein Kinofilm. Alles musste in Windeseile im Kasten sein, außerdem hasste Fellner sein Saubermann-Image. Frisch rasiert und frisiert hatte man ihn in Emilio-Coloni-Klamotten gesteckt, die bei jeder Bewegung knisterten, als seien sie elektrostatisch aufgeladen. Das Projekt ‚Rettet den Afrikanischen Elefanten' hatte ihm seine umtriebige Agentin Evelyn Huber besorgt. Sie verstand es wie keine Zweite, ihren Künstlern ein Image zu verpassen, das extrem öffentlichkeitswirksam war und den jeweiligen Protagonisten in einem sehr vorteilhaften Licht erscheinen ließ. Hinzu kamen Rollen, die Fellner meist als klassischen Helden zeigten, der immer politisch korrekt agierte und seinen Fans das Gefühl gab, dass nur er diese ach so schlechte Welt zu retten vermochte – vor wem auch immer. Dabei sah sich Bernhard Fellner viel lieber in der Rolle des Bösewichts, die ihm am Anfang seiner Karriere leider nur Hohn und Spott eingebracht hatte. ‚Zu eindimensional' sei seine Darstellung, er habe nichts Diabolisches, nichts Sinisteres in seinem Spiel. Damals wollte er es noch nicht wahrhaben, dass er schon sehr bald sehr reich sein würde, aber dafür leider immer dieselbe Rolle

spielen müsste. Dafür hatte Evelyn Huber gesorgt. Sie war für Fellner gleichzeitig Fluch und Segen. Und nun auch noch dieser Spot. Was konnte er dafür, dass die Dickhäuter kurz vor dem Aussterben standen? Glaubte irgendjemand ernsthaft daran, dass die Kampagne, für die er gerade seinen guten Namen hergab, irgendetwas ändern würde?

Fellner betrachtete sein Gesicht im Ganzkörperspiegel seiner Garderobe. „Gut schaust du aus", sagte er abfällig. „Wie eine Mischung aus einem Zeugen Jehovas und einem Staubsaugervertreter. Mannomann, Fellner, was ist nur aus dir geworden? Fick dich, du Scheißkerl!" Dabei schleuderte er seinen handgefertigten italienischen Schuh gegen den Spiegel und fiel auf die Knie.

Die Tür seiner Garderobe schwang auf und Evelyn Huber trat ein. „Was ist denn mit dir los? Übst du Macbeth fürs Schultheater? Hallo, jemand zu Hause?" Fellner berappelte sich und versuchte, sein gewinnbringendstes Lächeln aufzusetzen. „Ja genau, Macbeth! Das waren noch Zeiten damals, als man noch nicht so einen Schrott drehen musste. Als man noch Künstler war. Ohne Vorgaben, ohne kreative Einbußen!" „Und ohne Kohle", ergänzte Evelyn ruhig. „Sieh es mal so, mein Bester: Dieser Spot hier wird dir mehr mediale Aufmerksamkeit bringen als jeder Blockbuster. Und dann kannst du dir meinetwegen die Rollen aussuchen, die du immer schon spielen wolltest. Aber für den Moment würde ich dich bitten, gute Miene zum bösen Spiel zu machen. Haben wir uns da verstanden?"

Fellner lächelte in bester Klaus-Kinski-Manier. „Worauf du einen lassen kannst, Evelyn. Aber die Nacht gehört nach wie vor mir ...!" Evelyn nickte angewidert und verließ die Garderobe. Sie würde, wie so oft, dafür sorgen, dass ihr bestes Pferd im Stall auf einer saftigen Wiese würde weiden können. „Hallo Georg", flüsterte sie in ihr Smartphone, „geht alles klar heute Nacht? Unser Freund kann es kaum erwarten. Er kommt dann zur verabredeten Zeit zum Treffpunkt. Behandelt ihn wie immer gut. Kriegst du das bitte hin? Danke!" Sie legte auf, steckte sich eine Zigarette an, nahm einen ersten tiefen Zug und blies den Rauch in die Dämmerung. „Mögest du in der Hölle schmoren, Bernhard Fellner!"

30

Natürlich hatte Kurt Heppner von dem grässlichen Zwischenfall auf dem Feld von Bauer Grothmann Wind bekommen. Eigentlich hätte er der Letzte sein sollen, der davon erfuhr, aber als ihn der dritte Mitarbeiter auf dem Korridor des Polizeireviers mitleidig anblickte, war ihm klar, dass irgendetwas passiert sein musste. Schließlich stellte er Kruschek zur Rede und bekam die Antwort, die er vielleicht gar nicht hören wollte: „Ja, Chef, ein Bauer hat bei der Ernte Leichenteile auf seinem Feld gefunden. Es ist aber noch gar nicht klar, ob der Fund etwas mit dem Verschwinden Ihrer Frau zu tun hat. Immerhin sind die gefundenen Teile ... nun ja, sehr klein und müssen erst einmal analysiert werden." Heppner hatte dennoch genug gehört, ließ sich von Kruschek die genaue Adresse geben und fuhr mit quietschenden Reifen vom Parkplatz des Polizeireviers. Das Gefühl in seiner Magengegend kannte Heppner von dem Tag, als er erfuhr, dass sein bester Freund bei einem Motorradunfall in den Ardennen ums Leben gekommen war. Kurt Heppners düstere Vorahnungen hatten ihn noch nie getäuscht, und so war er, als er am Fundort ankam, auf das Schlimmste gefasst. Das dachte er zumindest.

Die Fundstelle der Leiche war weiträumig mit rot-weißem Flatterband abgesperrt. Ein halbes Dutzend in weiße Overalls gehüllte Mitarbeiter der Spurensicherung suchte mittlerweile mit Pinzetten das Gebiet ab. Abseits der Absperrung standen vier große, blaue Müllsäcke, die mit Paketband zugebunden waren. Modrich bemerkte Heppners Dienstwagen gerade noch rechtzeitig und ging seinem Chef entgegen. Die kurze Fahrt vom Revier zum Leichenfundort hatte ihn zu einem uralten Mann werden lassen. Gebeugt und am ganzen Leib zitternd, stieg er aus seinem Wagen. Modrich wunderte sich bei seinem Anblick, dass Heppner es überhaupt geschafft hatte, ohne Begleitung Auto zu fahren. Er schien völlig entrückt und paralysiert, gerade so, als hätte er das Schlimmste bereits gesehen.

Modrich streckte ihm die Hand entgegen. „Kurt, das wäre doch nicht nötig gewesen, dass Sie hier zu uns rauskommen. Wir brauchen auch sicher noch eine Weile. Warum fahren Sie nicht so lange nach Hause, legen sich ein wenig hin und warten ab? Hier gibt es im Moment ja nicht viel zu sehen." Für einen kurzen Moment schien es, als hätte Heppner Peers Worte verstanden und auch akzeptiert. Er machte kehrt und ging drei Schritte zurück zu seinem Wagen. Als Peer schon durchatmen und sich ebenfalls wieder seiner Arbeit zuwenden wollte, stieß Kurt Heppner einen heiseren Schrei aus und rannte an Modrich vorbei in Richtung des Feldes. Die zwei Beamten, die den Bereich vor dem Flatterband vor Gaffern schützen sollten, waren völlig verdutzt und wurden von dem wild gewordenen Polizeichef einfach zur Seite gedrängt. Im nächsten Augenblick hatte Heppner den ersten der vier Müllsäcke erreicht. Völlig von Sinnen riss er das Paketband auseinander und kippte, ehe sich die anderen Beamten versahen, den Inhalt auf den lehmigen Boden. „Wow, Chef, das ist jetzt mal überhaupt keine gute Idee", zischte Modrich. „Könnt ihr den Mann bitte unschädlich machen? Jetzt glotzt nicht so blöd. Ich weiß selber, dass das unser Chef ist. Und los!" Modrich selbst war ungefähr fünfzehn Meter von Heppner entfernt, der, bevor ihn die beiden wachhabenden Polizisten überwältigen konnten, auf die Knie fiel und irgendetwas in die Höhe streckte. Dabei bewegte er seine Lippen, ohne auch nur einen Ton von sich zu geben. Immer und immer wieder hob er dieses Ding in die Höhe, um dann völlig kraftlos zusammenzusacken, als habe ein Dämon seinen Körper verlassen. Sekunden später stand Modrich über Heppner, der nun mit dem Gesicht im Dreck lag. Seine Arme hatte er vor seinem Bauch verschränkt, seine Atmung war sehr flach, fast nicht wahrnehmbar. Peer gab seinen beiden Kollegen das Zeichen, sich ein paar Schritte zu entfernen.

Langsam hockte er sich auf Heppners Rücken. Peer wollte sichergehen, dass sein Chef keine weiteren Dummheiten mehr anstellte. Ganz sachte zog er beide Arme unter Heppners Körper hervor, um ihm Handschellen anzulegen. Der rechte Arm machte dabei kein Problem, der linke jedoch umso mehr. Heppner hatte seine linke Hand fest zur Faust geballt. Also war er noch bei Bewusstsein. Ein Grund mehr für Modrich, auf der Hut zu sein. Heppner war selbst in diesem Zustand einiges zuzutrauen. ‚Ein Versuch noch', dachte Peer. Mit aller Kraft zog er an Heppners linkem Arm. Gerade, als er wieder loslassen wollte, schien Heppners letzter Widerstand zu schwinden. Um ein Haar wäre Peer durch den Schwung nach hinten geschleudert worden, doch er konnte sich im letzten Moment fangen und hielt Heppners linke Hand direkt vor seiner Nase. Langsam, ganz langsam öffnete sie sich. Im nächsten Moment lag eine Frauenhand vor Modrich. Der Ringfinger fehlte.

31

Das schwere Stahltor der Lagerhalle in dem abgelegenen Gewerbegebiet in Schwerte wurde unter ohrenbetäubendem Getöse aufgeschoben. Zwei kräftig gebaute, stiernackige Männer trugen die blutenden Überreste eines stattlichen Kangal-Rüden heraus. Der Hund war in ein Bettlaken gehüllt. Gegenüber dem Eingang der Lagerhalle stand ein Container, vor dem eine Trittleiter stand. Der größere der beiden Typen schaffte es unter Aufbringung aller zur Verfügung stehenden Kräfte, das tote Tier alleine die Leiter hochzutragen und über den Rand des Containers zu wuchten. Mit einem dumpfen Knall landete der Kangal auf dem Boden. Aus der Halle waren in regelmäßigem Wechsel das Gejohle von Männern und das laute Bellen von aggressiven Hunden zu hören.

Bernhard Fellner saß in der zweiten Reihe und verfolgte mit Argusaugen den Kampf. Er hatte 2000 Euro auf Attila, eine fünfjährige Bordeauxdogge, gesetzt. Im Moment sah es allerdings danach aus, als ob Attila gegen den prächtigen japanischen Tosa keine Chance hatte. Der Tosa war offenbar am Morgen noch mal auf den Kampf vorbereitet worden, was nichts anderes bedeute, als dass sein Trainer ihm eine weitere Dosis Steroide verabreicht hatte. Der Hund konnte vor Kraft kaum laufen und besaß einen ausgeprägten Killerinstinkt. Und obwohl Attila sicherlich zehn Kilogramm mehr auf die Waage brachte, konnte er den pfeilschnellen Attacken seines Gegners nichts entgegensetzen. Attila blutete stark am Hals und am linken Hinterlauf, seine Niederlage schien nur noch eine Frage der Zeit zu sein.

Fellner rutschte nervös auf seinem Stuhl hin und her und warf Attilas Trainer bitterböse Blicke zu. Wenn er in diesem Kampf wieder auf den falschen Hund gesetzt hatte, läge sein Verlust an diesem Abend bei über 5000 Euro. Er würde sich woanders nach einem besseren Trainer und besserem Material umhören müssen. Bernhard Fellner hasste es zu verlieren. In diesem Augenblick setzte Attila zu einem letzten verzweifelten Versuch an, den ungleichen Kampf doch noch für sich zu entscheiden. Irgendwie hatte er es geschafft, den Tosa auf den Rücken zu befördern und biss sich in der Kehle seines Gegners fest. Mit dem Mute der Verzweiflung wirbelte der Tosa herum und versuchte seinerseits, Attilas Kehle zwischen seine Zähne zu bekommen. Die 200 Besucher, die um den Kampfring herum saßen, standen nun alle auf ihren Stühlen und feuerten ihren Favoriten hysterisch kreischend an. Auch Fellner war plötzlich nicht mehr zu halten und schrie den Namen seines Hundes so laut, dass dieser um ein Haar entscheidend abgelenkt worden wäre. Aber Attila behielt die Übersicht und ließ den Tosa nicht mehr aus seinem stählernen Biss. Der Widerstand des Japaners erlahmte mit jeder weiteren Sekunde, bis er in sich zusammensackte und leblos liegen blieb. Die Menge tobte, Fellner rannte auf den Trainer der Bordeauxdogge zu und umarmte ihn überschwänglich. Beide bekamen nicht mit, dass auch Attila vor lauter Erschöpfung und aufgrund des hohen Blutverlustes zusammenbrach und keinen Atemzug mehr tat. Die beiden kräftigen Typen mit den Stiernacken walteten erneut ihres Amtes und entfernten die beiden Hundekadaver.

Fellner klatschte den Trainer ab und begab sich zu einem provisorischen Büro am Ende der Lagerhalle, in dem die Wetterlöse an die Gewinner ausgezahlt wurden. Er rieb sich die Hände, die Quote würde ihm nun das Zwölffache seines Einsatzes bescheren. Davon konnte er wieder ein paar Wochen beruhigt leben und müsste keine weiteren idiotischen Werbespots für bedrohte Tierarten drehen. Die Zigarette draußen vor der Halle würde heute besonders gut schmecken.

„Hat sich gelohnt heute, oder?" Fellner erschrak, als er die flüsternde Stimme wahrnahm. Er hatte gerade den letzten tiefen Zug seiner Zigarette genommen und beabsichtigte, zurück in die Halle zu gehen, wo der nächste Kampf auf ihn wartete. Diesmal hatte er einen hohen Betrag auf einen American Staffordshire Terrier namens Hasko gesetzt. Eine ultimative, tödliche Waffe, wie mehrere Videos von früheren Kämpfen eindrucksvoll belegten. Im Dunkel der Nacht sah Fellner, dass keine zehn Meter von ihm entfernt eine Gestalt mit Kapuzenpulli und schwarzen Chucks stand. Sie wurde durch den schwachen Lichtschein einer Baulampe angestrahlt und bewegte sich nicht von der Stelle. „Wer sind Sie? Kennen wir uns?"

Fellner war keineswegs beunruhigt. Er wusste, dass er sich auf seinen Körper und seine Reaktionsfähigkeit verlassen konnte. Er war fit wie ein Turnschuh, seine meist auf Action ausgelegten Rollen und die damit verbundenen Stunts bewältigte er meist selber. Deshalb flößte ihm die Gestalt keinerlei Angst ein.

„Du solltest dir deinen Gewinn in deinen schmierigen Arsch schieben", zischte es Fellner entgegen. Er stutzte kurz, bewegte sich dann aber langsam Richtung Stimme. „Wer wird denn so böse Dinge über mich sagen, hm? Pass mal besser auf deinen Arsch auf, Freundchen. Und zeig dich vor allem. Ich kann nicht abwarten, in dein tollkühnes Gesicht zu blicken!" Als der Taser auf ihn abgefeuert wurde, hatte Fellner bereits seine Kampfstellung eingenommen. Der Stromschlag ließ ihn in Sekundenschnelle zusammensacken und bewusstlos werden. „Hab keine Angst, mein Freund. Der Erlöser meint es gut mit dir. Sehr gut sogar!"

32

Kurz nach dem grausigen Fund von Gesines Überresten hatte Modrich seinen Chef noch in der Notaufnahme des Katharinenhospitals in Unna abgeliefert, bevor er Feierabend machen konnte. Heppner war komplett durchgedreht, und das war mehr als verständlich. Alles, was er jetzt benötigte, war Ruhe, Ruhe und nochmals Ruhe. Der diensthabende Arzt erledigte die Formalitäten so schnell es ihm möglich war und verabreichte Heppner eine sanfte, aber ausreichende Dosis eines Beruhigungsmittels, das ihn wenig später ins Land der Träume gleiten ließ.

Modrich selbst hatte urplötzlich das dringende Bedürfnis, endlich mal wieder seine alte Stammkneipe aufzusuchen, um ungestört ein paar frischgezapfte Biere zu trinken. Der Lindentreff lag an der Stadtgrenze zwischen Unna und Dortmund und gehörte bereits in dritter Generation der Familie Drygalski. Früher war Peer immer zusammen mit Marcel Urbaniak, seinem Kumpel aus Kindheitstagen, dort. Heute jedoch musste Marcel wieder mal in der Matrix als DJ arbeiten, deshalb stattete Peer Lutz Drygalski alleine einen Besuch ab. Mit ihm verband Peer eine lange und intensive Freundschaft. Zwar hatten sich die schulischen Wege der beiden nach den vier Jahren Grundschule getrennt, weil Modrich in

Mathe immer die kleinste Leuchte unter der Sonne war, die beiden hatten sich aber nie aus den Augen verloren.

Lutz Drygalski konnte sich nach dem Abitur aussuchen, was er aus seinem weiteren Leben machen wollte. Zum einen hatte er einen wirklich sehr guten Abschluss hingelegt, zum anderen warf die Kneipe seit Jahren so viel Gewinn ab, dass seine Eltern Lutz mit einem recht opulenten ‚Taschengeld' ausgestattet hatten, für das andere Menschen lange hätten arbeiten müssen. Peer war das immer egal, schließlich ließ Lutz nie raushängen, dass er es eigentlich gar nicht nötig hatte zu arbeiten. Er entschied sich schließlich für ein BWL-Studium, das er in Rekordzeit und mit Bestnote abschloss. Als dann jeder erwarte, dass Lutz nun in irgendein großes Unternehmen einsteigen würde, begab er sich erst einmal auf eine Weltreise, die ihn achtzehn Monate lang in die entlegensten Winkel unseres Planeten führte. Kurz vor dem Ende dieser Reise lernte er eine zauberhafte Malaiin namens Aishah kennen und lieben.

Die Hochzeit fand drei Monate nach seiner Rückkehr im Lindentreff statt. Peer musste damals ehrlich zugeben, dass er Lutz um diese Unabhängigkeit beneidete. Und die Frau an seiner Seite konnte sich nun auch wahrlich sehen lassen. „Komm schon, Peer", sagte Lutz während der Hochzeitsfeier, als könne er Gedanken lesen, „du bist mein Held. Du sorgst dafür, dass wir alle ein klein wenig sicherer leben und jeden Abend beruhigt in unser Bettchen gehen können. Ich möchte mit dir zwar nicht tauschen, aber ich verwette mein bestes

Stück, dass sich die meisten Frauen da draußen, wenn sie denn die Wahl zwischen einem Globetrotter wie mir und einem echten Cowboy wie dir hätten, immer für dich, für Peer Modrich, den schillernden Helden entscheiden würden. Du bist der Beste, mein Junge!" Dabei umarmte er Peer und küsste ihn schmatzend auf den Mund. Peer schaute verdutzt, lachte aber im nächsten Moment laut los. So etwas schaffte nur Lutz. Er liebte ihn für diese unvorhersehbaren, kleinen Aktionen.

Vor knapp fünf Jahren dann sah sich Lutz Drygalski vor die Wahl gestellt: Karriere oder Kneipe? Er hatte es mittlerweile in den Vorstand eines mittelständischen Handwerkbetriebes geschafft und verdiente genug, um ein erfülltes, unabhängiges Leben zu führen, als seine Eltern einen tragischen Autounfall hatten. Ein Lkw-Fahrer war hinterm Steuer eingeschlafen, hatte die Leitplanke durchbrochen und den Wagen von Karl-Heinz und Elli Drygalski buchstäblich zermalmt. Die Rettungskräfte benötigten über drei Stunden, um die beiden aus dem Autowrack herauszuschneiden. Während Elli Drygalski schwer verletzt überlebte und seitdem an den Rollstuhl gefesselt war, kam für ihren Mann jede Hilfe zu spät. Am Grab seines Vaters traf Lutz Drygalski eine wichtige Entscheidung: Er würde den Lindentreff zusammen mit Aishah weiterführen, das war er seinem Vater und seiner Mutter schuldig.

Der Lindentreff hieß nun Pöhler und war von Lutz zu einem Szenetreff für Fußballbegeisterte umgewandelt worden. Zwei große Leinwände sorgten in den beiden

Kneipenräumen für ungetrübten Fußball-Live-Genuss. Das alte Stammpublikum hielt der Kneipe aber nach wie vor die Treue, nicht zuletzt, weil Lutz sowohl den Kicker als auch den Poolbillardtisch als Inventar übernommen hatte. Aishah unterstützte Lutz lediglich an besonderen Spieltagen, wenn der Pöhler voll bis unters Dach war und Lutz alleine den Service nicht hätte bewältigen können.

„'N Bier und 'n Korn, aber zackig", rief Peer, als er den Pöhler betrat. Lutz fielen vor Schreck fast die Gläser vom Tablett. Als er Peer sah, ließ er alles stehen und liegen, sprang geschickt über den Tresen und fiel seinem alten Kumpel in die Arme. „Eigentlich müsste ich dir ja die Ohren lang ziehen", warf er Peer vor, „so lange, wie du dich hier nicht mehr hast blicken lassen! Lass dich mal ansehen: Hast abgenommen, oder? Siehst aber trotzdem aus wie ausgekotzt. Möchtest du sofort quatschen oder spielen wir erst mal 'ne Partie Pool? Ist ja noch wenig los, wie du siehst! Hm, hallo, jemand zu Hause?" Lutz wischte mit den Armen vor Peers Gesicht hin und her, als wollte er ihn aus einer tiefen Hypnose zurück in die Realität holen. Peer schien in der Tat etwas abwesend zu sein. Nur ganz allmählich kehrte Leben in ihn zurück. Wie in Zeitlupe sah er sich um und begutachtete jedes Detail um ihn herum. Es war ewig her, dass er Lutz hier besucht hatte. In diesem Moment wurde ihm bewusst, wie sehr er das alles vermisst hatte. Ein kühles Bier, ein paar Partien Billard und ein entspanntes Gespräch unter guten Freunden. Er war den Tränen nahe, was Lutz sofort bemerkte und das erste Bier zapfte. „Auf uns, alter Sack!" Peer sah erst das Glas an, dann Lutz und entgegnete: „Nimm sofort das ‚alter' zurück, sonst knallt's!" Gleichzeitig setzten beide an und exten das erste Bier.

„Wie lange ist das jetzt her?", fragte Peer. „An die Leinwände kann ich mich gar nicht erinnern." Lutz hob die Augenbrauen. „Na ja, die habe ich seit Anfang der vorletzten Bundesligasaison. Das würde also bedeuten, dass du seit fast zwei Jahren nicht mehr hier warst. Ein Grund mehr für ein ausgiebiges Besäufnis. Heute wird's eh nicht so voll, insofern können wir es richtig krachen lassen." Das zweite Bier war schnell gezapft. „Klingt nach 'nem Plan", sagte Peer zufrieden, „ich darf nur nicht vergessen, nachher meine Pillen zu nehmen, andernfalls wird der Dienst morgen ein Fiasko für alle Beteiligten. Und bei all dem, was da gerade auf meinem Schreibtisch liegt, kann ich es mir nicht leisten, auch nur einen Tag neben der Spur zu laufen. Apropos Dienst: Ich habe auf dem Weg hierhin noch versucht, Marzel zu erreichen. Wäre doch schön gewesen, wenn er auch noch hätte dabei sein können. Ging aber nur die Mailbox an. Ich vermute, er muss heute wieder auflegen." Lutz grinste. „Oh ja, das wäre in der Tat eine extrem lustige Runde geworden. Vielleicht schaffen wir das ja demnächst mal. Aber dass du immer noch die alten Probleme mit Gevatter Alkohol hast, finde ich ja echt witzig. Morbus Meulengracht hieß der Quatsch, richtig?" Peer nickte und nippte an seinem Bier. „Tja, manche Dinge ändern sich vermutlich nie, oder? Na ja, jetzt lass uns mal 'ne

Runde Billard spielen, bevor du den Queue nicht mehr halten kannst. Und danach erzählen wir uns in aller Ruhe, welcher Schuh wo am meisten drückt. Und wer weiß: Vielleicht kommen Moni und Sibylle heute noch vorbei." Lutz tat so, als würde er sich die Zähne putzen und warf Peer einen vielsagenden Blick zu. „Moni und Sibylle? Die zwei unglaublichen drei? Die Geschwister Fürchterlich?" Peer hielt beide Hände vor den Mund und würgte. „Ich gebe unumwunden zu: Mir geht es echt mies. Mir fehlt es gerade an vielen Dingen, keine Frage. Aber was ich am allerwenigsten gebrauchen kann, ist schlechter Sex mit einer übergewichtigen Frau, die dazu wenig von Zahnpflege und Rasieren hält!" Lutz hatte einen großen Schluck Bier genommen, als Peer diesen Spruch tat, was zur Folge hatte, dass er nun den gesamten Mundinhalt in hohem Bogen über den Tresen spuckte. „Baaah, hör bloß auf. Jetzt habe ich wieder dieses Kopfkino. Pfui Spinne, ist das ein Haar in meinem Mund?" Lutz spuckte zwei weitere Male auf den Kneipenboden. „Aber unter uns", vollendete Peer, „wenn alle Stricke reißen – und ich habe das Gefühl, dass das heute passieren könnte – dann auch gerne eine der Weather Girls. Aber dann kümmerst du dich bitte um Sibylle. Wenn ich mich recht entsinne, hatte die auch noch eine ziemlich feuchte Aussprache!" Lutz bekam nun vor Lachen keine Luft mehr, zapfte noch zwei Bier und zog Peer in Richtung Billardtisch. Sibylle und Moni waren längst unter der Haube und stellten für Lutz und Peer keinerlei Gefahr mehr da.

Zwei Stunden später war der Pöhler immer noch spärlich besucht. Die wenigen Gäste schauten immer wieder rüber zum Billardtisch, wo Kommissar Peer Modrich abwechselnd mit dem Queue und dann wieder mit dem Garderobenständer tanzte. Nach jedem Stoß trompetete er „Eiloch" durch die Kneipe, dabei rülpste er zum Takt von *Rhythm Is a Dancer*, das scheinbar in einer Dauerschleife auf Lutz' CD-Player lief. Lutz war nach dem fünften Bier auf Wasser umgestiegen. Er hatte die Situation im Blick und weitestgehend unter Kontrolle. Nichtsdestotrotz sah er sich gezwungen, den anderen Gästen zu erklären, dass der seltsame Mann da vorne kein Psychopath war und dass „Eiloch" eigentlich „eingelocht" heißen musste. Er kam dennoch nicht umhin, die eine oder andere Runde auszugeben, um die anwesenden Herrschaften bei Laune und in seiner Kneipe zu halten.

Lutz warf einen Blick auf Peers Deckel: Fünfzehn Pils und ebenso viele Schnäpse standen da zu Buche. Wenn er jetzt nicht einschritt, würde das für seinen alten Kumpel ein böses Ende nehmen. „Psst, Peer", nahm Lutz ihn sich zur Seite und flüsterte in sein linkes Ohr, „ist besser, wenn du jetzt Feierabend machst. Ich ruf dir ein Taxi, okay?" Peer wand sich grinsend und kiekste wie ein kleines Kind, dem man einen lang gehegten Wunsch erfüllt hatte. „KisseltimOhr, hihihihi!" Lutz verdrehte leicht genervt die Augen. Es war allerhöchste Zeit für das Taxi, jede weitere Diskussion würde zu nichts führen.

Als er die Nummer des Taxiunternehmens seines Vertrauens in sein Handy eingab, stand plötzlich eine Frau vor ihm am Tresen. „Lassen Sie mal, ich kümmere mich schon um den Herrn." Die Dame hatte eine Weile alleine an dem Tisch gesessen, der dem Billardtisch am nächsten war, und Modrich unentwegt und amüsiert beobachtet. „Und wer, wenn ich fragen darf, sind Sie?" „Ich bin Bea Leitner, eine sehr gute Freundin von ihm und außerdem Ärztin. Sie können also versichert sein, dass er bei mir in den allerbesten Händen ist!" Lutz zögerte einen Moment, ging dann aber auf Peer zu. Der war mittlerweile auf dem Billardtisch eingenickt und schnarchte, dass sich der Putz von der Decke löste. „Okay, mein Freund. Hier ist eine extrem gut aussehende Lady, die sich um dich kümmern möchte. So ein Glück wie du möchte ich auch mal haben. Peer, hast du gehört, was ich dir gesagt habe?" Peer richtete sich langsam auf und erwiderte: „Latürnich, Missjö. Die Lady darf mich gerne abführen!" „Also dann", sagte Lutz, „hier haben Sie das Paket. Sie wissen vermutlich, wo er wohnt, oder?" Sie nickte. „Bitte rufen Sie mich an, wenn Sie ihn zu Hause abgeliefert haben. Und ganz wichtig –" „Ibuprofen", kam es aus Beas Mund wie aus einer Pistole, „ich sagte Ihnen doch bereits, dass ich ihn kenne und Ärztin bin. Also seien Sie unbesorgt. Ich melde mich, versprochen!" Beim Verlassen des Pöhlers hob Peer den Arm und rief ein letztes Mal „Eiloch".

33

Guddi hatte Kruschek als Ersatz für Modrich zum Firmensitz der Celebs for Masses GmbH angefordert. Unmittelbar nach seiner Ankunft hatte Guddi Heike Wiegand den richterlichen Beschluss vor die Nase gehalten und sogleich Kruschek die Ordner mit den Buchstaben A bis L anvertraut. „An die Arbeit, Lars. Schau dir bitte alles sehr gründlich an. Besonders das, was mit Jan Kogler zu tun hat. Solltest du auf einem der Fotos einen Mann mit einer außergewöhnlich großen Nase sehen, sag mir bitte sofort Bescheid." Berta versorgte die beiden mit starkem Kaffee und Gebäck und brachte sie in einen separaten Raum, der normalerweise als Besprechungszimmer der Firma genutzt wurde. Es machte fast den Anschein, als sympathisiere die Dame mit den Ermittlungen der Polizei. Heike Wiegand hatte sich in ihr Büro zurückgezogen und versuchte vergeblich, ihren Mann zu erreichen. Dass die Polizei dabei war, die geheimsten Geheimnisse ihrer Firma zu entschlüsseln, schmeckte Heike Wiegand gar nicht. Dass sie daran nichts ändern konnte, machte sie regelrecht wütend. Frank Wiegand wüsste vermutlich Rat und hätte längst irgendeinen Rechtsverdreher angerufen, der die Bullen wieder zurückpfiff. Frank war schon immer derjenige gewesen, der größere Schlamassel verhindern konnte. Die Akten ihrer Klienten beinhalteten eine Vielzahl an heiklen Details, sodass es unerlässlich war, dass es einen Kapitän gab, der das Schiff und seine Fracht sicher durch jeden noch so tosenden Sturm zu lotsen vermochte.

„Es ist doch wirklich nicht zu fassen", sagte Kruschek und schaute von der Akte auf, die er gerade durchsah, „kaum jemand hat ein Problem damit, dass es homosexuelle Profifußballerinnen gibt. Für den durchschnittlichen Fan da draußen ist das offenbar kein großes Problem. Einer meiner besten Kumpel hat mit Damenfußball nichts am Hut, meint aber immer, einen Kommentar wie ‚die spielt ja wie ein Kerl' abgeben zu müssen." „Es gibt doch auch schon Fußballerinnen, die sich zu ihrer Homosexualität öffentlich bekannt haben, oder?", warf Guddi ein. „Natürlich, einige. Die Frage ist aber doch: Wenn Fußball spielende Frauen lesbisch sein dürfen, warum dürfen ihre männlichen Kollegen nicht auch schwul sein? Wo ist da der Unterschied?" „Sag mal, kann es sein, dass du gerade die Akte Kogler vor dir hast?", schlussfolgerte Guddi. „Lagen wir mit unserer Vermutung also richtig?" Kruschek schüttelte mit dem Kopf. „Kogler ist mitnichten der Einzige. Debussy, der Franzose, Fischer, der neue Außenverteidiger aus der Verbotenen Stadt und Kogler. Die drei hatten bei offiziellen Veranstaltungen immer irgendwelche gemieteten Damen als Begleitung dabei, um den schönen Schein zu wahren. Wow, spätestens bei der hier wäre ich die längste Zeit schwul gewesen. Aber ich schweife ab. Um auf deine Frage zurückzukommen: Ja, Vince Maiwald und Jan Kogler waren ganz eindeutig ein Paar. Hier gibt es mehrere Fotobeweise dafür. Heppners Frau scheint im Übrigen tatsächlich so etwas wie die Queen Bee gewesen zu sein. Sie ist auf fast allen Fotos zu sehen und hat in jeder Situation ein Auge auf ihre Klienten." Guddi schaute hinter ihrem Aktenberg auf. „Debussy auch? Das hätte ich jetzt nicht gedacht. Der Typ sieht doch aus, als sei er von 'nem Laster gerammt worden. Und Manieren hat er auch keine." Nach einer kurzen Pause ergänzte sie: „Merkst du etwas? Ich denke auch schon in Klischees, in Stereotypen. Ein schwuler Typ muss immer etwas tuckig daherkommen, ist meist affektiert, aber stets gut gekleidet und hat vor allem eins: Geschmack! Das ist alles Blödsinn, glaube ich. Wir müssen uns echt davon verabschieden, Menschen nach ihrem Äußeren zu beurteilen. Darf sich ein Mann in aller Öffentlichkeit am Sack kratzen? Besser nicht. Und sagt das irgendetwas über seine sexuelle Orientierung aus? Natürlich nicht. Aber trotzdem komm ich nicht darauf klar, dass auch Debussy dabei ist."

Guddi war mittlerweile so neugierig geworden, dass sie ihren Ordner beiseite gelegt und neben Kruschek Platz genommen hatte. Hinter dem letzten Buchstaben steckte ein weiteres, nicht genauer gekennzeichnetes Register, in dem scheinbar wahllos Zettel abgeheftet waren. Bei genauerem Hinsehen war es aber etwas anderes. „Sieh dir das an, Kruschek!" Guddi blätterte hektisch in den Zetteln vor und wieder zurück. „Das sind Verschwiegenheitserklärungen aller Revolverblätter und TV-Sender in unserem Land. Sie alle verpflichten sich, die pikanten Geheimnisse aus dem Privatleben der Prominenten unter Verschluss zu halten. Und hier: Sie bekommen sogar Geld dafür, dass sie die Klappe halten!" Guddi schien keinerlei Verständnis für so viel Heuchelei zu haben. Kruschek hingegen konnte ihre Haltung nicht ganz nachvollziehen. „Na ja, um ehrlich zu sein, grenzt das ja an Zensur. Die Pressefreiheit ist Bestandteil unserer Verfassung. Im Grunde genommen kann niemand etwas dagegen sagen und unternehmen, wenn irgendein Promi sein Privatleben nicht nachhaltig genug schützt und dadurch ein Opfer der Sensationspresse wird." Guddi sah Kruschek an, als habe er Mundgeruch. „Und was ist mit der Würde des Menschen? Oder dem Recht auf Privatsphäre? Steht darüber etwa nichts in unserer Verfassung, hm? Ich finde, du machst es dir hier etwas zu leicht. Diese Klatschreporter zerstören Leben. Sie setzen Gerüchte in die Welt, und zwar so lange, bis die Leser sie für bare Münze nehmen. Und am Ende kämpft da draußen jemand mit einem Image, das absolut nichts mit der Realität zu tun hat." Aber Kruschek war von seiner Meinung noch nicht abzubringen. „Ich verstehe deinen Punkt vollkommen. Der Vorfall um Prinzessin Diana damals war ja ein leuchtendes Beispiel dafür, wohin unsere Pressefreiheit führen kann. Aber noch mal: Diese Geheimniskrämerei nützt doch niemandem etwas? Du findest es doch selber nicht in Ordnung, dass die Zeitungen dafür bezahlt werden, den Mund zu halten. Warum also lässt man nicht einfach mal die Hosen runter und legt die Fakten auf den Tisch? Ich habe jedenfalls mehr Respekt vor jemandem, der sich zu seiner Homosexualität bekennt als vor denen, die damit hinterm Berg halten. Sie sind verdammt noch mal Vorbilder. Unsere Kinder sollten später mal kein Problem damit haben, eventuell selber vom anderen Ufer zu sein!"

Guddi ließ etwas resigniert die Schultern fallen. „Vielleicht hast du sogar recht. Ich habe allerdings vor Kurzem noch gelesen, dass sich bereits im Jahre 1990 in England ein Profifußballer noch während seiner aktiven Laufbahn outete. Sieben Jahre später hat sich der Typ allerdings das Leben genommen. Würde so etwas heute wieder passieren? Auch hier bei uns? Aber wir sind ja hier, um herauszufinden, ob es einen Zusammenhang zwischen den Morden an Kogler und Gesine gibt. Ich denke, darüber gibt es jetzt kaum noch Zweifel. Aber was ist mit Joe Sanderson? Ich habe keinerlei Fotos von ihr im Flur gesehen. Wenn ich sie nicht unter ‚S' finde, können wir vermutlich davon ausgehen, dass sie keine Klientin von Gesine Heppner war." Guddi setzte sich wieder zurück an ihren Platz und wälzte den Ordner weiter durch. Nichts. Absolut keine Hinweise auf Joe Sanderson.

Berta betrat den Raum. „Brauchen Sie noch irgendetwas? Vielleicht mal was anderes als Kaffee?" Guddi bestellte für Kruschek und sich eine Flasche Wasser und rief Berta beim Herausgehen hinterher: „Sagt Ihnen der Name Joe Sanderson etwas? Die Sängerin?" Berta blieb wie angewurzelt stehen und ließ den Kopf sinken. Ein leises, kaum hörbares Murmeln verließ ihre Lippen. Völlig untypisch für eine Frau wie Berta. „Sie war eine große Künstlerin. Auf der Bühne konnte ihr niemand das Wasser reichen." Mit jedem Wort drehte sich Berta weiter um, bis sie Guddi direkt ins Gesicht sah. „Aber hinter der Bühne ...!" Berta bekreuzigte sich und schaute gen Zimmerdecke. Guddi sah Kruschek fragend an und zuckte mit den Schultern. Kruschek ergriff das Wort. „Was bedeutet das? Und war sie nun eine Klientin Ihres Hauses oder nicht?" Berta schien zu bemerken, dass sie zu viel gesagt hatte. „Entschuldigen Sie mich bitte. Ich muss mich jetzt um andere Dinge kümmern. Ich kann und darf Ihnen jedenfalls nichts weiter dazu sagen!" Berta verließ schnellen Schrittes den Raum und ließ die Tür ins Schloss krachen.

„Volltreffer!" Guddi und Kruschek kam dieses Wort fast zeitgleich über die Lippen. Sie hatten augenscheinlich in ein Wespennest gestochen. So wie Berta sich benommen hatte, gab es nur wenig Zweifel daran, dass Joe Sanderson ebenfalls zum erlauchten Klientenkreis von Gesine Heppner gehörte. Die Tatsache, dass es keinerlei Notizen über sie in dem Aktenordner gab, ließ nur eine Schlussfolgerung zu: Es existierten noch weitere Akten, die unter Verschluss gehalten wurden. Es musste also noch weitaus pikantere Dinge in den Privatleben einzelner Promis geben, deren Aufdeckung womöglich nicht nur einen Skandal, sondern sogar einen Strafprozess nach sich ziehen würde. Sie mussten Heike Wiegand noch mal auf den Zahn fühlen.

Die Tür zu Wiegands Büro war geschlossen, was grundsätzlich nichts Ungewöhnliches war. Was Kruschek und Guddi aus dem Büro hörten, war allerdings schon bemerkenswert. „Du hast was? Sag mal, geht's noch? Wie lange arbeitest du jetzt hier, häh?" Sogleich feuerte Berta zurück: „Bei allem Respekt, aber das, was diese skrupellose Schlampe und dieser Schauspieler sich in schöner Regelmäßigkeit erlauben, ist moralisch verwerflich und vor allem auch hochgradig kriminell. Ich bin nicht mehr bereit, darüber noch länger den Mantel des Schweigens zu hüllen. Und wenn ich dafür rausgeschmissen werde, dann ist das halt so!" „Raus! Zieh Leine, du fette Qualle. Und so etwas habe ich jahrelang unterstützt. Aus der Gosse habe ich dich geholt, du undankbares Miststück!" Das Aufreißen und Zuknallen von Heike Wiegands Bürotür erfolgte fast simultan. Berta nahm keinerlei Notiz von Kruschek und Guddi und schoss an ihnen vorbei in Richtung Ausgang.

Heike Wiegand schien es nur kurzzeitig zu irritieren, dass die beiden Beamten offensichtlich die ganze Zeit vor der Tür gestanden und alles mit angehört hatten. Wild entschlossen richtete sie sich auf, strich ihr viel zu enges Kostüm glatt und schickte sich an, Kruschek und Guddi die Tür vor der Nase zuzuknallen. Bevor sie ihr Vorhaben in die Tat umsetzen konnte, ergriff Guddi das Wort: „Ich fürchte, wir haben da noch ein paar dringende Fragen, Frau Wiegand. Es dauert auch nicht lange." Wiegand hielt kurz inne. „Es tut mir sehr leid, aber heute kann ich Ihnen leider nicht mehr weiterhelfen, so gerne ich das natürlich auch täte. Ich muss dringend zu einem Termin nach Oberhausen. Lassen Sie sich doch von meiner Sekretärin ... ach was, kommen Sie einfach nächste Woche wieder." „Gibt es Klienten in Ihrem Haus, die Sie uns verschweigen? Wir haben in den Ordnern zum Beispiel nichts über den Herrn da gefunden!" Kruschek deutete auf das Foto von Bernhard Fellner. „Nein, da gibt es nichts, was ich verschweigen müsste. Ich habe Ihnen alles ausgehändigt, wonach Sie gefragt haben. Also lassen Sie mich jetzt bitte in Ruhe, wir können alles Weitere gerne in der kommenden Woche besprechen." Geräuschvoll ließ sie die Bürotür hinter sich zuschlagen.

Guddi zuckte mit den Schultern. Sie hatten wenig Handhabe gegen Heike Wiegand. Der Schlüssel lag eindeutig bei Berta. Vielleicht würden sie sie noch einholen, wenn sie sich beeilten? Schnellen Schrittes verließen Kruschek und Guddi das Büro der Celebs for Masses GmbH. Von Weitem konnten sie den Zettel erkennen, der hinter dem Scheibenwischer ihres Dienstwagens steckte. Kruschek nahm ihn in seine Hand und blickte auf die fast unleserlichen Zahlen und Buchstaben. „Sie ist der Teufel", stand da geschrieben. Unterzeichnet mit Karla. „Berta heißt eigentlich Karla und hat uns ihre Handynummer hinterlassen." Kruschek grinste Guddi triumphierend an. „Wir kommen dieser Furie noch auf die Schliche", flüsterte er und deutete auf Wiegands Bürofenster. „Jede Wette: Die hat mehr Dreck am Stecken als Haare auf den Zähnen!" „Und das ist gar nicht so einfach!" Zufrieden mit ihrer Arbeit und den gewonnenen Erkenntnissen verließen sie das Firmengrundstück.

Guddi zog ihr Mobiltelefon aus der Manteltasche. Sie waren relativ lange bei Wiegand gewesen, währenddessen hatte sie ihr Handy stumm geschaltet. Fünf Anrufe in Abwesenheit, alle von Hartmut. Das war jetzt doch einigermaßen ungewöhnlich. Normalerweise wusste ihr Mann, dass er Guddi nicht während einer Ermittlung erreichen konnte. Es musste also etwas Wichtiges sein. Guddi wählte Hartmuts Nummer, erreichte aber lediglich seine Mailbox. „Hi Schatz, bin erst jetzt fertig hier. Würde eventuell kurz heimkommen, muss aber nachher noch mal weg. War irgendwas Wichtiges? Melde dich doch ... ansonsten sehen wir uns hoffentlich gleich." Besorgt steckte sie das Telefon ein. Als sie auf den Parkplatz der Polizeiwache fuhren, sagte sie zu Kruschek: „Lars, kannst du bitte erst einmal alleine weitermachen? Ich muss dringend nach Hause. Ruf doch bitte mal Karlas Nummer an und arrangiere ein Treffen mit ihr, am besten heute Abend. Ich würde dann später dazustoßen, wenn du mir den Treffpunkt durchgegeben hast." Kruschek nickte. „Kein Problem, bis nachher!"

34

Fellner erwachte aus einer tiefen Bewusstlosigkeit. Er versuchte, Hände und Beine zu bewegen, schaffte es aber nicht, sondern schrie vor Schmerzen auf. Was war mit ihm passiert? Die Welt schien sich langsam, aber stetig um ihn herum zu drehen. Seine Arme waren ihm auf dem Rücken zusammengebunden worden, die Beine hatte man ihm ebenfalls gefesselt. Sein nackter Körper beschrieb einen Halbkreis. Zwischen seinen Hand- und Fußgelenken steckte eine hölzerne Stange, die an beiden Enden auf jeweils zwei x-förmigen Holzpflöcken auflag. Aber warum in drei Teufels Namen drehte er sich unentwegt? Je mehr Fellner um sich herum wahrnahm, je wacher er wurde, desto größer wurde seine Panik. Es roch nach einer Grillmarinade. Barbecue vermutlich. Aus dem Hintergrund hörte er leise Musik. Klassische Musik. Brahms? War das Brahms? Fellner versuchte genau hinzuhören und schärfte alle seine Sinne, aber die Musik verhallte zu schnell, als dass er sie identifizieren konnte. Er musste sich in einer sehr großen Lagerhalle oder etwas ähnlichem befinden. Unter ihm glomm ein Feuer. Fellner schätzte, dass die Flammen ungefähr zwei Meter von seinem Körper entfernt waren.

„Du riechst wirklich gut, Schauspieler! Diese Marinade haben wir extra für dich angerührt. Knoblauch, Chili, Zwiebeln, natürlich Tomaten und ein Hauch Ingwer. Das wird ein Festessen!" Fellner beschlich die schiere Panik. Er erkannte die Stimme und erinnerte sich zugleich an den Taser und die Gestalt, die ihm nach dem Hundekampf aufgelauert hatte. Seine Wettkumpane würden sein Verschwinden sicherlich bemerkt haben und bereits nach ihm suchen. So hoffte er zumindest. Hoffnung war das Einzige, das ihm blieb. Er versuchte abermals, seine Umgebung besser zu überblicken, aber mit jeder Verrenkung wurden seine Schmerzen stärker. Zudem spürte er, dass die Temperatur deutlich anstieg.

„In circa zwei Stunden solltest du durch sein. Ich werde aber hin und wieder eine Scheibe abschneiden und probieren, wenn du nichts dagegen hast. Und dann gibt es ja auch noch meine beiden Freunde hier, die auch schon länger nicht mehr so frisches und ausgezeichnetes Fleisch bekommen haben. Nicht wahr, meine Lieben?" Fellner nahm das heisere Bellen zweier Hunde wahr. Es mussten große Hunde sein, so tief wie sie tönten. „Bitte tun Sie das nicht!" Fellner röchelte heiser. Sein Hals war ausgetrocknet und schmerzte höllisch bei jeder Silbe, die er von sich gab. Er musste es trotzdem versuchen. Weiter im Gespräch bleiben. Einfach reden. Und Zeit gewinnen. Irgendjemand musste ihn doch suchen. An etwas anderes zu denken war nicht zielführend. Jedenfalls nicht im Moment.

Aus dem Augenwinkel nahm er nun endlich etwas mehr wahr. Allerdings war das nichts, das ihn sonderlich fröhlich stimmen konnte. Diese schlanke Gestalt hinter ihm hatte doch tatsächlich einen Kurbelmechanismus an der Holzstange befestigt, die sie in aller Seelenruhe drehte – und mit ihm Bernhard Fellner. Er fühlte sich nun zu einhundert Prozent wie ein Spanferkel.

„Was haben dir diese unschuldigen Tiere angetan, du widerwärtige Bestie? Hm, wie viele Hunde mussten sterben, nur um deine perverse Lust auf Blut und Todesgeruch zu stillen? Du weißt es nicht mehr? Ich kann es dir sagen: exakt 52! Wir haben hierüber Buch geführt. Seit fast sechs Monaten warst du nie mehr wirklich allein, auch nicht, während du schliefst. Du hast nichts bemerkt, weil du solch ein selbstherrliches und selbstverliebtes Stück Dreck bist. Du wirst den morgigen Tag nicht mehr erleben, Fellner, aber wenigstens wird dein Tod nicht umsonst sein. Mit deinem athletischen Körper werden wir sicher einige hungrige Mäuler stopfen können. Wie du dich wohl als Dosenfutter machst?" Dabei entwich der Gestalt ein helles, fast albernes Kichern. War das vielleicht doch eher eine Frau? Fellner hatte keine Zeit, sich mit der Frage des Geschlechtes seines Gegenspielers zu befassen, er musste schleunigst zusehen, dass er ihn oder sie irgendwie davon abhielt, ihn weiter zu grillen. Seine Haut bildete bereits die ersten Blasen. Sein marinierter Schweiß tropfte langsam, aber stetig in das Feuer unter ihm, das mit jedem Schweißtropfen kurz aufloderte und die Hitze unerträglich machte.

„In meiner Jacke ist mein Portemonnaie. Es müssten fast 15.000 Euro in bar und diverse Kreditkarten drin sein. Ich verrate Ihnen gern die Geheimzahl meiner American Express Platinum. Mit der haben Sie dann quasi kein Limit, verstehen Sie? Nur lassen Sie mich hier bitte runter. Ich flehe Sie an. Das können Sie nicht tun. Ich bin ein Mensch, genau wie Sie. Das, was Sie hier tun, ist unmenschlich und ich appelliere an Ihr Gewissen. Bitte. Nehmen Sie das Geld, binden Sie mich los und verschwinden Sie. Ich werde niemandem etwas sagen. Sie kennen schließlich auch mein kleines Geheimnis!" Fellner versuchte zu lächeln, heraus kam allerdings nur eine schiefe Grimasse. Er begann sich nun auch im Gesicht zu häuten. Ihm blieb nicht mehr allzu viel Zeit. Wie lange würde es wohl dauern, bis er bewusstlos wurde? Vielleicht zwanzig Minuten? Wenn überhaupt. Er weinte nun hemmungslos. Die Gestalt drehte den Spieß mit Fellner weiter, ohne mit der Wimper zu zucken oder eine Miene zu verziehen. Im Gegenteil: Mit einem Esslöffel strich sie über Fellners brutzelnden Rücken und probierte den Saft. „Delikat. Ich muss schon sagen: Das hätte ich nicht erwartet. So ein einzigartiges Aroma. Du musst wissen, dass ich noch nie zuvor menschliches Fleisch zu mir genommen habe. Aber wie sagt man so schön: Irgendwann ist immer das erste Mal!"

35

Peer Modrich stand vor seinem Klo und ließ einfach laufen. Was für eine Erleichterung! Und was für eine Herausforderung, angesichts einer veritablen Morgenlatte. Er konnte sich nur äußerst vage an den Abend zuvor erinnern. Viel zu viel Alkohol musste wieder mal im Spiel gewesen sein. Umso erstaunlicher war es, dass er, Peer Meulengracht Modrich, hier vor dem Klo stand und in aller Seelenruhe sein Geschäft verrichtete, ohne dabei von heftigen Kopfschmerzen gemartert zu werden. Hatte ihn Herr Meulengracht übersehen? Eine Tablette konnte er in dem Zustand gestern nicht mehr eingeworfen haben, so viel war klar. Gedankenverloren kratzte er sich an seiner rechten Pobacke.

„Alles klar, Herr Kommissar?", tönte es von hinten. Modrich erschrak so sehr, dass er unvermittelt und unkontrolliert neben das Klo und gegen die Kacheln pieselte. „Wer zum Geier ...?" Mühsam schüttelte er die letzten Tropfen von seinem besten Stück und versteckte es blitzartig wieder in seiner Unterhose. Langsam drehte er sich in die Richtung, aus der die Stimme gekommen war. Bea Leitner lag, wie der Herrgott sie erschaffen hatte, in Peers Badewanne und war in eine Schwade aus Schaum und Wasserdampf eingehüllt. „Wie wär's mit Händewaschen?", fragte sie keck. Modrich schlug sich zweimal heftig ins Gesicht. Das tat wirklich weh, änderte aber nichts an der Situation. Offenbar hatte er Frau Doktor getroffen und mit zu sich nach Hause genommen. Eine Erinnerung, wie sie in seine Wohnung gekommen waren und was sich dann dort zugetragen hatte, wollte sich aber ums Verrecken nicht einstellen. Peer merkte, wie er langsam errötete. „Aber wer wird sich denn da schämen?", fragte Bea und schob die Unterlippe vor. „Sie können versichert sein, dass zwischen uns nichts gelaufen ist, was Ihnen peinlich sein müsste. Es sei denn, Sie haben ein Problem mit der momentanen Situation?" Bea schaute Peer vielsagend an. „Wenn Letzteres der Fall sein sollte, gibt es aus meiner Sicht nur eine Lösung: Sie verlassen das Bad und lassen mich in Ruhe weiterbaden." Langsam legte sie ihr linkes Bein über den Wannenrand und blies Schaum in Richtung Peer. „Oder aber Sie packen Ihren kleinen Mann noch einmal aus und lassen ihn seine Arbeit tun. Wenn ich das richtig gesehen habe, war er ohnehin schon im Bereitschaftsmodus. Liegt jetzt alles nur an Ihnen, Herr Kommissar!"

Was für eine Frau! Peer versuchte, die vergangene Nacht zu rekonstruieren. War er wirklich so besoffen gewesen, dass er sich nicht mehr daran erinnern konnte, Bea Leitner mit nach Hause genommen zu haben? Die Erklärung war vermutlich einfach: Ein Mann wie Peer Modrich würde eine Frau wie Bea Leitner im nüchternen Zustand niemals fragen, ob sie bei ihm die Nacht verbringen wollte. Auf der anderen Seite war ein Mann wie Peer in dem Zustand der letzten Nacht niemals in der

Lage, irgendeiner Frau einen heißen One-Night-Stand zu bescheren. Es schien also fast so, als habe nicht er, sondern sie die Situation ausgenutzt, um Peer jetzt da zu haben, wo sie ihn am liebsten haben wollte: in ihrer Hand. Müsste er diese schäumende Venus noch länger betrachten, würde sein Widerstand vollends erlahmen. Das Kribbeln in seinen Lenden wurde immer heftiger, sein Puls hatte sich stark beschleunigt, einen klaren Gedanken konnte er schon lange nicht mehr fassen. Wie hypnotisiert tapste er auf den Wannenrand zu. Bea streichelte zuerst seine Hand, dann seinen Oberschenkel. Schließlich zog sie mit einem heftigen Ruck an Peers Unterhose und legte seine wieder erwachte Männlichkeit frei. „So ist es gut", flüsterte Bea, als sie sich langsam erhob und nun in voller Pracht vor Peer Modrich stand.

Gerade, als Modrich alle Skrupel beiseiteschieben und zu Bea in die Wanne steigen wollte, meldete sich ein guter alter Bekannter mit Macht zu Wort. Modrichs gesunde Gesichtsfarbe der Erregung wich einer Blässe, wie man sie sonst nur von Engländern vor dem Sommerurlaub kannte. Sein Kopf entwickelte plötzlich ein Eigenleben, um ihn herum drehte sich alles. So schnell, dass Peer gleichzeitig schwindelig und furchtbar schlecht wurde. „Tut mir wirklich leid, aber ich glaube, ich muss ... ich muss ..." Mit diesen Worten drehte Modrich sich blitzartig um und schaffte es mit letzter Kraft, den Klodeckel hochzureißen. Das Geräusch, das nun sein Bad erfüllte, kannte man aus Filmen wie *Der Exorzist,* nur, dass hier nicht Luzifer in Modrichs Leib gefahren war, sondern der gute alte Herr Meulengracht. Er wollte fluchen, schaffte es aber nicht, weil er in kurzen Abständen von immer heftiger werdenden Würgeattacken malträtiert wurde.

„Also, das ist mir bislang auch noch nicht passiert", kommentierte Bea Leitner, die immer noch in der Badewanne stand, jetzt allerdings ein ziemlich angewidertes Gesicht zog. „Dass ein Mann kotzen muss, wenn ich mich ihm offenbare, ist schon ein Schlag ins Gesicht. Ich bin ehrlich enttäuscht von Ihnen, Modrich. Stört es Sie, wenn ich mal das Fenster öffne?" Langsam, ganz langsam berappelte Modrich sich. „Ich fürchte, das mit uns wird nichts. Zumindest heute nicht. Wir können das aber gerne nachholen, es sei denn, Sie haben jetzt keinen Bock mehr auf Doktor Meulengracht und Mister Modrich?" Bea lachte. Ihr Lachen war erfrischend und schien ehrlich zu sein. Dann stieg sie aus der Wanne. ‚Ich muss wirklich verrückt sein', dachte Modrich bei diesem wundervollen Anblick. Vielleicht passierte ja ein Wunder und der Kater würde von ihm ablassen? Aber nichts dergleichen geschah. Peer klammerte sich mit beiden Händen an der Kloschüssel fest und wartete hilflos auf das Unvermeidliche. Es war ein wirklich jämmerliches Bild, das Modrich da abgab. Zwischendurch wagte er immer wieder einen verstohlenen Blick auf Bea, die sich in aller Gemütsruhe abtrocknete und dann anzog. Das alles passierte in Super-Slow-Motion. Peer konnte sich des Gefühls nicht erwehren, dass Bea genau wusste, dass er sie heimlich beobachtete. Bewegte sie sich deshalb noch langsamer? Oder lag das alles an seiner etwas limitierten Wahrnehmung?

„Es tut mir wirklich leid, Bea. Wenn ich könnte, wie ich wollte ...!" Bea lachte abermals. „Ist wirklich kein Problem, Modrich. Aufgeschoben ist bekanntlich nicht aufgehoben." Sie schlüpfte in ihre Schuhe und öffnete die Tür des Badezimmers. „Vielleicht sollten Sie mal wieder Ihren Vater besuchen? Viel Zeit bleibt Ihnen dafür nicht mehr. Und wenn Sie danach noch nichts vorhaben ... Sie wissen ja, wo Sie mich finden. Und danke noch mal für die interessante Nacht. So etwas hatte ich schon lange nicht mehr!" Modrich wollte sich erheben und ihr wenigstens die Hand zum Abschied geben, musste aber die Bewegung direkt wieder abbrechen und tief Luft holen. Was für ein Elend! Völlig erschöpft hob er den linken Arm und versuchte zu winken. Dabei sah er aus wie Captain Ahab, der seine Crew noch einmal grüßt, bevor er von Moby Dick in die Tiefe des Meeres gezogen wird. Ein letztes bezauberndes Lächeln Beas war die Folge. „Ich glaube, Ihr Handy klingelt. Irgendwo da hinten. Bis demnächst, Peer Meulengracht!" ‚Sie ist wirklich süß, extrem süß,' dachte Peer, ehe ihn ein letzter Krampf um ein Haar mit ins Klo beförderte und dafür sorgte, dass er leise wimmernd auf dem gefliesten Badezimmerboden zu liegen kam. Sein Handy klingelte erneut. Peer raffte sich mühsam auf und schlurfte dem Geräusch folgend ins Schlafzimmer. Er fand das Handy unter seinem Bett. Es war Guddi.

36

Auf dem Heimweg ertappte sich Guddi wieder einmal dabei, dass die Arbeit sie nicht losließ. Eigentlich war es jetzt wirklich an der Zeit, ihr Privatleben zu ordnen, und wenn es nur ein gemeinsamer Fernsehabend mit ihrer Familie war. Oder wie wär's mit einem Spieleabend? Ihre Jungs liebten ‚Mensch ärgere dich nicht', das konnte Stunden gehen, ohne langweilig zu werden. Doch bevor sie ihre Gedanken vollends auf Privates lenken konnte, stiftete der aktuelle Fall wieder Unruhe bei Guddi. Alles zusammen genommen war es ein Fall von solcher Komplexität, dass sie wirklich stolz auf sich selbst war, wie nah sie vermutlich der Lösung waren.

Während ihre Gedanken noch um die Arbeit kreisten, fuhr sie vor ihrem Haus vor. Drinnen war es dunkel. Ungewöhnlich. Normalerweise wartete Hartmut immer auf Guddi, egal, wie spät sie nach Hause kam. Als Nächstes fiel Guddi auf, dass Hartmuts Wagen nicht wie gewöhnlich vor der Garage parkte. Langsam beschlich sie die Panik. Sie stellte ihren Wagen ab und schloss die Haustür auf. „Hartmut, bist du da?" Keine Antwort. „Leo, Fred, wo seid Ihr?" Nichts, keine Spur von Hartmut oder den Kindern. „Was zum Teufel …?" Auf dem Tisch im Wohnzimmer entdeckte sie einen handgeschriebenen Zettel. Bereits von Weitem erkannte sie Hartmuts etwas krakelige Schrift.

37

„Guddi. Ich bin leider etwas unpässlich. Kann ich dich gleich –" „Er ist weg. Zusammen mit den Jungs. Er hat mich verlassen!" Modrich hielt den Hörer etwas weg von seinem Ohr. Guddis Stimme war schrill und tränenerstickt. „Jetzt beruhige dich mal. Wie kommst du denn darauf, dass Hartmut dich verlassen hat? Sag mal, hast du eventuell was getrunken? Du klingst irgendwie seltsam!" Die Antwort seiner Kollegin fiel noch lauter aus als zuvor. „Er hat mir einen Brief geschrieben, Peer! Soll ich ihn dir vorlesen? Gut, warte ...!" Modrich versuchte es weiterhin mit Deeskalation. „Bitte komm jetzt erst mal runter. Ich bin gerade nicht in der Lage, diese immense Lautstärke zu verkraften. Hast du mal versucht, ihn anzurufen?"

Die Deeskalation brachte leider nicht den gewünschten Erfolg. Bei Guddis nächster Verbalkeule wurde Peers Trommelfell praktisch auf links gekrempelt. „Im Gegensatz zu dir bin ich praktisch immer nüchtern. Komm mir jetzt nicht mit irgendwelchen blödsinnigen Tipps. Ich suche Hartmut und die Jungs seit gestern Abend. Glaubst du etwa, ich bin blöd? Natürlich habe ich versucht, ihn zu erreichen. Keine Antwort, nur seine Mailbox, auf der ich vermutlich fünfzig Nachrichten hinterlassen habe, die mit jedem Mal verzweifelter wurden. Ich habe alle Verwandten, Bekannten und Freunde abtelefoniert oder abgeklappert, niemand weiß etwas. Um fünf Uhr morgens bin ich dann mehrfach hintereinander kurz hinterm Steuer eingenickt und wäre dabei um ein Haar gegen einen Baum geknallt. Jetzt habe ich versucht, zwei Stunden zu schlafen. Hat nicht wirklich funktioniert! Beantwortet das deine dämliche Frage, Peer?"

Das hatte gerade noch gefehlt. Wenn Guddi ausfiele, wäre das für die aktuelle Ermittlungsarbeit kaum zu kompensieren. Er hätte doch früher auf sein Gespür hören und mit seiner Kollegin mal ein ernstes Gespräch über ihre Ehe führen sollen. Nun war das Kind offenkundig in den Brunnen gefallen. Dabei war Peer im Augenblick eigentlich gar keine große Hilfe für Guddi. Aber was hieß schon „im Augenblick"? War er das jemals? Würde er das je sein können?

„Okay, Guddi. Ich verstehe. Das klingt in der Tat nicht so, als sei dein Mann nur kurz verreist. Ich würde ja vorschlagen, du kommst zu mir, aber hier sieht's aus wie bei Hempels unterm Sofa. Kann ich mich kurz frisch machen und dann in zwanzig Minuten bei dir vorbeikommen? Ich brauche dann allerdings einen wirklich starken Kaffee. Und überleg doch in der Zwischenzeit, wen du noch fragen könntest. Vielleicht hast du jemanden oder etwas übersehen? Und sag bitte auch im Präsidium an, dass es bei uns heute später wird." Er hörte Guddi leise schluchzen. „Ich hasse diesen Job. Er frisst einen auf. Wir hatten seit fast drei Jahren keinen gemeinsamen Urlaub mehr. Ich hätte es merken müssen. Danke, dass du vorbeikommst. Ich würde das jetzt alleine nicht hinkriegen. Beeil dich bitte!"

Nachdem er aufgelegt hatte, fragte sich Peer, ob sie diesen Tag überhaupt ermittlungstechnisch würden nutzen können. Private Probleme hatten grundsätzlich nichts bei der Bewältigung und Lösung eines Kriminalfalls verloren, manchmal konnte man es als Ermittler allerdings nicht vermeiden, das eine mit dem anderen zu vermischen. Besonders wenn – wie bei Peer Modrich – der nächste Verwandte selbst lange Zeit ein berühmter Ermittler war. Es war der Gedanke an seinen todkranken Vater, der Peer unter der heißen Dusche erschaudern ließ. Wie lange wollte er mit dem nächsten Besuch noch warten? Was war er für ein rückgratloses Häufchen Elend? Und was nutzte es, sich etwas vorzunehmen, wenn man von vornherein wusste, dass man es gar nicht einhalten konnte, vielleicht sogar nicht einhalten wollte? Peer schämte sich und stellte das Wasser noch eine Stufe wärmer. Dennoch wollte sein Körper nicht aufhören zu zittern.

Seinen Vorsatz, gesünder zu leben und wieder klar im Kopf zu werden, hatte er mit Schwung über Bord geworfen und war in seinen alten Trott zurückgekehrt. Aber es gab noch Hoffnung. Der eine Abend bei Lutz musste nicht zwangsläufig bedeuten, dass Peer wieder zu einem Alkoholwrack wurde. Was die „Beziehung" zu Bea Leitner anging, so war sich Peer noch immer nicht sicher, was in der letzten Nacht gelaufen war und wie er damit umgehen sollte. Sein Filmriss war enorm, er würde Lutz dazu befragen müssen.

Modrich atmete dreimal tief ein und aus, als wolle er sich auf einen Sprung vom Zehnmeterbrett vorbereiten. Dann stellte er das Wasser ab, öffnete die Dusche und trocknete sich ab. Das Bild in seinem Badezimmerspiegel zeigte nun einen entschlossen dreinblickenden Kriminalisten, der sich vorgenommen hatte, sein Leben nicht wieder entgleiten zu lassen. Er würde versuchen, alles zu schaffen: Guddi zu helfen, seinen Vater zu besuchen und dann auch noch den Mördern auf die Spur zu kommen.

38

Der Menschengrill hatte aufgehört, sich zu drehen. Jemand hatte Fellner wie ein fertiges Spanferkel angehoben und mitsamt der Grillstange auf den Boden gelegt. Für Fellners Haut war der kühle Boden eine wahre Wohltat, obgleich er davon nicht allzu viel mitbekam. Weitere fünf Minuten über dem Feuer hätten ihn sicher in eine tiefe Bewusstlosigkeit sinken lassen. Das Einzige, das ihn bei Bewusstsein hielt, waren seine eigenen, markerschütternden Schreie. Während diese am Anfang seiner Tortur hauptsächlich dazu dienten, Hilfe herbeizuschaffen, so waren sie jetzt nur noch ein Ventil zum Entweichen des unbeschreiblichen Schmerzes. Von Minute zu Minute verschlechterte sich Fellners Lage, während die Schmerzen ins Unermessliche zu steigen drohten. Aus irgendeinem irren Grund musste er an seine Lieblingsszene aus *Der Marathon-Mann* denken, als Dustin Hoffman von Laurence Olivier eine schmerzhafte Zahnbehandlung erhält. Fellner hatte den Film, und insbesondere diese eine Szene, bestimmt ein Dutzend Mal gesehen. Dustin Hoffman spielte so überzeugend, so authentisch, dass Fellner immer mit großem Unbehagen zur zahnärztlichen Routinekontrolle ging. Wer konnte schon wissen, ob hinter dem Mundschutz ein Enkel von diesem Doktor Szell steckte, der ihm plötzlich die Frage aller Fragen stellen würde: „Sind Sie außer Gefahr?".

Die Gedanken an diesen Film lenkten Fellner jedoch nur kurz ab, der Schmerz kehrte sogleich mit aller Macht zurück in seinen Körper. Zumindest war er noch in der Lage, die Personen um sich herum schemenhaft wahrzunehmen. Mittlerweile waren es zwei. Die wenigen Worte, die sie sprachen, verstand er leider immer noch viel zu gut. „Ein Stück Oberschale, bitte! Bin gespannt, ob die bei ihm genauso zart ist wie bei einem Kalb. Hier bitte." Die zweite Person nahm ein großes Fleischermesser in Empfang und schärfte es in aller Seelenruhe an einem Schleifstein, der direkt neben Fellner auf dem Steinboden stand. „Und für die Hunde? Ein Stück aus dem Nacken?" Die erste Person begann zu lachen. „Ja, gute Idee. Nackensteaks sind immer besonders saftig, richtig? Tarzan, Henry, kommt mal her und nehmt 'ne Nase von dem Leckerchen hier." Die beiden Hunde, die gerade noch wie angewurzelt dasaßen und sich nicht regten, schossen auf Fellner zu und schnüffelten intensiv an seinem nackten Körper. Dabei schleckten sie gründlich die Stellen ab, die ihnen besonders zusagten. Als Tarzan, der größere der beiden Hunde, sich anschickte, ein größeres Stück aus Fellners linker Pobacke zu reißen, wurde er zurückgepfiffen. Es brauchte nur den Bruchteil einer Sekunde und Tarzan saß wieder auf seiner Ausgangsposition. Henry war ihm gefolgt, offenbar war er kein Alpharüde. „Damit wäre der Beweis erbracht: An diesem Arsch schmeckt der Arsch am besten. Wenn das mal keine Ironie des Schicksals ist! Hm, Fellner, was meinst du dazu? Ich hätte den beiden ja eigentlich was aus deinem saftigen Nacken gegeben, aber unser Tarzan hier scheint ganz versessen auf deinen Hintern zu sein. Wäre es dir recht, wenn wir uns quasi von hinten nach oben arbeiten? Oder sollen wir gleich das Filet ...?" Fellner bäumte sich mit letzter Kraft auf: „Leck mich, du blöder Penner! Mach mit mir, was du willst. Weit werdet ihr jedenfalls nicht kommen. Oder glaubt ihr im Ernst, dass niemand nach mir suchen wird? Ich habe mächtige Freunde, die euch den Arsch bis zum Hals aufreißen werden." Im nächsten Moment sackte Fellner wieder in sich zusammen. Die Schmerzen an seinen Gelenken und an seiner verbrannten Haut waren nicht mehr auszuhalten. Wenn er sich bemühte, würde er hoffentlich sterben, bevor seine Peiniger ihm die Haut vom Leib abschnitten und seinen armseligen Rest den Hunden zum Fraß vorwarfen.

„Aber wer wird denn da so garstig sein? Sei ganz beruhigt, mein Freund. Wir werden dich nicht so schnell töten. Das Ganze soll uns allen doch noch ein wenig Spaß bereiten. Und vorher soll jeder erfahren, was du in deiner Freizeit so alles treibst. Also, ich denke, wir werden jetzt ein kleines Stück Oberschale probieren und dann setzen wir uns alle da vorne hin." Die Person zeigte zu einer Stelle, die Fellner aus seiner misslichen Lage nur mit allergrößter Mühe entdecken konnte. Er nahm eine alte, abgerockte Ledercouch wahr. Davor stand eine Kamera, links und rechts waren Scheinwerfer zu erkennen. Sah ganz so aus, als würde Bernhard Fellner in Kürze vor der Öffentlichkeit ein Geständnis ablegen müssen. Er ließ den Kopf sinken. Seine Situation verschlimmerte sich von Minute zu Minute. Der Schmerz, der ihn dann durchfuhr, war allerdings mit nichts zu vergleichen. Das Messer schnitt ein längliches Stück aus seinem Oberschenkel. Der Ohnmacht nahe, registrierte Fellner, wie das Stück mit einem letzten feinen Schnitt vom Körper getrennt wurde. Dann wurde es Nacht um Bernhard Fellner.

39

Vince Maiwald saß am Küchentisch in seiner kargen Zweizimmerwohnung in Lütgendortmund. Tags zuvor war er aus dem Krankenhaus entlassen worden. Vor ihm stand eine Tasse mit Fencheltee, in seiner linken Hand hielt er gedankenverloren ein Foto von Jan Kogler. Mit dem Zeigefinger der rechten Hand strich er sanft über das Gesicht seines Geliebten. Die letzten Tage im Krankenhaus waren für Vince nicht mehr als eine Randnotiz. Um sich herum hatte er kaum etwas wahrgenommen. Sämtliche Untersuchungen ließ er willenlos über sich ergehen, die Ratschläge der Ärzte und Schwestern prallten an ihm ab, er aß und trank nur das Allernötigste. Jetzt, da er wieder in seiner vertrauten Umgebung war, kehrte sein Lebensmut ganz allmählich zurück. Die Trauer verblasste nicht, wurde aber Schritt für Schritt durch eine unbändige Wut ersetzt. Jans Beerdigung lag noch vor ihm. In zwei Tagen würde er den vermutlich schwersten Gang seines Lebens antreten und seiner großen Liebe die letzte Ehre erweisen. Danach wollte er sich definitiv mit dieser Kommissarin in Verbindung setzen. Wie hieß sie gleich? Falterirgendwas ... egal, er hatte irgendwo ihre Visitenkarte. Die Zeit würde kommen, sie anzurufen und mit ihr den Mörder von Jan zu jagen und zur Strecke zu bringen.

Vince nippte an seinem Tee, vor ihm lag ausgebreitet die Lokalausgabe der Ruhrzeitung. Die Schlagzeile, vor allem aber das Foto darunter, ließen in ihm das Adrenalin sprunghaft ansteigen: ‚Leichenfund – es ist Gesine Heppner'.

Das war doch die Frau, die Jan ihm mal als ‚den wichtigsten Menschen' in seinem Leben beschrieben hatte. In der kurzen Zeit, als sich Jan und Vince regelmäßig trafen und liebten, war Gesine Heppner allgegenwärtig. Und das, obwohl sie niemals körperlich anwesend war. Natürlich hatten die beiden mit Gesine über ihre überaus heikle Beziehung gesprochen, sie hatten sich in den allermeisten Fällen in irgendwelchen Hotels unter falschem Namen ein Zimmer gemietet, damit bloß niemand Verdacht schöpfte. Und obwohl Jan ein bekanntes Gesicht war und ihn jeder Concierge auf Anhieb erkannte, hielten sie alle still. Das, so betonte Jan immer und immer wieder, war ausschließlich Gesines Verdienst. „Mein Trainer kann mich vielleicht mal nicht aufstellen", hatte Jan gesagt, „aber das verkrafte ich. Ich kämpfe mich einfach wieder in die Mannschaft zurück. Aber wenn Gesine mich einmal fallen lässt, ist es um mich geschehen!" Vince hatte allerdings nie das Gefühl bekommen, dass Jan tatsächlich darum fürchten musste, von Gesine irgendwie unter Druck gesetzt oder gar erpresst zu werden. Natürlich, das hatte Jan ihm auch erzählt, ließ sich Gesine ihre Diskretion und ihre Hilfe bei Jans Stelldicheins etwas kosten, aber die Alternative wäre eine Bloßstellung ohnegleichen gewesen.

Gesine Heppner war also tot. Ein Zusammenhang zwischen ihrem Tod und dem von Jan lag für Vince auf der Hand. Irgendjemand musste hinter das große Geheimnis gekommen sein, das Gesine seit Jahren hütete. Vince fand Guddis Visitenkarte in seiner Brieftasche und wählte ihre Mobilnummer. Nur die Mailbox. „Verfluchter Mist", stöhnte er, „von wegen ‚immer erreichbar'."
Vince zögerte nur kurz. Bereits zwei Minuten später saß er in seinem Auto und machte sich auf den Weg ins Polizeipräsidium. Diese Kommissarin hatte doch noch einen Kollegen. Der würde ihm sicher helfen können.

40

Lars Kruschek hockte an seinem Schreibtisch im Dortmunder Polizeirevier und starrte den Bildschirm seines PCs an. Er hatte den Namen Joe Sanderson auf jede erdenkliche Weise gegoogelt, hatte ihre Daten durch die polizeiinternen Dateien gejagt, dabei war absolut nichts herausgekommen. Jedenfalls nichts, das sie nicht schon wussten. Umso wichtiger war es, dass sie sich mit der Zeugin trafen. Karla Sedlacek, so hieß Heike Wiegands Sekretärin mit vollem Namen, hatte bei ihrem gestrigen Telefonat ein Café in der Dortmunder City vorgeschlagen, eines, wo immer genug los war, um nicht aufzufallen. Kruschek würde keine zehn Minuten dorthin brauchen und schaute auf seine Armbanduhr. Das Treffen ohne seine Kollegin zu machen erschien ihm nicht richtig. Er versuchte es abermals auf Guddis Handy. Es klingelte, fünfmal, achtmal, zehnmal. Sie ging einfach nicht dran. Verdammt, was war da los? Guddi war so zuverlässig und hoch motiviert in dem aktuellen Fall, es musste also irgendetwas passiert sein, wenn sie sich nun nicht meldete und keine Anrufe entgegennahm. Kruschek versuchte es bei Modrich, mit demselben frustrierenden Ergebnis. Er könnte Leitner fragen, ob er ihn begleiten wollte. Immerhin war er bei einigen der Verhöre dabei gewesen und galt als erfahrener und vor allem integrer Polizeibeamter. Aber der hatte sich am Vortag krank gemeldet. Schien fast so, als hätten sich alle seine Kollegen heute vorgenommen, Kruschek alleine ermitteln zu lassen. Aber was sollte er tun? Ihm blieb schlichtweg keine Wahl. Er musste los, wollte er seine wichtigste Zeugin nicht brüskieren und sie womöglich zum Umdenken bewegen. Karla Sedlacek musste wichtige Informationen über Joe Sanderson haben, ansonsten hätte sie nicht so ein Theater veranstaltet. Irgendetwas schien sie so zu belasten, dass sie es loswerden wollte. Besser früher als später. Kruschek sah noch mal auf seine Uhr und aus dem Fenster. Auf dem Parkplatz des Polizeireviers war keine Spur von Peers oder Guddis Auto zu sehen. „Dann mal los", murmelte Kruschek vor sich hin, nahm seine Jacke vom Kleiderständer und eilte aus dem Büro.

Karla Sedlacek fühlte sich unwohl. Sie saß in der hintersten Ecke des Cafés, trug eine übergroße Sonnenbrille auf der Nase und einen breitkrempigen Hut. Im Grunde konnte sie von niemandem erkannt werden, dafür hatte sie gesorgt. Dennoch hatte sie das Gefühl, beobachtet zu werden. Doch von wem? Ein paar Tische weiter saß ein Pärchen, das sich angeregt unterhielt und dabei Händchen hielt. ‚Frisch verliebt', dachte Karla. Aber die Person dahinter machte ihr irgendwie Angst. Kannte sie sie? Und wenn ja, woher? Wenn sie sich recht entsann, hatte sie unmittelbar nach ihr das Café betreten und seitdem bereits den dritten Kaffee getrunken. Eine Kapuze tief ins Gesicht gezogen, schaute sie meist in eine Zeitschrift, in der sie ungewöhnlich oft hin und her blätterte. Ab und zu blickte sie zu Karla hinüber, dann wieder wandte sie sich der Zeitschrift zu. Karla zermarterte sich den Kopf, aber sie schaffte es einfach nicht, einen möglichen Zusammenhang zwischen ihr und der mysteriösen Person herzustellen.

Sie bestellte noch einen weiteren Milchkaffee und blickte nervös auf die Uhr. Die beiden Polizisten waren bereits seit zehn Minuten überfällig. Sie würde den Milchkaffee trinken, in aller Ruhe – jedenfalls soweit dies möglich war – und dann wieder gehen. Vielleicht hatte man sie nicht ernst genommen? Oder es war etwas Wichtigeres dazwischengekommen? Aber was gab es im Moment Wichtigeres als ihre Aussage? In diesem Augenblick betrat Kruschek das Café. Er blickte suchend durch den Raum. Karla setzte für einen kurzen Moment die Brille ab, als Kruschek in ihre Richtung schaute. Erleichtert setzte er sich zu Karla Sedlacek an den Tisch.

41

Kurt Heppner hatte nicht die Kraft für einen schnellen Suizid. Er wollte sich langsam zugrunde richten. Auf seinem ledernen Ohrensessel, einem Erbstück von Gesines Großvater, hatte er es sich mehr als bequem gemacht. Das weiße Feinrippunterhemd wies Ketchup-, Fett- und Alkoholflecken auf, vor ihm auf dem Mahagonitisch thronte eine Batterie aus Fast-Food-Pappschachteln. Daneben standen sechs leere Dosen Bier und ein weiteres ungeöffnetes Sixpack. Die nikotingetränkte Luft in dem abgedunkelten Wohnzimmer war zum Schneiden. Der Aschenbecher inmitten des Tisches quoll über. Als Krönung des Ganzen hatte Heppner eine Flasche Wodka, eine Flasche Scotch und einen Kräuterlikör um die leeren Pappschachteln drapiert. Zumindest für den harten Alkohol hatte Heppner entsprechende Gläser hingestellt; gänzlich niveaulos wollte er sich dann doch nicht zu Tode saufen.

Die letzte Zigarette hatte Kurt Heppner vor über fünf Jahren geraucht, bevor er sich mithilfe einer Hypnosetherapie von seinem größten Laster befreien konnte. Dreißig filterlose Gauloises pro Tag über einen Zeitraum von fast vierzig Jahren hatten dazu geführt, dass seine Kurzatmigkeit bereits einsetzte, wenn er sich morgens die Zähne putzte. Apropos: Heppners Zähne waren eine echte Zumutung. Gesine hatte ihn mehrfach aufgefordert, etwas Geld in seine Optik zu investieren und sich ein neues Gebiss anfertigen zu lassen. Jetzt war sie nicht mehr da und Heppner war es völlig egal, wie er aussah und wie viel Mist er gerade in sich hineinschaufelte. Er war lebensmüde, im wahrsten Sinne des Wortes.

Es klingelte. Heppner sah auf die Uhr, die über dem Fernseher an der Wand hing. Es war kurz vor zehn. Ein kurzes Zucken umspielte seine Lippen. Wer schaffte es schon, um diese Uhrzeit bereits eine derart große Menge Unrat verzehrt zu haben? Wann hatte er noch mal begonnen, sich zu vergiften? War es sieben oder doch schon acht Uhr gewesen? Er konnte sich nicht mehr exakt erinnern. Und es war ihm auch total wursch. Es klingelte erneut. Wer konnte das sein? Wen interessierte sein Zustand überhaupt noch? Vielleicht Modrich? Modrich war die Blaupause seelischer Instabilität. Er schaffte es nicht, sein eigenes Leben in den Griff zu bekommen. Wie sollte das dann mit dem Leben eines anderen gelingen? Seine Kollegin war sicher eine der fähigsten Polizistinnen, mit denen Heppner je zusammengearbeitet hatte, aber Guddi hatte ganz offenkundig genug damit zu tun, Modrichs mentalen Scherbenhaufen zusammenzufegen. Es klingelte ein drittes Mal. „Ja, verdammt! Ich komm ja schon. Wenn Sie wieder einer von diesen Typen sind, die mit mir über Gott reden wollen, dann machen Sie sich auf was gefasst!" Mit den letzten Worten riss Heppner die Tür auf. Vince Maiwald stieß ihn unsanft zur Seite und bahnte sich seinen Weg in Heppners Wohnzimmer. „Sie sind Ihr Mann, richtig?"

Heppner legte den Kopf schief und versuchte, sich zu erinnern, woher er diesen Typen kannte. Das Gift in seinem Körper gewann nun die Oberhand und ließ ihn keinen klaren Gedanken mehr fassen. Nur mühsam schaffte Heppner es, sich auf den Beinen zu halten. Er kannte den Mann, so viel war klar. Nur woher?

Sein Gegenüber betrachtete sorgfältig die Fotos auf dem Sideboard neben dem Kamin. Dabei schien er sichtlich nervös. Heppner meinte Wortfragmente zu hören. Oder war er schon so dicht, dass er sich alles nur einbildete? Er wusste es nicht.

„Ich war auf dem Polizeirevier", begann der Mann völlig unvermittelt, „man sagte mir, die Kollegen Faltermeyer und Modrich seien nicht da und man wisse auch nicht, wann sie zum Dienst erscheinen würden. Ganz schöner Sauhaufen, Ihr Dezernat!" Vince drehte sich zu Heppner um und lächelte gequält. In seinen Augen spiegelte sich jedoch wilde Entschlossenheit wider. „Ihre Frau war mir bekannt. Sie war ein guter Mensch. Ihr Tod ist eine Tragödie, ebenso wie der von Jan. Ich kann uns vielleicht zu ihrem Mörder führen. Hallo? Haben Sie verstanden, was ich Ihnen soeben gesagt habe?" Heppner hielt kurz die Luft an. Er musste prüfen, ob das alles wirklich passierte. Ein unangenehmes Ziehen im rechten Oberschenkel ließ ihn wieder zur Besinnung kommen und normal weiteratmen.

„Sie sind … Sie waren der Freund von diesem Fußballer, richtig?" Die Tränen in Vince' Augen verrieten Heppner, dass er richtig lag. „Gesine hat mir nie viel über ihren

Job erzählt. Es gab zwischen uns ein unausgesprochenes Abkommen. Jeder sollte seinen Job im Büro lassen. Zu Hause wollten wir uns damit nicht unnötig belasten!" Jetzt kamen auch Heppner die Tränen. Er atmete stoßweise. „Ich brauche jetzt schnell einen starken Kaffee. Möchten Sie auch einen?" Heppner registrierte Vince Maiwalds Ungeduld. „Bitte, das muss jetzt sein. Andernfalls kann ich Ihnen nicht hinreichend zuhören. Und das, was Sie mir zu sagen haben, ist ja sicher nicht ganz unwichtig, oder?" Vince ließ sich schweren Herzens auf das rustikale beige Ledersofa fallen und nickte. „Beeilen Sie sich mit dem Kaffee. Und machen Sie ihn so stark es geht. Wir werden beide einen wachen Verstand gut gebrauchen können."

Vince nestelte hektisch in seiner Jackentasche und zog einen Stofffetzen und einen zerknüllten Zettel hervor und legte beides vor sich auf den Tisch. Er hatte Jans Mörder nicht nur einen guten Kampf geliefert, sondern ihm sogar etwas abgerungen, das eventuell eine heiße Spur sein könnte. Dass beide Dinge immer noch in seinem Besitz waren, grenzte an ein Wunder, nach all dem, was unmittelbar nach Jans gewaltsamen Tod um und mit Vince passiert war. Vielleicht könnte dieses Häuflein, das vor ihm auf dem Tisch lag, nun eine Trumpfkarte bei der Suche nach Jans Mörder sein.

„Wie trinken Sie Ihren Kaffee?" Heppners Schritte waren immer noch recht schwerfällig, allerdings war in seinem Gesicht jetzt ein Ausdruck zu erkennen, der wieder etwas Lebensmut erahnen ließ – wenn man das von jemandem, der einen Alkoholpegel von 2,5 Promille haben musste, überhaupt sagen konnte. „Hier sind noch Milch und Zucker!" Jetzt lächelte er sogar. Fast schien es, als habe Vince Maiwald in Kurt Heppner eine Art Seelenverwandten gefunden.

42

„Liebe Gudrun, die letzten Jahre mit dir waren eine Qual. Ich habe lange genug gute Miene zum bösen Spiel gemacht. Ich kann einfach nicht mehr mit ansehen, wie unsere Söhne darunter leiden, dass sie ihre Mutter kaum noch zu Gesicht kriegen. Ich kann es nicht länger ertragen, dass du deine Fälle mit nach Hause trägst wie ein Schüler seinen Tornister. Es ist mir egal, welcher durchgeknallte Irre wieder einmal so und so viele unschuldige Menschen auf dem Gewissen hat. Wir können einfach nicht mehr. Ach ja: Uns zu suchen wird zwecklos sein!"

Peer saß Guddi gegenüber und las Hartmuts Brief laut vor. Mit jeder Zeile sackte seine Kollegin mehr in sich zusammen, die Worte schienen auf sie wie Betäubungsspritzen zu wirken. Am Ende des Briefes lag sie rücklings auf dem Sofa und atmete flach ein und aus. Ihr Blick richtete sich starr Richtung Zimmerdecke, sie vermied den direkten Blickkontakt mit Peer.

Modrich griff nach ihrer Hand. „Dir muss hier nichts peinlich sein, Guddi. Wenn ich dir erzähle, was mir in der letzten Nacht passiert ist, wirst du feststellen, dass Peinlichkeit Marke Peer Modrich eine ganz andere Hausnummer ist als die, die du bisher kennengelernt hast." Dabei sah er Guddi fest an und lächelte. „Klingt fast so, als hättest du wieder Hausbesuch von Dr. Meulengracht gehabt?" Nun lächelte auch Guddi, allerdings nur kurz. "Peer, der Brief klingt für dich auch nicht so, als würde ich Hartmut und die Zwillinge jemals wiedersehen, oder? Da ich aber nicht ohne ihn und die Jungs leben kann und möchte, gibt es für mich zwei Möglichkeiten: Entweder ich finde sie oder ich bringe mich um!" Guddi blickte ihren Kollegen entschlossen an. Peer bekam es ein wenig mit der Angst zu tun. So hatte er seine Kollegin noch nie erlebt. Ihre letzten Sätze durfte er weiß Gott nicht auf die leichte Schulter nehmen.

"Dann, liebe Gudrun, bleibt uns ja nur Möglichkeit Nummer eins! Du glaubst doch wohl nicht im Ernst, dass ich auch nur einen beschissenen Fall ohne dich lösen würde? Wenn du dir die Kugel gibst, ziehst du bei mir den Stecker. Dann ist Schluss mit Kommissar Modrich. Erweiterten Suizid nennt man das, wenn ich richtig informiert bin." Modrichs und Guddis Gesichter waren nur noch Zentimeter voneinander entfernt. Beide entdeckten bei ihrem Gegenüber eine Aufrichtigkeit, die sie bislang noch nicht kennengelernt hatten. Im nächsten Augenblick lagen sich Modrich und Guddi in den Armen und drückten sich gegenseitig so fest, dass sie kaum noch Luft bekamen.

"Fahren wir ins Präsidium, bevor das hier noch peinlich wird", beschloss Peer. "Der arme Kruschek hat bereits mehrfach versucht, mich zu erreichen. Ich habe das Gefühl, dass er irgendetwas Wichtiges herausgefunden hat." Guddi sah auf ihr Handy. "Oha, bei mir hat er es auch probiert. Na dann gib mal Gas, du Clark

Gable im Daumenkinoformat." Peer war froh, dass er seine geschätzte Kollegin vollumfänglich zurückzuhaben schien. Ihm war völlig klar, dass die Sache mit Hartmut und ihren Söhnen immer noch in ihr brodelte. Wer wollte ihr das verdenken? Aber vielleicht war es am Ende sogar besser, wenn Guddi ab sofort alleine klarkommen musste? Peer konnte diese Frage tatsächlich nur für sich beantworten. So sehr er sich auch nach etwas Vertrautheit sehnte, nach einem weiblichen Gegenpol, mit dem er irgendwann einmal all seine Geheimnisse, die guten ebenso wie die schlechten, teilen wollte, am Ende war er doch froh, die meisten Abende allein ins Bett zu gehen und niemandem Rechenschaft darüber abgeben zu müssen, warum er wieder einmal erst in aller Herrgottsfrühe nach Hause gekommen war.

Als sie das Polizeipräsidium erreichten, signalisierten die unterschiedlichen Töne ihrer Handys ihnen zeitgleich, dass sie eine Nachricht bekommen hatten. Was wollte Meike Ressler denn jetzt von ihnen? „Schaltet den Fernseher ein, sofort!" Sie sahen sich fragend an, liefen in ihr Büro und ergriffen die Fernbedienung.

43

Die Migräne hatte Evelyn Huber mal wieder ordentlich zugesetzt. Seit ihrer Jugend quälte sie sich damit herum. Alle sechs bis acht Wochen suchte sie ein Kopfschmerz heim, der es ihr nicht gestattete, die Wohnung zu verlassen. Sie dunkelte die Räume so gut es ging ab und vermied jede unnötige Bewegung. Keine noch so ausgeklügelte Therapie hatte Evelyn Huber eine dauerhafte Linderung beschert, im Gegenteil: Nach jeder Therapie wurde es, nachdem sie für eine kurze Zeit gehofft hatte, geheilt zu sein, schlimmer. Das Ganze hatte etwas von einer Diät, nur dass der Jo-Jo-Effekt nicht noch mehr Pfunde, sondern noch stärkere Kopfschmerzen mit sich brachte.

Was sie jetzt brauchte, war Zerstreuung. Etwas, das sie von ihrer Pein irgendwie ablenkte. Und da half bei Evelyn nichts besser als ihre geliebten Daily Soaps. In dieser Hinsicht war sie bereits seit ihrer Jugend ein echter Junkie. Die Verzweiflung, die sie verspürte, wenn sie nur eine Folge von *GZSZ* oder *Lindenstraße* verpasste, war noch schlimmer als der akute Schmerz, den die Migräne verursachte. Mit letzter Kraft griff sie nach der Fernbedienung und schaltete ein.

Was sie sah, ließ die Kopfschmerzen blitzartig in den Hintergrund treten. Allerdings war es nicht der schmachtende Blick einer unglücklich verliebten Sekretärin, sondern der Anblick ihres prominentesten Klienten. Bernhard Fellner saß nackt und gefesselt auf einem Stuhl und legte vor laufender Kamera eine umfassende Beichte seiner Sünden ab. Er sah furchtbar aus. Sein Körper war übersät mit Brandwunden, das Sprechen fiel ihm sichtlich schwer. Die Situation war für Fellner eindeutig lebensbedrohlich. Sollte er sterben, bedeutete das für Evelyn eine reale Gefährdung ihrer Existenz. Das beunruhigte sie natürlich immens. Andererseits gab es keinen anderen Menschen, für den sie eine solche Verachtung hegte wie für Bernhard Fellner. Und dabei war die Vorliebe für diese unsäglichen Hundekämpfe noch eine seiner netteren Seiten. Niemand hätte es mehr verdient als er, auf eine solch grausame Art und Weise zur Rechenschaft gezogen zu werden. Dennoch: Ohne ihn wäre sie pleite, ein gesellschaftliches Nichts. Evelyn musste etwas unternehmen, damit dieses Monstrum sein Martyrium überlebte. Und vielleicht würde er ja aus diesem Ereignis seine Lehren ziehen und ein besserer Mensch werden. Dieser Gedanke war es, der Evelyn Huber den Entschluss fassen ließ, augenblicklich das nächste Polizeirevier aufzusuchen.

44

„Mein Name ist Bernhard Fellner und ich habe gesündigt. Seit fast zwei Jahren besuche ich illegale Hundekämpfe. Ich setze einen Großteil meines Geldes darauf, dass der eine Hund den anderen tötet. Die Tiere haben mir nie leidgetan, bis heute. Ich weiß nun, dass das, was ich getan habe, falsch war. Ich weiß, dass meine Fans enttäuscht sind, weil sie in mir einen anderen, einen besseren Menschen gesehen haben. Ich bin es nicht, das steht fest. Die Personen, die mich entführt haben, foltern mich. Ich bin mir nicht sicher, ob ich den nächsten Tag erleben werde. Sollte dies nicht der Fall sein, habe ich es nicht anders verdient. Mein Name ist Bernhard Fellner und ich habe euch alle belogen. Trauert nicht um mich, trauert um die armen Tiere, die durch meine Schuld sterben mussten."

Peer sah Guddi an. In ihren Augen leuchtete endlich wieder das Feuer, das für eine Weile erloschen zu sein schien. „Okay, das Schwein hat es verdient, bestraft zu werden, aber am Ende des Tages leben wir hier immer noch in Deutschland. Niemand hat das Recht, einen anderen zu richten. Dafür gibt es Gott sei Dank andere Instanzen." Peer grinste übers ganze Gesicht. Guddi war offenbar wieder zurück. Nun galt es, Prioritäten zu setzen. Das mit Hartmut und den Kindern war tragisch, vielleicht sogar mehr als das. Aber der Job hatte sie wieder. Und das war gut so.

45

Kruschek blätterte seit zehn Minuten in der Mappe, die Karla Sedlacek ihm vorgelegt hatte. Er machte sich eifrig Notizen, ab und zu entwich ihm ein „Wow" oder ein „Halleluja". Karla amüsierte sich, wurde aber sehr schnell wieder ernst, weil sie jedes Mal wusste, über was der Ermittler jetzt wieder gestolpert war. Kruscheks letzter Kommentar, bevor er die Mappe wieder zuklappte, war „Wahnsinn, was es alles gibt!"

Karla war sich nicht sicher, wie sie seine letzte Bemerkung einordnen sollte. War es etwa Unwissenheit, die da zwischen den Zeilen rauszuhören war? Oder konnte er es einfach nicht fassen, dass Joe Sanderson ein zweites Leben als Drogenhändlerin geführt hatte? Nach einer kurzen Pause brach Kruschek das Schweigen. „Mir war nicht bewusst, dass dieses Zeug auch süchtig machen kann. Ich habe vor ungefähr einem Dreivierteljahr an einem Seminar im Sauerland teilgenommen, das neue, bei uns bislang unbekannte Rauschmittel zum Thema hatte. Dabei ist Kath nich mal ansatzweise als das gefährliche Zeug eingestuft worden, das es ja offenbar ist. Vermutlich, weil es in Deutschland noch nicht die Rolle wie Crystal Meth oder Crack spielt. Wenn es stimmt, was hier steht, dann war Joe Sanderson eine Pionierin im Kath-Geschäft. Jedenfalls ist mir bis heute niemand sonst untergekommen, der Kath in so großem

Stil unter die Leute gebracht hat. Seit wann lief denn dieses ‚Geschäft'?"

Karla Sedlacek versuchte, so unauffällig wie möglich ihre Umgebung zu taxieren. Sie hoffte, dass ihre große Sonnenbrille ein ausreichender Schutz war und niemand in dem Café bemerkte, dass ihr Blick eine Mischung aus Panik und Paranoia war. Sie hatte nicht bemerkt, wann die Person verschwunden war, die sie so nervös gemacht hatte. War das schon vor Kruscheks Eintreffen gewesen? Sie wusste es nicht, aber seltsamerweise beruhigte sie der jetzt leere Platz auch nicht.

„Woher sie dieses Faible für den afrikanischen Kontinent hatte, war uns nie ganz klar", begann sie schließlich. „Besonders Äthiopien hatte es ihr angetan. Als sie schon unsere Klientin war, schien es ihr – und auch uns – aus Imagegründen durchaus sinnvoll, sich dort regelmäßig sehen zu lassen, um den Medien die Mär von der gönnerhaften Rocksängerin vorzugaukeln. Joe stand Pate für einige Wohltätigkeitsprojekte, sogar ein Brunnen in der Stadt Ogolcho wurde nach ihr benannt. Das alles war allerdings lediglich die perfekte Tarnung für ihren Handel mit Kath."

Kruschek blätterte weiter in dem Ordner. Joe Sanderson war auf nahezu jedem Foto von lächelnden äthiopischen Kindern oder von Männern umringt, deren Blick alleine schon Beweis genug war, dass sie zum einen mächtig, zum anderen korrupt waren. Sie alle himmelten Joe Sanderson gleichermaßen an. Sie war quasi die Lichtgestalt, die das bettelarme Land erhellen konnte.

Es gab lediglich zwei Fotos, auf denen Joe nicht wie eine Sonnengöttin angebetet wurde. Auf dem ersten war sie abgelichtet worden, während sie, vom Kath-Genuss völlig zugedröhnt und auf groteske Weise entstellt, in einer Hängematte lag und mit ausdruckslosem Gesicht vor sich hin vegetierte. Die Droge hatte aus einer schönen, begehrenswerten Person ein unansehnliches Wrack gemacht. Eine unbekannte Frau hockte neben Joe und fühlte offenbar ihren Puls. Sie blickte ernst in die Kamera und schien dem Fotografierenden etwas mitteilen zu wollen. Während Joe wie das nackte Elend aussah, war die andere Frau von berückender Schönheit.

Auf dem zweiten Foto sah man Joe im Gespräch mit einem Mann und einer Frau. Beide schienen auf sie einzureden, ja sie zu bedrohen. Leider war das Foto offenbar ein Schnappschuss und aus diesem Grunde nicht sonderlich scharf. Trotzdem kam Kruschek die Frau irgendwie bekannt vor. Für solche Fälle hatte er immer eine Lupe in seiner Aktentasche, die er nun hervorholte. Auf dem Revier hatte man ihm deshalb vor einiger Zeit den Spitznamen ‚Sherlock' verpasst. Er legte die Lupe auf das Foto und sah sich beide Personen genauestens an. Es dauerte nicht lange, bis sich sein Verdacht bestätigte: Die Frau auf dem Foto war Stefanie Mellinger! Kruschek erinnerte sich, dass das Verhör durch Meike Ressler auch keinen Erfolg brachte und man die einzige vielversprechende Zeugin im Mordfall Sanderson schließlich laufen lassen musste. Und ausgerechnet die war jetzt auf einem Foto mit Joe Sanderson zu sehen?

Konnte das ein Zufall sein? Den Typ neben ihr kannte Kruschek nicht, trotzdem kam ihm sein Gesicht bekannt vor. Er mochte ungefähr dasselbe Alter wie Stefanie Mellinger haben. Und bei genauerem Hinsehen war es nicht nur das Alter. Die beiden glichen sich wie ein Ei dem anderen.

Kruschek hatte nun genug gehört und gesehen. Er musste dringend zurück aufs Revier und den Kollegen Modrich und Faltermeyer die neuesten Erkenntnisse mitteilen. Eines war für ihn jetzt schon klar: Irgendjemand hatte Wind davon bekommen, dass sowohl Joe Sanderson als auch Jan Kogler ein Doppelleben geführt haben. Und dieser Jemand hatte damit ein solches Problem, dass beide sterben mussten. Und Gesine Heppner hielt die Hand schützend über all das und durfte deshalb ebenfalls nicht ungestraft davonkommen.

In aller Hektik stand Kruschek auf und stieß dabei Karla Sedlaceks Tasse um. Mit lautem Klirren landete sie auf dem Parkettboden des Cafés. „Mist, verdammter", grummelte Kruschek, „es geht doch nichts über diskrete Polizeiarbeit." Dann wandte sich er sich noch einmal Karla zu. „Ich denke, es ist das Beste, wenn Sie jetzt nach Hause gehen und sich erst einmal nirgendwo blicken lassen. Ich werde dafür sorgen, dass sie durchgängig unter Polizeischutz gestellt werden. Ich muss jetzt aber sofort los. Das, was Sie mir hier gegeben haben, ist hochexplosiv und könnte Sie in Gefahr bringen. Oder können Sie Ihrer Chefin trauen?" Karlas Blick sprach Bände. Kruschek steckte ihr seine

Visitenkarte zu. „Können Sie mir Ihre Adresse bitte an die E-Mail-Adresse hier auf dieser Karte schicken, am besten gleich? Ich werde dann einen Beamten abstellen, der vor Ihrer Wohnung diskret auf Sie aufpasst. Alles klar?" Karla Sedlacek nickte. Sie verstand natürlich, dass sie in Gefahr war. „Gehen Sie nur. Ich kann schon auf mich aufpassen, keine Bange. Ich hatte noch nie einen Bodyguard. Ich hoffe, er sieht gut aus und ist zwanzig Jahre jünger als ich." Sie versuchte zu lachen. Kruschek merkte ihr aber an, dass sie sich gerade alle Mühe gab, ihre Angst zu überspielen. „Ich schau, was ich tun kann", entgegnete er und zwinkerte Karla zu. Schnellen Schrittes verließ er das Café.

46

Hektische Betriebsamkeit war sicherlich ein Euphemismus für das, was in den Redaktionen der großen öffentlich-rechtlichen und privaten Fernsehsender unmittelbar nach der Ausstrahlung des Fellner'schen Beichtvideos herrschte. Ein Unbekannter hatte ihnen die Story des Jahres frei Haus geliefert, jetzt galt es, als erster Sender ein Team zum Tatort zu schicken. Aber wie sollte das gehen, wenn man nicht einmal wusste, wo sich Bernhard Fellner befand?

Zur selben Zeit versuchte Heike Wiegand alles Erdenkliche, um Beweise verschwinden zu lassen. Das, was die Polizei hatte, war Gott sei Dank nur die Spitze des Eisbergs, aber doch genug, um die Celebs for Masses GmbH dem Erdboden gleichzumachen. Sie hatte mehrfach vergeblich versucht, ihren Mann zu erreichen und fluchte leise vor sich hin, als ihr Handy klingelte. Es war Bodo Gleiwitz, der Chefredakteur von *Promis am Pranger*, einem neuen und sehr erfolgreichen Gossip-Format auf Prime TV.

„Heike, meine Liebe. Wie geht's dir, wie laufen die Geschäfte?" Warum um Himmels willen hatte sie den Anruf entgegengenommen? Sie verkniff sich einen obszönen Fluch. „Bodo, mein Bester! Alles gut soweit, danke der Nachfrage! Du rufst leider zur Unzeit an. Geht es um Leben und Tod oder wieder nur um die zehn häufigsten Geschlechtskrankheiten?" Wie war sie jetzt darauf gekommen? Heike Wiegand sah in den großen Spiegel, der in ihrem Büro hing und zeigte ihrem Spiegelbild einen Vogel. „Der war wirklich gut, mein Schatz!", entgegnete Gleiwitz, nachdem er sich von seinem Lachanfall erholt hatte. „Aber jetzt mal Scherz beiseite. Du hast heute sicher schon unser Programm gesehen und mitbekommen, in welch misslicher Situation dein Klient ist, oder? So etwas wünscht man ja nicht einmal seinem ärgsten Feind." „Von welchem Klienten redest du?" Gleiwitz' Redeschwall geriet ins Stocken. „Das ist jetzt nicht dein Ernst? Du willst mir weismachen, dass du von Fellners Entführung nichts mitbekommen hast? Um es mal ganz drastisch auszudrücken: Irgendjemand da draußen verarbeitet ihn gerade zu Hundefutter!" Keine Reaktion. „Heike? Sag mal, was ist los mit dir? Ist Frank da? Soll ich vielleicht besser mit ihm ...? Heike?" „Frank ist nicht da. Was sagst du da? Fellner entführt? Wie ... wo ... von wem?" Nachdem Gleiwitz ihr Fellners Geständnis und die Umstände, unter denen es abgelegt worden war, in blumigen Bildern geschildert hatte, musste Heike Wiegand erst einmal um Fassung ringen.

Seit dem mysteriösen Tod von Gesine Heppner und dem noch viel mysteriöseren Verschwinden ihres Mannes war das jetzt der dritte Schock, den sie und die Firma verkraften mussten. Sie spürte eine gewisse Resignation, hatte sie es doch nie wirklich gut verstanden, Krisen wie diese auszusitzen oder gar zu meistern. Heike Wiegand als fünftes Rad am Wagen der Celebs for Masses GmbH zu bezeichnen, ging vielleicht etwas zu weit, aber nüchtern betrachtet waren die eigentlichen Strategen und Strippenzieher im Hintergrund seit jeher Gesine und Frank. Eigentlich war es ein Wunder, dass sie in alle dunklen Geheimnisse ihrer Klienten gleichermaßen eingeweiht war wie ihre Partner. Aber war sie das wirklich? Würde sie dann nicht wissen, wo ihr Mann sich im Moment aufhielt? Gleiwitz' leicht näselnde Stimme riss sie jäh aus ihren Gedanken. „Heike, mal unter uns Pastorentöchtern: Wer, wenn nicht du, weiß, wo Fellner seine perversen Fantasien ausgelebt hat? Wir wissen ja jetzt, was er getan hat. Um ihn zu finden und womöglich zu retten, müssen wir allerdings noch die Adresse dieser Hundekampfarena wissen. Womöglich lässt sich dort seine Spur aufnehmen. Es soll, wie immer, dein Schaden nicht sein!"

47

"Gut gemacht, Schauspieler! Das klang ja fast so, als würdest du deine Taten bereuen! Oder hoffst du am Ende auf Gnade, weil du deine Sünden gebeichtet hast?" Bernhard Fellner saß zusammengekauert auf dem kalten Boden der Lagerhalle und versuchte verzweifelt, das immer wieder hochkommende Gefühl der Todesangst zu unterdrücken. Er war sich sicher, dass er nur dann eine klitzekleine Chance hatte, das Ganze hier zu überleben, wenn er auf Zeit spielte. Er musste es irgendwie schaffen, seine Entführer auf andere Gedanken zu bringen. Er müsste das, was er am besten konnte, in die Waagschale werfen.

„Sie wissen schon, dass Sie einem geradezu grotesken Irrtum aufgesessen sind, oder?" Einer der beiden Entführer – Fellner hatte ihm den Spitznamen „Supernase" gegeben – legte den Kopf etwas schief und sah ihn neugierig an. „Ist das so? Na, da sind wir aber sehr gespannt. Erklär mal." Fellner versuchte, seine Stimme so fest wie nur irgend möglich klingen zu lassen, auch wenn seine Knochen höllisch schmerzten und die offenen Brandwunden auf seiner Haut wahrlich kein schöner Anblick für ihn waren. „Wie Sie vermutlich wissen – immerhin scheinen Sie mich ja bestens zu kennen – bin ich ein großer Anhänger des Method Actings. Die zwei Jahre an der Schauspielschule von Lee Strasberg haben mir gezeigt, dass ich eine Rolle nur dann perfekt ausfüllen kann, wenn ich mich zu einhundert Prozent in den Charakter verwandle, den ich darstellen soll." Nun schien auch der zweite Entführer hellhörig geworden zu sein. Von einer Sekunde zur anderen hörte er auf, sich mit den beiden Hunden zu beschäftigen und trat ein paar Schritte näher an Fellner heran. Beide Entführer warfen sich einen kurzen Blick zu.

„Das neue Filmprojekt, an dem ich aktuell arbeite, handelt von einem Mann, der ein Doppelleben führt. Auf der einen Seite ist er ein angesehener Kommunalpolitiker, auf der anderen Seite ein ziemlich ekeliger Typ, der sich nachts zu minderjährigen Strichern chauffieren lässt und – zusammen mit seiner Frau, die nicht nur in alles eingeweiht ist, sondern selber Spaß an den perversen Spielchen ihres Mannes hat – mit diesen wilde Orgien feiert." Wieder ein kurzer Blick. Fellner versuchte, jede noch so kleine Geste zu deuten. Ohne die Mimik in den Gesichtern war es allerdings fast unmöglich für ihn, irgendwelche Rückschlüsse zu ziehen. Wirkte seine Geschichte glaubhaft oder verzettelte er sich gerade? Er hatte keine Wahl. Er musste weitermachen, wollte er wirklich lebend aus dieser prekären Lage herauskommen.

„Ich habe mir überlegt, was dieser Typ wohl noch tun würde, wenn er sich schon die Nacht mit Minderjährigen um die Ohren schlägt. Meine Drehbuchautorin kam dann auf die Idee mit den Hundekämpfen. Eigentlich sind Hundekämpfe in Deutschland seit Jahren verboten. Umso spannender fand ich die Idee, las mich in das Thema ein und recherchierte in der Szene. Tja, und so kam das alles ..." Verdammt, jetzt mussten sie doch mal langsam eine Reaktion zeigen. Fellner beschloss, erst einmal zu schweigen. Nun waren seine Entführer am Zug. Die nächsten Minuten waren für ihn entscheidend. Kauften sie ihm die Geschichte ab, hatte er eventuell eine kleine Chance, lebend aus der Sache herauszukommen. „Wird das ein Kinofilm?", fragte plötzlich die Supernase. Fellner atmete erleichtert auf. Es gab ihn also, den Silberstreif am Horizont. „Ja, das ist der Plan. Im Frühjahr kommenden Jahres soll er in die Kinos kommen. Ich kann Ihnen natürlich gern zwei Karten für die Premiere ..."

Mit voller Wucht traf ihn der Tritt des zweiten Entführers in den Rippen. Fellner blieb die Luft weg. Vor Schmerzen krümmte er sich auf dem Boden. Was hatte er falsch gemacht? „Zurück mit ihm auf den Grill. Das Fleisch wird umso zarter, wenn man es in Etappen grillt." Irres Gelächter füllte den Raum. „Sag mal, Schauspieler, für wie blöd hältst du uns eigentlich? Glaubst du ernsthaft, du könntest uns so ohne Weiteres einen solchen Bären aufbinden? Wir sind, im Gegensatz zu dir, keine Amateure. Dein Schauspiel ist armselig. Nie im Leben schafft es jemand mit einer solch eindimensionalen Mimik bei Lee Strasberg." Ein trockener Handkantenschlag traf Fellner nun im Genick. Alles um ihn herum verschwamm. Den Rest der Predigt seines Entführers nahm er nur bruchstückhaft wahr. Lediglich einzelne Begriffe wie „Verbündete", „Beweise" und „verraten" drangen zu ihm durch. Wenig später war Bernhard Fellner wieder ein Spanferkel und drehte sich langsam, aber stetig über dem Feuer. Kurz darauf verlor er das Bewusstsein.

48

Kurt Heppner konnte, auch wenn dies niemand seiner Kollegen bestätigen mochte, wahnsinnig charmant sein, besonders dann, wenn er ein Ziel vor Augen hatte. Als er Gesine kennenlernte, wusste er sofort, dass er mit dieser Frau, trotz des Altersunterschieds, den Rest seines Lebens verbringen wollte. Und dass Gesine damals, als sie Kurt Heppner bei einer Messe für Sicherheitstechnik in Köln zum ersten Mal traf, eigentlich in festen Händen war, konnte ihn nicht davon abhalten, ihr nach allen Regeln der Kunst den Hof zu machen. Er war einfach unwiderstehlich. Gesine, die sich zu dem Zeitpunkt als Hostess etwas Geld dazuverdiente, verliebte sich Hals über Kopf in Kurt und gab ihrem langjährigen Freund den Laufpass. Wähnte sich Kurt Heppner kurz vor der Auflösung eines Falls, war er darüber hinaus ein brillanter Stratege, dem ab und zu jedoch die eigene Ungeduld im Wege stand.

Der starke Kaffee hatte Kurt Heppners Dämmerzustand mit einem Schnipsen beendet und alles, was ihn als Kriminalisten auszeichnete, wiedererweckt.

Die Löwenapotheke in der Dortmunder City hatte Hochbetrieb. Die schwüle Witterung führte dazu, dass viele alte Menschen mit extremen Kreislaufproblemen zu kämpfen hatten. Kurt Heppner und Vince Maiwald stellten sich ans Ende der Warteschlange und beobachteten ungeduldig, wie die vier Angestellten mehr schlecht als recht versuchten, den teils greisen Kunden die Dosierungsanleitung ihres Medikamentes zu erklären. Heppner schüttelte den Kopf: „Und gleich steigen sie draußen in ihr Auto und verwechseln das Gas- mit dem Bremspedal – und zack!" Offenbar geriet sein Murmeln etwas zu laut. Die zierliche Seniorin vor ihm drehte sich um und blies ihm ihre Meinung ins Gesicht: „Sie haben meine Fähigkeit zu hören offensichtlich unterschätzt, junger Mann! Ich finde, Sie sollten sich schämen, und zwar nicht zu knapp. Kommen Sie mal in mein Alter, vielleicht geht bei Ihnen dann noch viel weniger als bei den Damen und Herren, die Sie hier sehen." Heppner sah seinen Fehler augenblicklich ein, konnte es aber nicht verhindern, dass sich wirklich alle in der Apotheke anwesenden Personen zu ihm umdrehten und ihm strafende Blicke zuwarfen. Er machte eine beschwichtigende Geste und beruhigte die Situation relativ schnell wieder.

Vince warf einen Blick auf den Zettel, den er in seiner Hand hielt. Es war eine Quittung über ein hoch dosiertes Schmerzmittel namens Tramadol, das bevorzugt in der Zahnmedizin zum Einsatz kam. Vince runzelte die Stirn. Wenn dieses Individuum es mit Nelkenöl oder Zwiebelsaft gegen die Schmerzen probiert hätte, wären sie ihm jetzt nicht auf die Schliche gekommen. Offenbar war dieser Abschaum, der einen im Koma liegenden, hilflosen Menschen ins Jenseits befördert hatte, nicht in der Lage, ein paar läppische Zahnschmerzen zu überstehen.

Endlich waren sie an der Reihe. Heppner reichte der zierlichen Apothekerin die Quittung, die zwar nicht ganz vollständig war, aber ausreichen sollte, um Rückschlüsse auf den Patienten zu liefern. Als er das skeptische Gesicht der Apothekerin bemerkte, trat Heppner einen großen Schritt auf sie zu, zückte seinen Dienstausweis und hielt ihn der Dame vor die Nase. „Wir ermitteln hier in einem Kapitalverbrechen, Frau Jonas", flüsterte Heppner eindringlich, „ich würde Ihnen daher dringend empfehlen, sich kooperativ zu zeigen!" Die Apothekerin zuckte zusammen. Warum verflucht noch mal mussten sie auch Namensschilder tragen? Jetzt bloß keinen Fehler machen.

Vince versuchte, so unbeteiligt wie möglich zu wirken und tat so, als würde er etwas in seiner Jacke suchen.

Frau Jonas war nur für kurze Zeit nach hinten verschwunden, vermutlich, um sich mit ihren Kollegen oder ihrem Chef zu beraten. Breit grinsend und leicht errötet kehrte sie zurück und reichte Kurt Heppner einen Zettel. „Was soll das?", entrüstete sich Heppner, „ich brauche keine Adresse von irgendeinem dämlichen Krankenhaus, sondern den Namen der Person, der Sie dieses Medikament hier ausgehändigt haben. Ist das so schwer zu kapieren?" Vince sah zur Decke. Welchen Terrier hatte er denn da von der Leine gelassen? „Es tut uns leid, aber wir können Ihnen die Identität dieser Person nicht nennen. Schon gar nicht ohne einen richterlichen Beschluss. Sobald Sie den haben, wenden Sie sich damit am besten an den behandelnden Arzt, der das

Medikament verschrieben hat. Er arbeitet in dem Krankenhaus, dessen Adresse ich für Sie auf diesem Zettel notiert habe." Heppner nickte. „Das hilft uns weiter. Ich kenne dort jemanden. Sogar sehr gut. Vielen Dank für den Hinweis, Frau Jonas. Einen schönen Tag noch!" Ehe Vince es begreifen konnte, zog Heppner ihn unsanft an der Jacke hinter sich her aus der Apotheke. Kurt Heppner war wieder der Alte und in seinem Element.

49

Das Licht schien grell in sein Gesicht. War das bereits eine Nahtoderfahrung? Ging es jetzt zu Ende? Felix Modrich versuchte, sich auf seinen Körper zu konzentrieren. Langsam öffnete und schloss er seine Hände, danach bewegte er seine Zehen auf und ab. Das hatte beim letzten Mal nicht funktioniert, oder? Während er sich diese Frage immer und immer wieder stellte, bemerkte Modrich ein leichtes Hungergefühl. War das sein Magen, der da knurrte? Er musste unweigerlich wieder an seinen Messerblock und all die leckeren Steaks denken, die er mit ihm hätte zubereiten können, wenn dieser verdammte Krebs nicht dazwischengekommen wäre. Die Tatsache, dass er seit einer gefühlten Ewigkeit wieder so etwas wie Appetit verspürte, verwirrte ihn. Einerseits war es ein schönes Gefühl. Das schönste Gefühl, das er seit langer Zeit empfunden hatte. Andererseits war er dem Tode geweiht. Das hatte er sogar schriftlich. Wie konnte es da sein, dass sein Magen knurrte und ihm bei der Vorstellung eines Filetsteaks medium rare das Wasser im Mund zusammenlief?

In den letzten Wochen hatte Felix Modrich mit seinem Leben abgeschlossen. Die Morphiumdosen, die ihm diese bildhübsche Ärztin verabreicht hatte, konnten nur noch für kurze Linderung sorgen. Die Schmerzen waren nicht mehr auszuhalten, die Sehnsucht nach einem schnellen, schmerzlosen Tod war das Einzige, woran er in seinen kurzen, wachen Phasen denken konnte. Er hatte sich fest vorgenommen, mit Peer über Sterbehilfe zu sprechen, wenn er das nächste Mal vorbeikommen würde. Wie lange sein letzter Besuch her war, konnte Felix Modrich nicht sagen. Ob er Peer sogar verpasst hatte, war auch nicht sicher.

Die Tür zu seinem Patientenzimmer schwang auf. Ein kleiner, rundlicher Mann Mitte fünfzig näherte sich tänzelnd Modrichs Bett. ‚Um Himmels willen', dachte Felix Modrich, ‚wer ist das denn?' „Ich habe eine gute und eine schlechte Nachricht, Herr Modrich!" Der Mann beugte sich tief zu Modrich hinab, bis er fast sein Gesicht berühren konnte. Die schlechte Nachricht war, dass dieser Doktor Strieseler, als den Modrich ihn anhand des Namensschildes nun identifizieren konnte, unlängst geraucht hatte. Wenn es irgendetwas gab, das Felix Modrich absolut widerwärtig fand, dann den Gestank von kaltem Nikotin. Und das, obwohl er selbst starker Raucher war. Egal, ob es ein prall gefüllter Aschenbecher auf irgendeiner Party war oder eben der Pesthauch eines Kettenrauchers, in diesem Punkt war Modrich empfindlich und konnte seine gute Kinderstube schnell einmal vergessen. „Hören Sie zu, Sie Nikotinflummi. Mir ist es gerade komplett wurscht, ob Sie irgendeine Nachricht für mich haben. Merken Sie sich einfach zwei Dinge: Erstens: Ich bin nicht taub, und zweitens: Sie stinken aus dem Hals wie der Marlboro-

Mann. Halten Sie also gefälligst Abstand und werfen Sie ein Pfefferminzbonbon ein!"

Wow! Was war das denn? Hatte er gerade geflucht wie in seinen besten Tagen? Wie in den Tagen, als er noch nicht zu den Todgeweihten gehörte? Er kniff sich einmal, noch einmal. Seine rechte Hand schoss unter der Bettdecke hervor und holte zu einer Backpfeife aus. Wenn er die genauso spürte wie die beiden Kniffe, wäre der Beweis erbracht, dass er all dies nicht träumte. Doktor Strieseler musste der Ansicht sein, dass die Ausholbewegung ihm galt. Schützend hob er beide Hände vors Gesicht, um im nächsten Moment ein lautes Klatschen und ein lang gezogenes „Auaa" zu hören. Modrichs rechte Wange zierte der Abdruck einer Männerhand. Er rieb sich, ungläubig lächelnd, die Stelle, an der es eingeschlagen hatte. Fragend sah er Doktor Strieseler an, der einen Schritt zurückgetreten war, um seinen Patienten nicht weiter mit seinem Mundgeruch zu belästigen.

„Zuerst die gute oder die schlechte Nachricht?" Modrich zuckte mit den Achseln. „Es ist Ihnen also egal. Nun gut. Die gute Nachricht ist: Ihre Blutwerte sind seit zwei Tagen deutlich besser als zuvor. Deutlich besser ist hierbei noch untertrieben. Man könnte auch sagen, dass Ihre Blutwerte keinerlei Rückschluss mehr auf eine Krebserkrankung zulassen." Modrich richtete sich langsam in seinem Bett auf und hörte aufmerksam zu. „Die schlechte Nachricht ist, dass wir keine Ahnung haben, warum das so ist. Die Tatsache, dass Sie sich hier in einem Hospiz befinden, macht diese Werte umso unglaublicher. Eigentlich war Ihre Zeit abgelaufen, um es mal ganz unromantisch auszudrücken." Felix Modrich überlegte, ob er sich noch mal kneifen sollte. Das war doch alles nicht möglich. Warum sollte der Sensenmann ausgerechnet ihn wieder aus seinen Fängen entkommen lassen? Er hatte in seinem Leben so vielen Menschen mit seiner Arroganz und Selbstverliebtheit vor den Kopf gestoßen, war, um seine Karriereziele zu erreichen, über Leichen gegangen, hatte intrigiert und falsche Versprechen gegeben. Er hatte sogar die Frau seines besten Freundes gevögelt. Mit anderen Worten: Felix Modrich hatte es verdient, keinen schmerzlosen Tod zu erleiden. Und doch schien jetzt alles anders zu kommen.

„Wir müssen natürlich noch weitere Tests machen", fuhr Doktor Strieseler fort, „aus diesem Grund können und wollen wir Ihnen auch noch nicht zu Ihrer vollständigen Genesung gratulieren. Allerdings verdichten sich gerade die Anzeichen für eine äußerst seltene Spontanheilung!"

50

„Das ist jetzt aber heftig. Sieht so aus, als hätte ihn jemand am ganzen Körper skalpiert. Guddi?" Peers Kollegin stand kurz vor dem Kollaps. Nach der verzweifelten und bislang vergeblichen Suche nach ihrem Mann und den Kindern und dem damit verbundenen Schlafmangel kam jetzt, völlig unvermittelt, dieses Video. Ein von ihr hoch geschätzter Schauspieler steckte in einer offenkundig prekären, ja lebensbedrohlichen Lage und legte ein Geständnis ab, mit dem niemand hatte rechnen können und das jedem seiner Fans ein nicht unerhebliches Gefühl der Übelkeit verursachen musste. Guddis Welt brach in diesem Moment vollends zusammen. Der Mann, der ihr am meisten bedeutete, und jemand, von dem sie es niemals erwartet hätte, entpuppten sich als absolute Mistkerle. Welchem männlichen Individuum sollte sie nach diesem Tag noch Glauben schenken? „Guddi?", wiederholte Peer etwas bedächtiger und beugte sich hinunter, um seiner Kollegin in die Augen schauen zu können. „Was meinst du? Wollen wir uns dann mal wieder um unseren Job kümmern, hm?" Er setzte sein charmantestes Lächeln auf. Guddi streifte ihre Paralyse langsam ab und atmete wieder einigermaßen gleichmäßig.

Der Fernsehsender zeigte das Video mit dem leidenden Fellner in Dauerschleife. Nach dem dritten Durchlauf hatten Modrich und Guddi immer noch keine zündende Idee, wie man den Aufenthaltsort des Entführungsopfers schnellstmöglich ermitteln könnte, als ihr Kollege Piontek das Büro betrat. „Ah gut! Wie ich sehe, schauen Sie bereits die Horror-Show. Vor zwei Minuten rief hier ein Typ aus Sölde an, der meinte, er habe in dem Video die Räumlichkeiten erkannt, in denen es aufgezeichnet wurde. Angeblich sei es eine alte Fabrikhalle in Holzwickede, in der er bis vor ein paar Monaten eine Schrauberwerkstatt betrieben hat. Ich habe seine und die Adresse der Halle hier notiert und – was zum ...?" In Pionteks Bericht hinein war Guddi aufgesprungen, hatte ihm den Zettel aus der Hand gerissen und stand bereits in der Bürotür. Als sie die Verblüffung in Peers Gesicht sah, legte sie nach. „Worauf wartest du, Modrich? Wir sollten uns beeilen. So wie er aussah, geht das nicht mehr lange gut. Also los!" Peer verschlug es die Sprache. Schien seine Kollegin eben noch völlig entrückt und ganz weit weg zu sein, entwickelte sie sich plötzlich zu einer kampfbereiten Amazone, der man besser nicht im Weg stand.

Auf dem Weg zum Ausgang hätte Peer um ein Haar Evelyn Huber über den Haufen gerannt. „Aus dem Weg ...!" Modrich wollte Huber sanft zur Seite drängen, als diese ihn mit aller Kraft festhielt und mit weit aufgerissenen Augen zeterte: „Ich brauche Hilfe! Schnell. Einer meiner Klienten wurde entführt. Bitte, wer kann mir hier helfen?" Modrich deutete auf das Büro, in dem der Beamte vom Dienst saß. „Gehen Sie bitte zu meinem

Kollegen Piontek, der nimmt Ihre Vermisstenanzeige auf und kümmert sich um alles Weitere. Viel Glück bei der Suche. Ich hoffe, Ihrem Klienten ist nichts zugestoßen?"

Guddi war mittlerweile schon aus dem Gebäude heraus und hatte erst jetzt bemerkt, dass Modrich ihr nicht gefolgt war. „Moooodrich, brauchst du 'ne Extra-Einladung?", rief sie aus Leibeskräften.

„Wenn Sie mich jetzt bitte entschuldigen wollen! Sie hören ja: Mein Typ wird verlangt." Modrich versuchte, so unverbindlich und gleichermaßen charmant wie möglich zu lächeln. Evelyn Huber war jetzt allerdings nicht mehr zu halten. „Ob ihm was zugestoßen ist? Na ja, wie soll ich das sagen? Wie würden Sie sich denn fühlen, wenn ihr Körper voller Brandwunden ist?" Modrich hielt inne und schaute Evelyn Huber völlig perplex an. „Heißt Ihr Klient zufällig Burkhard Feulner oder so ähnlich?" „Fellner. Bernhard Fellner. Sie kennen ihn? Oder reden wir am Ende über ein und denselben Mann und Ihre Kollegin ist seinetwegen wie ein geölter Blitz rausgeschossen?" Modrichs Schweigen sagte mehr als tausend Worte. „Also worauf warten wir?", fragte Huber ihn auffordernd, „wenn Sie und Ihre Kollegin wirklich auf Bernhard Fellners Spur sind, dann möchte ich mitkommen und helfen, den Mann wieder zu befreien. Und wagen Sie es nicht, mir das zu verbieten."

„Peer, ist das dein Ernst?" Guddi hatte es offenbar satt, noch länger zu warten. „Ich stehe mir draußen die Beine in den Bauch, Bernhard Fellner wird vermutlich zu Filet verarbeitet und du hast nichts Besseres zu tun, als dich hier auf ein Techtelmechtel einzulassen." Wutschnaubend wandte sie sich nun zu Evelyn Huber. „Darf ich fragen, wer Sie sind und was Sie hier verloren haben? Sie behindern gerade polizeiliche Ermittlungen, das kann Sie teuer zu stehen kommen!" Modrich sah ein wenig betreten zu Boden. „Das ist seine Managerin. Sie will mitkommen und uns helfen. Wie war noch grad Ihr werter Name?"

So schnell, wie Guddi ihre Handschellen zückte und die arme Evelyn Huber damit kaltstellte, konnte Modrich gar nicht gucken. Verblüfft hob er den Zeigefinger, gerade so, als wolle er gegen Guddis Vorgehen Einspruch einlegen. „Guddi, ich weiß wirklich nicht, ob das hier so eine gute Idee ist ...!" „Was erlauben Sie sich? Machen Sie mich sofort wieder los, Sie Suffragette!" Huber spie Gift und Galle. „Piontek, können Sie sich bitte um die Dame kümmern? Sperren Sie sie bitte einfach irgendwo weg, nehmen Sie ihre Personalien auf und geben ihr was zu essen und zu trinken. Und was ich fast vergessen hätte: Funken Sie bitte alle zur Verfügung stehenden Kollegen an. Sie sollen sich augenblicklich auf den Weg machen. Unseren Einsatzort gebe ich Ihnen gleich noch mal durch. Und jetzt los!" Während Piontek Evelyn Huber abführte, musste er mehrmals ihren Tritten ausweichen. Es dauerte eine paar Sekunden, bis er sie so im Griff hatte, dass sie niemanden mehr gefährden konnte. Dies hinderte sie allerdings nicht daran, ein markerschütterndes „Ich werde euch alle verklagen, ihr verdammten Mistbullen!" durchs Polizeirevier zu brüllen.

„Modrich, wird's bald?" Ehe er sich weiter wundern konnte, hatte Guddi ihn gepackt und ziemlich unsanft nach draußen gezerrt. ‚Sie ist eine Waffe', dachte er. Wer auch immer sich mit seiner Kollegin anlegte, musste sich warm anziehen.

51

Blitzartig kehrte das Leben in den bewusstlosen Körper des Schauspielers zurück, als sie Fellner in die mit Eiswasser gefüllte Wanne gleiten ließen. Er prustete und schnappte nach Luft, seine Augen hatte er weit aufgerissen. Reflexartig versuchte er, mit seinen Händen irgendwo Halt zu bekommen, damit er nicht unter Wasser geriet. Verzweifelt musste er jedoch feststellen, dass er noch immer an seinen Armen und Beinen gefesselt war. Mit einem kräftigen Ruck wurde sein Kopf hochgerissen, bevor er vollends untergehen konnte. „Das Leben hat dich wieder, Schauspieler! Und, wie fühlt es sich an, so ganz ohne Arsch in der Hose?" Bernhard Fellner blickte in das Gesicht seines Entführers. Zum ersten Mal konnte Fellner die Person, die ihm die unmenschlichen Schmerzen bereitet hatte, erkennen. Das Gesicht des Mannes war durch sein irres Grinsen entstellt, seine Haut war extrem großporig. Vermutlich waren das Restschäden einer ziemlich heftigen Pubertät. All das wurde – im wahrsten Sinne des Wortes – von einer riesengroßen Nase überschattet. Fellner hatte das Teil direkt vor sich und konnte jedes noch so kleine Äderchen pulsieren sehen. Für einen Moment lenkte dieser sagenhafte Zinken Fellner von seinen unerträglichen Schmerzen ab, als man ihn unsanft aus der Wanne zerrte und seinen Kopf mit aller Kraft nach hinten drehte. Noch ein kleines Stück weiter und sein Genick würde unweigerlich brechen.

„Ist das zu fassen? Du scheinst den Ernst deiner Lage immer noch nicht erkannt zu haben! Sieh nur, was wir aus deinem Gluteus Maximus gemacht haben. Die Hunde hatten jedenfalls ihre helle Freude daran." Fellner wollte seine Augen schließen, als ein zweites Paar Hände in seinem Gesicht herumfuchtelte und dafür sorgte, dass er all das sah, was die Riesennase bereits mit blumigen Worten umschrieben hatte. Als finale Zugabe riss ihm eine dritte Person die klatschnassen und blutdurchtränkten Reste einer Windelhose vom Leib. Was sich darunter verbarg, war eine Kraterlandschaft im Miniaturformat. Sie hatten ihm beide Pobacken fachmännisch herausgeschnitten. Das, was von seinem Hintern übrig geblieben war, verdiente den Namen nicht mehr. Weiter unten an den Waden erkannte er ebenfalls einzelne Löcher, die ungefähr den Umfang eines 2-Euro-Stücks haben mochten. Wenn er die Möglichkeit gehabt hätte, seine Hände zu benutzen, hätte er womöglich weitere Stellen an seinem Körper ertastet, an denen etwas fehlte.

Das alles war schlimm. Sehr schlimm sogar. Was Fellner allerdings am meisten beunruhigte, war die Demaskierung seiner Entführer. Das konnte nur bedeuten, dass sein Ende unmittelbar bevorstand. Tot würde er niemanden verraten können. Ein kräftiger, dumpfer Schlag beförderte Fellner wieder zurück ins Reich der Träume.

52

Nachdem Karla Sedlacek ihre Rechnung bezahlt hatte, schaute sie sich nervös im Café um. Der Platz, an dem zuvor diese mysteriöse Person gesessen hatte, war immer noch leer. Karla wertete dies mittlerweile als gutes Zeichen. Sie würde jetzt so unauffällig wie möglich das Café verlassen und versuchen, ohne Hektik nach Hause zu gehen. Ein kleiner, hartnäckiger Rest an Ungewissheit und Panik steckte immer noch in ihr. Dass Karla Polizeischutz bekommen würde, war natürlich beruhigend. Aber sie fragte sich, wie lange es dauern würde, bis dieser Kruschek einen Kollegen für ihren Schutz bereitstellen konnte. Immerhin war die Polizei nichts anderes als eine Behörde, bei der man Dinge beantragen musste, wollte man diese bekommen. Und bei der allseits bekannten Personalnot konnte es mit dem Personenschutz für Karla vielleicht länger dauern, als Kruschek kalkuliert hatte. Ihre Adresse hatte sie ihm jedenfalls mithilfe ihres Smartphones gemailt.

Karla versuchte, ihre Gedanken in positive Bahnen zu lenken. Es gab keinen erkennbaren Grund, sich verrückt zu machen. Oder etwa doch? Sie hatte der Polizei Beweise geliefert, die eine Flut an pikanten Enthüllungen nach sich ziehen konnten. Und niemand, auch nicht Karla, wusste bislang, wer hinter den Morden an Gesine und ihren prominenten Klienten steckte. Es war ja noch nicht einmal zu hundert Prozent klar, ob alle diese Taten von langer Hand geplant oder spontan begangen worden waren. Dieser Polizist wirkte extrem motiviert und schien auch über die nötige Fachkompetenz zu verfügen. Sie murmelte ein „wird schon schiefgehen", als sie in ihre Straße einbog. Vor dem Mehrfamilienhaus, in dem sich ihre Wohnung befand, stand jedoch niemand. Also hatte das schon mal nicht geklappt! Wäre auch zu schön gewesen. „Wie soll das auch gehen, Karla! Jetzt beruhige dich mal. Schließlich können die auch nicht hexen!" Karla versuchte zu lächeln, die Wahrheit war allerdings, dass sie eine Scheißangst hatte. Entgegen ihrer Gewohnheit entschied sie sich, über die Treppe in die dritte Etage zu gehen. Das würde länger dauern und ihre wachsende Angst eventuell etwas lindern. Und Fahrstühle hatten für Karla seit jeher etwas Unheimliches. Niemand könnte ihr helfen, wenn ein Angreifer dort auf sie warten oder auf dem Weg nach oben zusteigen würde. Niemand würde sie schreien hören. Sollte ihr eine verdächtige Person auf der Treppe entgegenkommen, könnte sie immer noch nach Hilfe rufen, umdrehen und die Flucht antreten. Als sie vor ihrer Wohnungstür ankam, machte sie eine kurze Pause, um ihren Puls wieder runterzufahren und um zu lauschen, ob es irgendein Geräusch gab, das nicht zu der Geräuschkulisse gehörte, die sonst in diesem Haus vorherrschte. Der laute Fernseher in der Wohnung direkt über ihr lief wie immer um diese Uhrzeit. Sie hörte das ältere Ehepaar von nebenan. Die beiden Rentner hatten die Angewohnheit, offenbar getrennt voneinander Kreuzworträtsel zu lösen. „Grete, die Hauptstadt von Peru war Sucre, oder?" Grete sah für ihre 72 Jahre noch sehr rüstig aus, hörte allerdings nicht mehr allzu gut. Das Schlimme daran war, dass Grete sich partout kein Hörgerät anpassen lassen wollte. Das wiederum führte dazu, dass Albert, ihr Mann, sie schon morgens laut anschreien musste, auch wenn er ihr nur einen guten Morgen wünschte. „Sucre ist Bolivien, du Dummerchen!", trompetete Grete zurück. „Die von Peru heißt Lima!" „Danke, Schatz!"

Karla drehte den Schlüssel um und betrat ihre Wohnung. Das Letzte, was sie wahrnahm, war das dumpfe Geräusch eines Schalldämpfers. Zwei Kugeln trafen sie tödlich in den Kopf. Als Karlas Mörder die Wohnung verließ, hatte Albert sein Kreuzworträtsel gelöst und sich bei seiner Frau mit einem dicken Kuss bedankt.

53

„Wo zum Geier sind Modrich und Faltermeyer?" Lars Kruschek war völlig außer Atem, als er in das Polizeipräsidium stürmte. Er hatte wichtige Beweise gesammelt. Beweise, die er den beiden Kollegen dringend mitteilen musste. Klaus Piontek hatte es sich gerade in seinem BvD-Büro gemütlich gemacht und beabsichtigte nicht, so kurz vor Feierabend in Hektik zu verfallen. Vor sich hatte er ein großes hölzernes Vesperbrett, darauf drapiert drei Scheiben Holzfällerbrot, ein frisches Stück Käse, mehrere Scheiben roher Schinken und einen Radi. Natürlich durfte das Griebenschmalz nicht fehlen. Voller Vorfreude rieb er sich die Hände, als Kruschek ihn jäh aus seiner perfekt bereiteten Brotzeit riss.

„Das sieht ja alles wirklich delikat aus", witzelte Kruschek, „da fehlt dann nur noch ein kühles Flaschenbier. Aber wir sind ja noch im Dienst, nicht wahr?" Piontek rutschte nervös auf seinem Stuhl herum und schien etwas unter dem Tisch zur Seite zu schieben. „Die beiden wollten nach Holzwickede, die genaue Adresse hat mir Kollegin Faltermeyer abgenommen", warf Piontek ein, bevor Kruschek etwas bemerken konnte. „Eigentlich wollten sie ihren Einsatzort durchgeben, spätestens sobald sie am Ziel angekommen sind. Und dort wollen sie diesen bemitleidenswerten Schauspieler retten. Haben Sie eigentlich meine Nachricht nicht bekommen?"

Kruschek blickte einigermaßen ratlos. Er hatte hier die wichtigen Nachrichten am Start, niemand anders. Das sollte seine Show werden. Nach all den Jahrzehnten im Polizeidienst hatte sich bei Lars Kruschek der dringende Wunsch eingestellt, einmal vor seiner Pensionierung im Mittelpunkt stehen zu dürfen. Nicht er wollte, wie so oft, anderen applaudieren, sondern sie sollten diesmal anerkennen müssen, was er Großes für die Polizei geleistet hat. Nur ein einziges Mal. Und jetzt schien wieder alles gegen ihn zu laufen. Er musste so schnell wie möglich Modrich und Faltermeyer erreichen, bevor sie womöglich wieder einen Fall lösten und als Helden gefeiert werden würden. Jetzt war keine Zeit mehr für irgendwelche überflüssigen Nachrichten irgendeines Beamten vom Dienst, der ohnehin kein gesteigertes Interesse an profunder Ermittlungsarbeit zeigte, sondern sich hier während der Dienstzeit einen lauen Lenz machte. Kruschek dachte kurz darüber nach, den Kollegen Piontek bei nächster Gelegenheit anzuschwärzen, verwarf den Gedanken aber gleich wieder.

„Ich weiß von keiner Nachricht. Muss jetzt auch los, Modrich und Faltermeyer suchen. Wissen Sie zumindest ungefähr, wohin sie in Holzwickede wollten?" „Irgendeine alte Fabrikhalle, aber ihr Aufbruch verlief ziemlich chaotisch, daher kann ich nichts Genaueres sagen. Vielleicht melden sie sich gleich ja noch und geben ihren genauen Standort durch." „Danke, Piontek. Ich denke, das hilft für den Anfang. Holzwickede ist ja nun wahrlich keine Weltstadt." Auf dem Weg nach draußen fiel

Kruschek eine Tafel ins Auge, die Fotos aller Beamten des Polizeireviers zeigte. „Hat sich der Kollege Leitner eigentlich mal bei irgendwem gemeldet? Ich könnte ihn gut zur Unterstützung gebrauchen." Piontek hatte schon die Hand an seiner Bierflasche. „Sie meinen den Nasenkaiser? Also, bei mir hat er sich nicht gemeldet. Hat er nicht Urlaub oder war krankgeschrieben?" Kruschek Blick blieb an Kai Leitners Foto hängen. Diese Nase war wirklich gigantisch. Der arme Kerl. Der arme Kerl? Um Himmels willen! Das Puzzle fügte sich zusammen. Hals über Kopf rannte Kruschek die Treppen hinab und stolperte auf seinen Dienstwagen zu. Es konnte diesmal nur einen Helden geben. Lars Kruscheks Vorfreude verlieh ihm Flügel.

54

"Das ist doch vollkommen unmöglich, Strieseler! Haben Sie das wirklich gründlich geprüft?"

Felix Modrich hatte fast zwölf Stunden am Stück geschlafen. Sein überraschend guter Gesamtzustand und die Prognose seines neuen Arztes waren wohl zu viel auf einmal für ihn. Immerhin erfuhren nicht viele Todgeweihte, dass ihr Körper den Kampf gegen die vermeintlich unheilbare Krankheit angenommen und vielleicht sogar gewonnen hatte. Und wenn er sich recht entsann, gab es für ihn noch vor wenigen Wochen keinerlei Hoffnung. Zumindest war es das, was seine Ärztin ihm gebetsmühlenartig eingetrichtert hatte. Und er hatte ihr geglaubt. Mit jedem weiteren Tag schwand sein Lebensmut. Der Sensenmann hatte sich wie eine Bleiweste auf Felix Modrich gelegt und ihn jeden Tag immer fester heruntergedrückt. So lange, bis er sich selbst und das Leben um ihn herum aufgegeben hatte und er sich in sein unvermeidliches Schicksal fügte.

Nun aber lag er da, zwar immer noch geschwächt, aber mit neuem Lebensmut ausgestattet. Der intensive Schlaf hatte in Modrich weitere Kräfte freigesetzt, die ihn erst unlängst verlassen hatten.

Die beiden Stimmen, die er wahrnahm, waren männlich. Die eine kannte er noch nicht. Sie klang wie die eines alten Mannes mit Asthma. Die andere konnte er zuordnen. Das musste dieser Dr. Strieseler sein.

„Ich habe die Tests jetzt zweimal wiederholt. Es gibt keinen Zweifel, Dr. von Rathenau, der Mann ist auf dem besten Weg zur vollständigen Genesung. Es grenzt an ein medizinisches Wunder. Allerdings ..." Felix Modrich versuchte, tief und gleichmäßig zu atmen. Die beiden Ärzte sollten ruhig weiterhin glauben, dass er schliefe. Wer weiß, ob und wie schnell er die Wahrheit erfahren würde, wenn sie merkten, dass er bei Bewusstsein war? Und wer weiß, was wirklich hinter dieser sogenannten Spontanheilung steckte?

„Allerdings was?", bohrte von Rathenau. „Jetzt mal raus mit der Sprache, Kollege!" Modrich fuhr alle Antennen noch ein kleines Stück weiter aus. „Nun ja", begann Strieseler, „die Morphiumdosen, die er zuletzt verabreicht bekommen hatte, wären unter normalen Umständen tödlich gewesen. Dieser Mann scheint die Konstitution eines Bullen zu haben!" ‚Genauer gesagt: Eines Ex-Bullen', dachte Modrich und musste ein Lachen unterdrücken. „Wir müssen so schnell wie möglich Kontakt zu Dr. Leitner aufnehmen. Mich würde wirklich interessieren, was sie sich bei der Dosierung gedacht hat! Wenn ich's nicht besser wüsste, würde ich glatt behaupten, sie wollte ihn umbringen!"

In der folgenden Nacht legte Felix Modrich den Anzug des Todgeweihten beiseite und schlüpfte wieder in die Klamotten des Kommissars a. D. Er musste dringend mehr über Dr. Bea Leitner herausfinden.

55

So hatte er seine Mutter noch nie erlebt. Marianne Modrich stand über ihrem Mann, der wie ein schuldbewusstes Häufchen Elend auf einem Küchenstuhl kauerte. Er hatte soeben gebeichtet, dass er seine Frau über Jahre hinweg betrogen hatte. Das allein wäre für Marianne Modrich eventuell noch verzeihlich gewesen, aber leider war aus einer dieser Affären nun auch ein Kind hervorgegangen. Felix Modrich konnte und wollte diese Schande nicht länger für sich behalten und legte ein vollständiges Geständnis ab. Peer hätte all das gar nicht mitkriegen sollen, saß aber, nachdem er vor Schreck fast aus seinem Bett gefallen war, nun auf der obersten Treppenstufe im Flur und hörte alles mit an. „Ich hätte es wissen müssen", konstatierte Marianne Modrich. „Du hast mich ja oft genug spüren lassen, dass ich eigentlich nicht in dein Beuteschema passe. Zu klein, zu dick und vor allem immer ehrlich." Felix Modrich hob protestierend den Zeigefinger, wurde aber im selben Moment von seiner Frau, die mit aller Wucht auf den Küchentisch schlug, zum Schweigen verurteilt. „Wage es bloß nicht, mir zu widersprechen! Du betrügst mich mit der Frau deines besten Freundes. Und jetzt, da sie schwanger ist, verlangst du was von mir? Dass ich dir verzeihe? Dass ich das Kuckuckskind am Ende noch bei uns aufnehme?" Jetzt hatte sich Marianne Modrich richtig in Rage geredet. „Du hast nur eine Möglichkeit, wenn du weiterhin mit mir zusammenleben und verhindern möchtest, dass ich diese Affäre in deiner gesamten Behörde erzähle: Sieh zu, dass dieses Kind verschwindet! Wie, ist mir egal! Dann, aber erst dann, kannst du dir sicher sein, dass ich auch weiterhin bei dir bleibe und den schönen Schein wahre. Ob allerdings dein alter Kumpel Gunnar genauso darüber denkt und dir all das verzeihen kann, was du in den letzten Jahren mit Pia gemacht hast, wage ich mal zu bezweifeln. Mein Gott, Felix, Gunnar war sogar unser Trauzeuge. Wie konntest du das tun?"

„Modrich? Alles gut bei dir, Peer? Ich rede mit dir, und zwar schon seit zwei Minuten!" „Was, wie? Oh, sorry, ich war gerade in Gedanken. Erinnerst du mich bitte daran, dass ich meinen Vater besuche, sobald wir das hier erledigt haben? Jetzt verfolgt er mich schon tagsüber. Ständig habe ich das Bild von meinem letzten Besuch im Hospiz vor Augen." Er schwieg einen kurzen Augenblick. „Findest du es moralisch verwerflich, dass ich ihn in diesem Zustand nicht sehen will? Ich mache mir schlimme Vorwürfe, bin hin- und hergerissen, finde aber, dass es mein gutes Recht ist, ihn so in Erinnerung zu behalten, wie er war, bevor dieser Dreckskrebs ihn von innen zerlegte." Nun wirkte auch Guddi nachdenklich. Ihr fokussierter Blick verflüchtigte sich. „Ich bin ganz ehrlich, Peer: Ich persönlich finde es nicht in Ordnung, besonders, weil ihr euch ja schon lange vor seiner Krankheit aus dem Weg gegangen seid. Zwei

Alpharüden, für die das Polizeirevier einfach zu klein war. Nicht auszumalen, wie viele Fälle ihr zusätzlich hättet lösen können, wenn ihr mit- und nicht gegeneinander gearbeitet hättet." Peer bereute, Guddi diese Frage gestellt zu haben. „Jetzt schau mich nicht an wie ein Dackel, der sein Leckerchen haben will. Du bist es deinem Vater einfach schuldig, dass du ihn besuchst, egal, ob er im Sterben liegt oder bei bester Gesundheit ist. Ohne ihn wärst du immer noch Quark im Schälchen, vergiss das nicht. Und deinen kriminalistischen Spürsinn hast du ganz sicher nicht von deiner Mutter geerbt."

Modrich spürte, dass seine Kollegin recht hatte. Er war ein Sturkopf, der immer zu wissen glaubte, was für ihn das Beste war und sämtliche Ratschläge von Freunden und Verwandten geflissentlich ignorierte. Und wenn irgendetwas schiefging, suchte er die Schuld für gewöhnlich bei denen, die ihm noch kurz zuvor etwas anderes geraten hatten. Peer Modrich hatte noch nie an Gott geglaubt. Aber was, wenn Morbus Meulengracht tatsächlich so etws wie die Strafe Gottes für all die Saufgelage und One-Night-Stands war? Noch vor Jahren war er regelmäßig volltrunken zur Arbeit erschienen und hatte seine Kollegen dadurch gedemütigt, dass er selbst die kompliziertesten Fälle ohne ihre Hilfe und mit deutlich mehr als zwei Promille im Blut löste.

Oh ja, Guddi hatte definitiv recht. Ob das allerdings ausreiche, um ihn zu einem besseren Menschen werden zu lassen, bezweifelte Peer. Dafür steckte er zu lange in seiner eigenen Haut. „Wir sind gleich da, Peer!", zischte

Guddi und holte ihren Kollegen endgültig zurück aus seinem Tagtraum. „Ich hoffe, die Verstärkung lässt nicht allzu lange auf sich warten. Ich parke am besten etwas weiter weg." Dann blickte sie Peer ernst an. „Warten oder los?" Peer schaute entschlossen. „Los!"

56

„Ist alles vorbereitet? Kann nicht mehr so lange dauern, bis die uns gefunden haben!" Kai Leitner legte sein Dienstfunkgerät beiseite, mit dem er zwar nicht geantwortet, aber sehr wohl die Unterstützungsanforderung für Modrich und Faltermeyer gehört hatte. Die beiden herzulocken war beinah schon zu leicht gewesen.

„Ja, direkt nach meinem Anruf bei der Hauptwache. Alle Eingänge sind präpariert. Die werden ihr blaues Wunder erleben." Zufriedenes Nicken. „Was machen wir mit dem Schauspieler? Lebt er überhaupt noch?" Achselzucken. „Er ist drüben bei Stef und Boris. Ob er am Leben ist oder nicht, spielt im Grunde genommen keine Rolle mehr. Wichtig ist, dass der Mann und die Kinder unversehrt sind. Sie sind unser größtes Faustpfand. Hat sich das Problem mit dieser Sekretärin erledigt?" „Ja, das hat sich erledigt. Die kann uns nicht mehr ins Handwerk pfuschen. Du hättest ihr Gesicht sehen sollen. Für einen kurzen Moment haben sich unsere Blicke gekreuzt. Und dann war Ruhe. Ich muss gestehen, dass es mich schon erregt hat, den Abzug zu ziehen!" Zufriedenes Grinsen. „Du bist halt eine echte Killermaschine. Wenn wir das hier überstanden haben, wartet das Paradies auf uns. Abgelegen, weit genug weg von jeglicher Zivilisation. Niemand wird uns je dort finden. Dann können wir endlich so leben, wie es sich für uns gehört. Wir haben schließlich lange genug zugesehen, wie andere auf der Sonnenseite leben. Frank hat für alles gesorgt und wartet dort auf uns."

Bea Leitner sah etwas betreten zu Boden. „Was hast du? Bereust du, was wir getan haben? Jetzt komm mir nicht so. Wir waren uns doch im Klaren darüber, dass sie alle büßen müssen für das, was sie uns und den Mellingers angetan haben! Oder irre ich mich?" „Du hast ja recht. Es ist nur ..." Kai Leitner packte seine Schwester und zog sie zu sich. „Sag mal, kann es sein, dass du dich in diesen Möchtegern-Schimanski verguckt hast? Wie war denn die Nacht bei ihm, hm? Lief da eventuell doch mehr als geplant?" Er schleuderte seine Schwester wutentbrannt zu Boden. „Ist doch seltsam, oder? Da bespricht man alles haarklein, ist sich in allem einig, aber kaum kommt so ein schmieriger Typ mit Knarre daher, bekommst du Pudding in den Knien. Du scheinst den Ernst der Lage zu verkennen, Schwesterherz. Es gibt für uns kein Zurück mehr. Uns bleibt keine Zeit mehr für Gefühlsduseleien!"

Er ließ sich mit den Knien voran auf seine am Boden liegende Schwester fallen. „Ziehen wir das Ding jetzt durch oder nicht?" Bea Leitner schnappte nach Luft. „Er hat doch mit alldem gar nichts zu tun", stammelte sie. „Warum mussten wir ihn in diese Sache reinziehen?"

Der Ellbogen ihres Bruders traf sie hart unter dem linken Auge. Das leise Knacken ihres Jochbeins ging ihrem spitzen Schrei voraus. „Ich dachte wirklich, du hättest begriffen, warum ich ihn erlösen muss. Und was hat dich daran gehindert, seinem Vater die finale Dosis zu verabreichen? Waren es moralische Bedenken? Tochtergefühle etwa?" Bea versuchte vergeblich, sich aus der eisernen Umklammerung ihres Bruders zu befreien. Die Flamme der Rache leuchtete immer heller in Kai Leitners Augen. „Wir werden das hier beenden. Gemeinsam. Ob du das miterleben oder dich zu den anderen gesellen möchtest, bleibt dir überlassen. Rechne nur nicht damit, dass ich dich bedauere, wenn du deinen letzten Atemzug tust." Ein letzter, trockener Schlag traf Bea Leitner im Bereich der Leber und raubte ihr vollends den Atem. Sie wand sich vor Schmerzen auf dem kalten Boden, während Kai Leitner sich schnellen Schrittes von ihr entfernte. Was sollte sie tun? Eigentlich gab es für sie keine Alternative. Und für eine Warnung an Peer war es jetzt vermutlich ohnehin zu spät.

57

Felix Modrich stand vor dem Eingang des Hospizes, in dem er auf seinen Tod gewartet hatte. Nachdem die beiden Ärzte sein Zimmer verlassen hatten, war er noch einige Zeit liegen geblieben, um seine Situation zu analysieren und seine weiteren Schritte zu planen. Sein strategisches Gespür hatte Modrich im Angesicht des nahenden Todes in sein Nachttischschränkchen gelegt, um es, sollte es je wieder zu einer solchen Gelegenheit kommen, hervorzuholen und einzusetzen. Diese Gelegenheit war nun ganz eindeutig da. Allem Anschein nach hatte seine behandelnde Ärztin mit ihm ein mehr als mieses Spiel getrieben, ihm irgendetwas ins Blut gemischt. So genau hatte er das alles nicht verstanden. Aber wenn selbst Dr. Strieseler und sein Chef vor einem Rätsel standen, wie sollte er dann schlauer sein? Die wichtigste Botschaft war bei Modrich angekommen: Er war dem Sensemann von der Schippe gesprungen.

„Bringen Sie mich bitte auf dem schnellsten Wege zum Polizeirevier in der Dortmunder City", teilte er dem verdutzten Taxifahrer mit. Modrich hatte keine Zeit für Körperpflege verschwendet und sah aus wie eine Wasserleiche in viel zu weiten Klamotten. Er hatte in den letzten Monaten bestimmt fünfzehn Kilo verloren. Das Zeug, das die Ärztin ihm gegeben hatte, ließ ihn tatsächlich wie einen Todgeweihten aussehen.

„Jetzt glotzen Sie nicht so. Haben Sie etwa noch nie einen Geist gesehen?" Modrich zwinkerte dem Taxifahrer zu. „Ich sehe so verheerend aus, weil mich eine Frau sehr lange sehr schlecht behandelt hat. Kennen Sie das vielleicht von zu Hause?" Jetzt entspannte sich auch der Taxifahrer zusehends und erwiderte Modrichs Grinsen. „Ich bin Single", entgegnete er, „und ich bin nicht böse drum!" Modrich hielt kurz inne. „Genau wie mein Sohn. Hören Sie, ich habe nur noch knapp zehn Euro im Portemonnaie. Ich hoffe, das reicht. Ich muss dringend dahin. Sollte es nicht genügen, erstatte ich Ihnen das in den nächsten Tagen. Sie können sich auf mich verlassen." Der Taxifahrer gab Gas, ohne den Taxameter einzuschalten. „Brauchen Sie sonst noch was, Kumpel?" „Ein Handy wäre gut. Ich heiße Felix. Und Sie?" „Angenehm, nennen Sie mich einfach Aki!"

58

„Tut mir wirklich leid, aber ich kann Ihnen den Namen der Person nicht so ohne Weiteres geben." Natürlich hatte Heppner sich keinen Beschluss besorgt, dafür hatte ihm schlicht die Zeit gefehlt. Peter Lorenz war Chef der Notfallambulanz des Marienkrankenhauses im Dortmunder Norden und konnte sich noch relativ gut an alles erinnern. „Die Person war auf jeden Fall männlich, sprach aber relativ undeutlich. Außerdem trug er ein Kapuzenshirt, falls sie von mir wissen wollen, wie er aussah. Mehr kann ich Ihnen aber leider nicht sagen!" „Wären Sie dann bitte so freundlich und informieren Sie Ihren Chef darüber, dass Kurt Heppner da ist und ihn dringend sprechen muss?" Peter Lorenz lächelte weiterhin höflich. Es wäre nicht das erste Mal, dass ein unzufriedener Patient oder ein Angehöriger nach dem Chef verlangte, wenn er sich vermeintlich falsch oder respektlos behandelt fühlte. „Hören Sie, guter Mann", entgegnete Lorenz, „Sie kommen hierher, erklären mir, Sie müssten dringend den Namen eines Patienten wissen und behaupten zeitgleich, ein hohes Tier bei der Polizei zu sein. Wenn dem so ist, wieso wissen Sie dann nicht, dass ich Ihnen den Namen schon aufgrund meiner ärztlichen Verschwiegenheitspflicht nicht nennen darf? Und ohne Ihren Dienstausweis sind Sie im Moment nur ein ziemlich unsympathischer und cholerischer Typ, der offenbar eine Rechnung mit jemandem offen hat. Aber das ist nicht mein Problem!"

Kurt Heppner blickte scheinbar resigniert zu Boden. Im nächsten Augenblick richtete er sich wieder auf und schrie wie von Sinnen: „Dr. Manfred Teichel, bitte in die Ambulanz! Ein dringender Notfall! Kurt Heppner möchte Sie sprechen. Dr. Manfred Teichel bitte!"

Vince Maiwald wollte augenblicklich im Boden versinken, das gesamte Krankenhaus schien sie nun anzustarren. Heppner wartete einige Sekunden ab. Nichts passierte. Dr. Lorenz zuckte mit den Schultern und war gerade dabei, den strategischen Rückzug anzutreten, als sich die Tür des Lifts öffnete und ein stattlicher Mann mit Glatze und Nickelbrille die Ambulanz betrat.
Kurt Heppner und Manfred Teichel waren alte Freunde. Sie kannten sich schon seit der Schulzeit. Während sich Teichels steile Karriere schon lange vor dem Abitur abzeichnete, gehörte Kurt Heppner eher zu denjenigen, die die meisten Lehrer am liebsten vom Gymnasium verbannt hätten. Nicht, dass es ihm an Intellekt gemangelt hätte, Heppner war ein ‚stinkfaules Stück, das nur dummes Zeug im Kopf hat', wie ihn sein damaliger Klassenlehrer mal vor den vollzählig anwesenden Mitschülern nannte. Wenn er eine Vier aufs Zeugnis bekam, lag es lediglich daran, dass er sich mit Manfred Teichel traf, der immer der Klassenbeste war und ihm ab und zu etwas Nachhilfe gab. Und wenn alle Stricke rissen, deichselten es die beiden so, dass sie während

Klassenarbeiten nebeneinander saßen und Kurt bei Manfred zumindest das Nötigste abschreiben konnte.

„Kurt Heppner, du verdammter Halunke. Man hat mich angepiept und gesagt, dass in der Ambulanz ein Verrückter nach mir verlangt, der demnächst vielleicht Amok läuft. Das klang sehr nach dir, Kurt!" Heppner ging erleichtert auf Manfred Teichel zu und schüttelte ihm dankbar die Hand. „Manfred, du bist unsere Rettung. Dieser Emporkömmling da drüben weigert sich, mir zu helfen. Kannst du dir das vorstellen?" Teichel sah zu Dr. Lorenz hinüber und blickte ihn beruhigend an. „Dr. Lorenz ist einer meiner besten Ärzte. Ich habe vollstes Vertrauen in ihn. Und du, mein lieber Kurt, solltest seit der mündlichen Abiturprüfung damals wissen, dass es wenig Sinn macht, ständig meinen Namen zu rufen, wenn man Hilfe benötigt oder nicht weiter weiß!"

„Du hast es also nicht vergessen. Es geht hier aber im Moment nicht um *Much Ado About Nothing*, sondern um einen ziemlich hinterhältigen und feigen Typen, der Jan Kogler und vielleicht noch andere Personen auf dem Gewissen hat."

Teichels Augen weiteten sich. Heppner hatte mitten in sein schwarz-gelbes Herz getroffen. „Du willst mir jetzt nicht sagen, dass du Koglers Mörder auf den Fersen bist?" Kurt nickte mit Nachdruck. „Dieser Junge hatte eine großartige Karriere vor sich, es ist ein Wahnsinn, dass er umgebracht wurde. Kurt, wie kann ich helfen?" Nur wenig später hatte Heppner einen Namen und Teichel seinem alten Schulfreund wieder einmal aus der

Patsche geholfen. Während Vince Heppner schnellen Schrittes zurück zum Auto folgte, verfinsterte sich Heppners Miene. Er startete schweigend den Motor, den besorgten Blick von Vince nahm er zwar zur Kenntnis, ignorierte ihn aber.

59

„Morgen früh, wenn Gott will, wirst du wieder geweckt. Morgen früh, wenn Gott will, wirst du wieder geweckt." Bernhard Fellner zog die Mundwinkel nach oben. War das nicht das Lied, das ihm seine Mutter früher jeden Abend sang, damit der kleine Bernhard besser einschlafen konnte? ‚Sie hatte eine so tolle Stimme', dachte Fellner, während er immer seliger lächelte. Sie hätte es mit dieser Stimme weit bringen können. Allerdings war ihr die Familie immer wichtiger, viel zu wichtig, als dass sie mal an sich selbst dachte. Fast wurde Fellner traurig, als er das liebliche Schlaflied unmittelbar über seinem linken Ohr wahrnahm. „Morgen früh, wenn ich will, wirst du wieder geweckt."

Fellner öffnete vorsichtig die Augen und blickte in das Gesicht einer jungen Frau. Ihr Ausdruck war leer, in der rechten Hand hielt sie etwas, das Fellner nicht wirklich erkennen konnte. „Soll Mami dich mal eben föhnen, mein Kleiner? Du bist ja ganz nass und kalt." Fellner blinzelte und versuchte weiter zu lächeln. In der Stimme der Frau steckte etwas seltsam Bedrohliches, krampfhaft versuchte er, dieses Teil in ihrer Hand zu identifizieren. Es konnte tatsächlich ein Föhn sein. Oder etwa doch nicht? Er befand, dass es besser war zu antworten. „Ja, Mami. Bitte föhne mich trocken. Mir ist furchtbar kalt, die Wärme wird mir guttun." Fellner hatte die letzten Worte noch nicht ausgesprochen, als Stefanie Mellinger die Grillpistole betätigte. Mit der vom Wahnsinn verstärkten Kraft von zwei Männern drehte sie den hilflosen Schauspieler auf den Bauch und zielte auf Fellners Rücken. „Wir machen uns jetzt ein Festmahl! Geht doch nichts über ein knusprig gegrilltes Stück Bullenfleisch. Oder was meinst du, Schauspieler?" Fellner schrie lauter als jemals zuvor. Sein letztes kleines Stück Bewusstsein sagte ihm, dass es die letzte Möglichkeit war, um irgendwie auf sich aufmerksam zu machen. Andererseits hatte bislang offenbar niemand von seinem Martyrium mitbekommen. Niemand seiner angeblichen Freunde aus der Hundekampfarena war ihm zur Hilfe gekommen. Dennoch war Schreien, ohrenbetäubendes Schreien, Bernhard Fellners letzte schwache Hoffnung.

    Modrich und Guddi sahen sich an. Die Schreie waren markerschütternd. Sie versuchten beide so schnell, unauffällig und leise wie möglich zu einem der Eingänge der Fabrikhalle zu gelangen, als beide Handys klingelten. Gott sei Dank dämpfte die Kleidung der beiden das Klingelgeräusch etwas. Sowohl Guddi als auch Peer gaben sich große Mühe, sofort auf lautlos zu stellen. Beide hofften inständig, dass sie niemand gehört hatte.

60

Heike Wiegand hatte Bodo Gleiwitz die erstbeste Adresse gegeben, die ihr eingefallen war. Sie wusste natürlich von Fellners perversem Hobby, hatte aber mit all ihren Klienten die vertragliche Vereinbarung, dass über das Wo, das Wie und vor allem über das Wie oft seitens des Klienten keinerlei Angaben gemacht werden mussten. Das war Heike Wiegand auch ganz recht, denn vermutlich wäre ihr irgendwann die Hutschnur geplatzt und sie hätte besonders abartigen Kandidaten wie eben Fellner mal deutlich gesagt, was sie von ihnen hielt. Gesine und auch Frank waren da anders. Beide konnten offenbar mit den dunkelsten Geheimnissen ihrer Klienten so diskret umgehen, dass man meinte, es handelte sich um normale Menschen und nicht um Leute, die im harmlosesten Fall ihre Frau mit irgendeiner Edelnutte betrogen.

Ihr war vollkommen klar, dass Gleiwitz schon bald ihre Finte bemerken und sie bereits in Kürze anrufen würde. Zur Sicherheit wollte sie ihr Handy ausschalten und einfach abtauchen, als sie eine Nachricht bekam. Genauer gesagt ein Foto von einem wunderschönen, schneeweißen Strand. Darunter standen nur drei Worte: Ich liebe Dich! ,Frank', schoss es Heike durch den Kopf. Diese Nachricht musste von ihm sein, auch wenn sie die Handynummer nicht kannte. Wo zum Teufel konnte er stecken und warum hatte er sich nicht gemeldet? ‚Frank, bist du das?', schrieb Heike zaghaft zurück. Es dauerte fast eine Minute, bis sie eine Antwort bekam. Das alleine trieb Heike Wiegand fast in den Wahnsinn. War es vielleicht doch irgendein Irrer, der sich einen üblen Scherz mit ihr erlaubte?

‚Aruba, mein Liebling. Das Ticket und deinen Pass findest du in meinem Büro. Bis bald.' Heike las die Nachricht immer und immer wieder. Aruba? Mal abgesehen davon, dass sie überhaupt nicht wusste, wo das war, fühlte sie sich gerade mächtig verarscht. Warum war Frank einfach so verschwunden, ohne ihr einen Grund mitzuteilen? Sie hatten doch eigentlich immer ein sehr offenes Verhältnis und nie Geheimnisse voreinander. Und jetzt war Gesine tot und ihr Mann wartete am anderen Ende der Welt auf sie. Das konnte doch nichts Gutes bedeuten, oder? Hatte er vielleicht sogar etwas mit Gesines Tod zu tun? Natürlich. Warum sonst sollte er sich vor aller Welt verstecken? ‚Was hast du getan? Was ist mit Gesine passiert?' Nichts, keine Antwort. Heike schlug wutentbrannt mit der Faust auf den Tisch.

Ungefähr zur selben Zeit musste Bodo Gleiwitz feststellen, dass er Heike Wiegand auf den Leim gegangen war. Und das war ihm ziemlich peinlich. „Wie doof kann man eigentlich sein, Gleiwitz?", schrie er durch den Aufnahmewagen, an dessen Steuer sein Kameramann Fabian saß. „Fabi, das hier ist ein Wohngebiet, richtig? Wo soll hier bitteschön ein Hundekampf stattfinden?" Fabian zuckte mit den Schultern. „Typisch Kameramann", murmelte Gleiwitz. „Schalt den Polizeifunk ein, los!" Der Kameramann schien immer noch nicht zu verstehen. „Du Vollhorst, alles muss man selber machen," polterte Gleiwitz und betätigte den Kippschalter neben dem Autoradio. Nach einem kurzen Rauschen hörte man die ersten verzerrten Polizeifunksprüche. Wenig später hatte Gleiwitz die Frequenz so eingestellt, dass Fabian und er klar und deutlich mithören konnten, was die Polizeistreifen in die Leitstelle meldeten und welche Befehle diese wiederum an die Streifen übermittelte. „Das ist aber nicht legal, oder?", merkte Fabian schüchtern an. Gleiwitz sah in verächtlich an und legte den Zeigefinger auf den Mund. „Schweig einfach stille," zischte er zurück. „Das hier ist 'ne Nummer zu groß für dich. Lass Bodo machen und halt die Klappe."

61

"Kruschek, was zum ...?" Guddi hielt die Hand vor ihren Mund und sprach so leise sie konnte. "Nein, wir können hier nicht warten. Wir müssen da jetzt sofort rein. In dem ganzen Chaos haben wir vergessen, Piontek noch mal den Einsatzort zu melden. Hätte er sich allerdings auch mal merken können, immerhin stammt die Notiz von ihm. Ich gebe Ihnen nur schnell die Adresse und lege dann auf. Sorgen Sie dafür, dass er es an alle weitergibt." Guddi sah Modrich an. Sie war nun zu allem bereit. "Was ist? Wer war es bei dir?" Modrich schien sich nicht wohlzufühlen. Er war weiß wie die Wand. "Modrich", flüsterte Guddi eindringlich, "mach jetzt keinen Quatsch, ja? Wir müssen Fellner retten. Das war gerade er, dafür lege ich meine Hand ins Feuer. Und du stehst hier wie ein Häufchen Elend und siehst aus, als würdest du gleich den Löffel abgeben. Jetzt reiß dich zusammen, bitte!" "Es war mein Vater!" Guddi wusste nicht alle Einzelheiten über Felix Modrichs Gesundheitszustand, da sie und Peer immer versuchten, das Private aus dem gemeinsamen Job rauszuhalten. Dass das in letzter Zeit nur unzureichend gelang, lag zum einen an Guddis Ehekrise und natürlich an Peers ambivalentem Verhältnis zu seinem Vater. "Ich war wie erstarrt, weil ich dachte, dass ich ihn bestenfalls bei seiner Beerdigung wiedersehen würde. Bei meinem letzten Besuch war er ja fast schon tot. Ich habe ihn dann weggedrückt, jetzt ist mir etwas mulmig." Modrich hatte keine Zeit, lange über den Grund des Anrufs nachzudenken. Das würde ihn doch nur ablenken, und Guddi brauchte seine Unterstützung jetzt mehr denn je. Und so unsympathisch ihm Bernhard Fellner auch war, wenn es wirklich dieser Schauspieler war, der vor ein paar Augenblicken so grauenhaft geschrien hatte, dann war sein Leben mindestens in Gefahr, wenn nicht schon vorbei. So schrie niemand, dem man Schläge oder Tritte zufügte. Nein, der Mann wurde ganz eindeutig von Folterknechten gequält.

Ein kurzer Blick zu Guddi, dann zählte Peer mit den Fingern von drei herunter und legte seine rechte Hand auf den massiven Griff des alten Eisentors. Im selben Moment zuckte Peer Modrich, als der Strom durch seinen Körper fuhr. Guddi wich erschrocken zurück, als ihr jemand auf die Schulter klopfte. Bevor sie ihre Waffe zum Einsatz bringen konnte, wurde sie von einem punktgenauen Schlag auf ihre Schläfe niedergestreckt.

62

Felix Modrich fluchte wie ein Rohrspatz. Der Taxifahrer setzte den Wagen vor Schreck beinahe gegen eine Leitplanke. „Jesus Maria, guter Mann, jetzt kriegen Sie sich mal wieder ein, ja?" Er blickte Modrich durch den Rückspiegel an. „Wenn ich mich nicht komplett irre, habe ich Sie vorhin aus einem Hospiz abgeholt. Und dort waren Sie, wenn ich Sie mir so anschaue, nicht, um jemanden zu besuchen. Also sollten Sie doch froh sein, dass Sie offenbar dem Sensenmann ein Schnippchen geschlagen haben und stattdessen unter den Lebenden weilen. Wenn Sie mich allerdings noch mal so erschrecken wie gerade eben, könnte es durchaus sein, dass wir beide heute noch auf dem Friedhof landen!"

Modrich machte eine entschuldigende Geste. „Ausgerechnet jetzt geht er nicht ans Telefon. Verraten Sie mir bitte, wie ich meinem Sohn mit diesem Ding hier eine Nachricht schreiben kann? Und bringen Sie mich dann bitte auf schnellstem Wege zum Polizeirevier und warten dort auf mich!" „Zu Befehl, Chef", gab der Taxifahrer zurück und trat aufs Gaspedal. Keine fünf Minuten später hielt das Taxi mit quietschenden Reifen vor dem Polizeirevier.

Als Klaus Piontek Felix Modrich durch den Flur auf sich zustürmen sah, fiel ihm vor Schreck die Putenkeule zu Boden, in die er gerade beißen wollte. Seine Mutter, bei der Piontek noch immer lebte und wofür er von seinen Kollegen des Öfteren ausgelacht wurde, schaffte es, diese Dinger so zuzubereiten, dass sie einen einzigartigen Geschmack hatten. Und sie wusste natürlich am besten, was ihrem Klausi mundete. Schon zur Bundeswehrzeit vor etwas mehr als fünf Jahren war es diese Putenkeule, die Klaus Piontek davor bewahrte, ‚vom Fleisch zu fallen', wie es seine Mutter immer ausdrückte. Dass Klaus heute bei der Polizei war, machte sie unglaublich stolz. Dass er seit fast drei Monaten vom Außendienst befreit war und unter extremem Übergewicht und Kurzatmigkeit litt, hatte selbstverständlich nichts mit ihrer guten Küche, sondern nur mit dem Stress zu tun, dem der arme Junge tagtäglich ausgesetzt war.

Der arme Junge war jetzt Anfang dreißig und ahnte immer noch nicht, was ihm blühte, als Felix Modrich mit wild entschlossenem Blick auf ihn zugerannt kam. Sein legendärer Ruf eilte ihm natürlich seit Jahren voraus, auf jedem Revier im Großraum Dortmund erzählte man sich Geschichten von Modrichs Heldentaten. In den letzten Monaten hielt sich freilich überall das Gerücht, dass er sterbenskrank sei und nicht mehr lange zu leben hätte. Keiner konnte sich das vorstellen, doch seine seltenen, aber regelmäßigen Besuche auf den Revieren im Kreis hatten abrupt aufgehört. Und natürlich bekam der eine oder andere über die Gerüchteküche mit, wie es um den großen Felix Modrich angeblich bestellt war.

Klaus Piontek fand schon, dass Modrich etwas abgenommen hatte und dass seine Augenringe nicht mehr zu verleugnen waren. Aber so sahen neunzig Prozent seiner Kollegen aus, wenn sie nach einer weiteren kräftezehrenden Doppelschicht zurück ins Revier kamen.

„Sie da, ich brauche den aktuellen Standort meines Sohnes, und zwar ein bisschen plötzlich, wenn ich bitten darf!" Piontek hatte von seiner Mutter gelernt, dass man Essen nicht liegen lassen durfte. Schon gar nicht auf dem schmutzigen Linoleumboden des Polizeireviers. „Gebe ich Ihnen sofort, Kommissar Modrich. Ich muss nur eben diesen Dreck hier wegmachen!" „Ent-schuldi-gung?! Haben Sie was an den Ohren? Lassen Sie in Gottes Namen das tote Geflügel liegen und geben Sie mir jetzt augenblicklich das, worum ich Sie soeben mehr als freundlich gebeten habe. Es geht um Leben und Tod, verdammt noch mal!"

Als Felix Modrich zurück in das Taxi sprang, blickte Aki, der Fahrer, völlig fassungslos auf sein Handy. „Chef, das müssen Sie sich ansehen. Wie krank ist diese Welt eigentlich geworden? Erst Kogler, dann diese Sängerin und jetzt das!" Modrich hielt die Luft an, während er sich Fellners Beichte anhörte. „Fahren Sie los, Aki. Plan B ist soeben in Kraft getreten. Und erzählen Sie mir alles, was Sie wissen." „Aye, Aye, Sir!", sagte Aki und beschleunigte.

63

Lutz Drygalski war beunruhigt. Peer hatte sich seit diesem ominösen Abend, als er sich hatte volllaufen und von einer unbekannten Schönheit abführen lassen, nicht mehr bei Lutz gemeldet. Aber vielleicht machte er sich auch nur unnötig Sorgen. Immerhin hatten sie sich vor dem letzten Treffen achtzehn Monate lang nicht gesehen und in der Zeit auch nur sporadischen Kontakt. Auf den Punkt gebracht: Sie telefonierten zweimal jährlich, um sich zum Geburtstag zu gratulieren. Allerdings hatten beide im Laufe des Abends im Pöhler vereinbart, sich jetzt öfter treffen zu wollen, Job und Stress hin oder her.

Marcel Urbaniak schien zur gleichen Zeit denselben Gedanken wie Lutz zu haben. Lutz grinste jedenfalls vielsagend, als sein Handy ihm mitteilte, wer da anrief. „Marzel, alte Hütte! Wenn das mal kein Zufall ist, dass du ausgerechnet jetzt anrufst. Ich musste gerade an einen gemeinsamen Freund von uns denken." Marzels Nachricht ließ Lutz Drygalski erstarren. „Lutz, es ist jetzt nicht so, als hätte ich keine Lust auf Small Talk, aber Peer steckt offenbar in Schwierigkeiten. Ist es okay, wenn ich dich in ungefähr zehn Minuten am Pöhler abhole? Ich erzähle dir dann alles." Lutz hatte die Schuhe bereits angezogen, als er das kurze Telefonat mit Marzel beendete, und stand in den Startlöchern, als der knallrote Audi TT vor seiner Kneipe hielt. „Schickes Auto", merkte er an, als er einstieg, „dafür hast du sicher einige Extraschichten in der Matrix kloppen müssen, oder?" Normalerweise wäre Marzel auf Lutz' Humor direkt eingestiegen und hätte mit einem lockeren Spruch gekontert, nicht so heute. Er blickte mehr als ernst, sein Gesicht drückte große Sorge um seinen besten Freund aus.

„Jetzt mal raus mit der Sprache. Was ist denn los? Du siehst so aus, als hätte dir dein Arzt deinen baldigen Tod prophezeit!" Marzels Miene hellte sich immer noch nicht auf. Lutz war mit seinem Latein am Ende. Es musste wirklich schlecht um Peer Modrich stehen, wenn Marzel nicht mehr über Lutz' flapsige Sprüche lachen konnte.

„Seit sie gemeinsam Karlchen gejagt haben, stand ich immer mal wieder in Kontakt zu Guddi, Peers Kollegin. Kennst du sie?" Lutz schüttelte den Kopf. „Peer und ich hatten bei unserem letzten Treffen andere Gesprächsthemen. Ich hatte allerdings schon den Eindruck, dass ihn irgendetwas belastet. Ob es der aktuelle Fall ist, an dem er gerade arbeitet, kann ich natürlich nicht sagen. Und seine Kollegin habe ich nie persönlich kennengelernt. Aber du scheinst sie ja offenbar bestens zu kennen? Marzel? Die Ampel da vorne springt gerade auf Rot!" Marzel trat aufs Gas und preschte über die Kreuzung. Um ein Haar hätte ihn ein Lieferwagen gerammt. Lutz wurde kreidebleich.

„Jetzt hab ich aber den Kaffee auf. Willst du uns umbringen? Du sagst mir jetzt sofort, was los ist oder du lässt mich an der nächsten Ecke raus." Marzels Hände zitterten. Er klammerte sich förmlich ans Steuer seines TTs. „Ich weiß von Guddi, dass sie hinter den Typen her sind, die den Fußballer und diese Sängerin umgebracht haben. Scheint 'ne ziemlich heftige Geschichte zu sein." Lutz blickte ihn fragend an. „Du liest keine Zeitungen, oder?" Lutz zuckte mit den Achseln. „Bücher. Ich lese Bücher. Um den Kopf frei zu kriegen. Das, was man in letzter Zeit in den Zeitungen zu lesen bekommt, belastet einen doch nur. Ich brauche das nicht!" Jetzt war es Marzel, der ein Fragezeichen auf der Stirn hatte. „Aber einen Fernseher hast du schon, oder? Ich meine, irgendwie muss man sich doch auch mal informieren?" „Nur in der Kneipe. Da läuft aber praktisch nur Fußball. Wieso, habe ich etwa irgendetwas verpasst?"

Marzel schlug die Hände über dem Kopf zusammen. Dabei ließ er natürlich das Lenkrad los, was Lutz auf die Palme brachte. „Alter, jetzt rück schon raus mit der Sprache und hör endlich auf mit den Sperenzchen. Ich fühle mich echt noch zu jung zum Sterben!" Marzel versuchte, seine Emotionen im Zaum zu halten. Auch er schien nun zu begreifen, dass es keinen Sinn machte, Peer und Guddi helfen zu wollen, gleichzeitig aber alle gängigen Straßenverkehrsregeln außer Acht zu lassen. „Du kennst dann also auch nicht das Filmchen, das aktuell auf nahezu allen Sendern läuft?" Lutz schüttelte den Kopf. Marzel gab ihm sein Handy. „Hier, klick auf den Link. Mittlerweile ist der Film ein echter Internet-Hit. Aber ich warne dich: ist nichts für schwache Nerven!"

Knappe zwei Minuten später war Lutz Drygalski zwar klar, dass da ein Mann ganz offensichtlich in großen Schwierigkeiten steckte, allerdings konnte er sich immer noch keinen Reim darauf machen, was das alles mit Peer, Marzel und ihm zu tun haben sollte. „Junge, Junge, warum habe ich dich überhaupt abgeholt?", motzte Marzel, als er Lutz' ahnungslosen Blick sah. „Das ist jetzt unfair", konterte Lutz, „auch ich mache mir Sorgen um Peer und würde alles tun, um ihm den Arsch zu retten. Das weißt du genau, und das ist vermutlich auch der Grund, warum du mich mit ins Boot geholt hast, oder?" Lutz grinste Marzel siegessicher an. „Das stimmt, Lutz. Ich bin zwar noch gut in Form, aber auch nicht mehr der Jüngste. Verstehst du?" Lutz nickte. „Willst du mir jetzt endlich erzählen, was es mit diesem Video auf sich hat? Ich meine den bedauernswerten Kerl schon mal irgendwo gesehen zu haben!" „Das ist Bernhard Fellner, ein ziemlich berühmter Schauspieler", antwortete Marzel, „und jetzt rate mal, wo ich genau diesen Mann vor ein paar Tagen gesehen habe? Richtig, in der Matrix. Sitzt der doch oben im Café und unterhält sich angeregt mit einem anderen Typen!"

Während Marzel erzählte, achtete Lutz auf den Straßenverkehr. Beim nächsten Fauxpas seines Freundes würde er ihn dazu bringen müssen, den Wagen anzuhalten und die Plätze zu tauschen. „Na ja, ich hatte gerade Pause und trank ein Bier. Eigentlich wollte ich mir von Fellner ein Autogramm geben lassen, nachdem ich ihn erkannt hatte. Die beiden verließen den Laden dann aber ziemlich eilig, sodass das mit dem Autogramm leider nicht geklappt hat." Lutz schaute erwartungsvoll. „Hat die Geschichte noch eine Pointe?" „Und ob", entgegnete Marzel und machte Anstalten, sich die Hände zu reiben. „Gut. Ich bin gespannt. Aber lass deine Griffel am Steuer!" Marzel tat wie ihm geheißen.

„Beim Rausgehen fiel dem zweiten Typen ein Zettel aus seiner Jackentasche. Ich hob ihn auf und wollte ihnen nachgehen, musste dann aber schnell wieder hoch in meine DJ-Kanzel. Als ich frühmorgens zu Hause ankam, warf ich einen Blick darauf. Auf der linken Seite standen Namen, die teils sehr ungewöhnlich klangen. Rechts daneben Zahlen." Lutz gähnte demonstrativ. „Namen und Zahlen. Mein lieber Schwan. Mir fällt gleich das Gebiss aus dem Gesicht, so spannend ist das." Als er Marzels pikierten Blick sah, machte Lutz eine beschwichtigende Geste. „Erzähl bitte weiter. Ich bin sicher, da kommt noch was." Marzel blickte immer noch etwas beleidigt, fuhr aber fort.

„Als ich das Video sah, ist es mir wie Schuppen aus den Haaren gefallen. Das waren Namen von Hunden und Wettquoten." Nun schien auch Lutz endlich Gefallen an der Geschichte zu finden. „Bääm! Mensch, Marzel, an dir ist ein kleiner Hercule Poirot verloren gegangen. Jetzt musst du nur noch herausfinden, wer der Mann war, mit dem sich Fellner getroffen hat." Marzel Urbaniak schaute triumphierend. „Soll ich dir was sagen? Ich weiß längst, wer er ist. Im Gegensatz zu dir schaue ich des Öfteren fern. Vielleicht sogar zu oft. Ich kann manchmal, wenn ich von der DJ-Schicht komme, nicht sofort pennen und mach dann einfach noch mal die Glotze an. Und an einem dieser Tage berichteten die Nachrichten von Gesine Heppner, der Frau des Polizeichefs!" Jetzt kam Lutz wieder nicht mit. „Also, diese Frau ist wohl auf ziemlich abscheuliche Weise ums Leben gekommen. Wünscht man nicht einmal seinem ärgsten Feind. In dem Bericht war aber auch noch kurz ihr Mann zu sehen. Und was soll ich sagen: Das ist exakt der Typ, mit dem sich Bernhard Fellner an dem Abend in der Matrix getroffen und unterhalten hat! Kurt Heppner."

Jetzt war Lutz baff. „Aber das hieße ja, dass Peers Chef in die Sache mit den illegalen Hundekämpfen verwickelt ist? Weiß Peer das denn?" Marzel schaltete einen Gang hoch. „Nein, weder er noch Guddi. Ich habe die beiden bisher nicht erreichen können. Aber ich weiß, wo sie sind. Wir fahren da jetzt hin!" „Du weißt was?" Marzel ballte die Faust. „Ich hab' natürlich auch die Hauptwache angerufen, um zu fragen, wo ich Peer oder Guddi erreichen kann. Der Knabe am Telefon klang reichlich gestresst und hatte außerdem wohl gerade den Mund voll. Hat sich ziemlich verplappert und gesagt, dass sie nicht im Büro seien, da gerade in Holzwickede im Industriegebiet ein Einsatz liefe. So groß ist das dort ja nicht und ihr Fahrzeug werde ich erkennen, wenn ich es sehe."

Lutz Drygalski wusste nicht, ob er weinen oder lachen sollte. „Wir stürzen uns hier also gerade in ein ziemliches Himmelfahrtskommando, wenn ich das alles richtig verstanden habe. Sind wir seit Neuestem Bud Spencer und Terence Hill? Oder anders gefragt: Ist das nicht eher die Aufgabe der Polizei?" Marzel hatte mit Lutz' Einwand gerechnet. „Jetzt mach dir nicht ins Hemd, Lutz. Guddis Kollegen werden natürlich auch wissen, wo sie und Peer sind. Würde mich schwer wundern, wenn die Armada nicht gleich hier aufkreuzt. Allerdings wissen wir mehr als die. Vor allem weiß niemand, weder die Bullen noch Heppner und seine Schergen, dass wir auf dem Weg sind. Mit uns rechnet niemand. Der Moment der Überraschung wird uns helfen, Peer und Guddi zu unterstützen." Lutz bekreuzigte sich. „Dein Wort in Gottes Gehörgang!"

64

Guddi hatte sich von dem Schlag relativ schnell erholt. Ihr Kopf brummte zwar noch heftig, aber sie nahm deutlich wahr, was um sie herum passierte. Und das war alles andere als erfreulich. Peer Modrich hatte man splitterfasernackt auf eine Art Grill geschnallt. Ihr Kollege schien immer noch bewusstlos zu sein, während unter ihm, aus einer Art Mulde, kleine Flammen aufstiegen. Guddi versuchte sich aufzurichten. Man hatte ihr Handschellen angelegt und ihre Füße mit einem stabilen Seil an einem Pfeiler festgebunden. Wenigstens ihren Mund hatte man nicht zugeklebt. Als einzige Waffe blieb ihr also, sich aus Leibeskräften bemerkbar zu machen. Vor allem aber musste sie es schaffen, dass Modrich aus seiner Ohnmacht erwachte. „Modrich! Peer! Wach auf! Ich bin hier hinten!"

Die einzige Reaktion auf Guddis verzweifelte Rufe war die Mündung einer Pistole, in die sie plötzlich blickte. „Die Kollegin Faltermeyer ist endlich wieder unter den Lebenden. Willkommen, liebe Gudrun. Ich hoffe doch sehr, dass die Kopfschmerzen nicht allzu stark sind?" Guddi blickte auf und erkannte ihren Kollegen. „Leitner? Sie? Aber wieso? Ich versteh das nicht!" Kai Leitner lachte schallend auf und setzte sich gegenüber von Guddi auf ein Schaukelpferd. Er nahm etwas Schwung, zog die Beine an, legte seinen Oberkörper auf die Mähne des

Pferdes und sah Guddi eindringlich an. Die Stille in der Halle wurde lediglich vom leisen Knistern des Grillfeuers untermalt, das weiterhin unnachgiebig unter Peer Modrich loderte. Guddi brauchte schnell Hilfe, sonst würde Peer diesen Einsatz nicht überleben. Aber alles, was Leitner machte, war schaukeln und schweigen.

„Was bist du nur für ein krankes Schwein, Kai? Musst du etwas kompensieren?!" Leitner hörte auf zu schaukeln und neigte seinen Kopf noch etwas mehr zur Seite. „Ist es irgendein schlimmes Kindheitsereignis? Bist du mal nachts von deinem Papa im Kleiderschrank eingesperrt worden?" Leitner richtete sich auf. „Oder ist es am Ende doch nur dein viel zu kleiner Schwanz, der dir nicht mehr gehorcht?"

Wie eine Feder schnellte Leitner auf Guddi zu und rammte ihr die Faust ins Gesicht. „Nein, Mama. Das ist es nicht, Mama. Ich bin ein glücklicher Junge, Mama. Aber irgendjemand hat mir mein Schaukelpferd geklaut. Mama, hast du gehört? Mein Schaukelpferd ist weg!" Guddi hatte starke Schmerzen, aber das Adrenalin, das in ihr floss, ließ sie den Schmerz schnell verdrängen. Was faselte Leitner da? Sie blickte noch einmal hinüber zu dem Pferd. Augenblicklich ersetzte nackte Panik das Adrenalin. Das war das Schaukelpferd ihrer Söhne! „Wie kommt das hierher? Herrgott im Himmel, sag mir bitte, dass das nicht wahr ist!"

„Gudrun, bist du das? Wir sind hier hinten. Uns geht es gut, mach dir keine Sorgen!" Guddi nahm das bedrohliche Knurren von mehreren Hunden wahr, ein dumpfer

Schlag war zu hören, fast zeitgleich ein leises Stöhnen und das entsetzte Wimmern von Kindern. „Tja, liebe Guddi, damit hast du wohl nicht gerechnet, was? Der Brief, den Hartmut dir hinterlassen hat, ist ja auch tatsächlich von ihm geschrieben worden. Insofern war die Botschaft schon irgendwie authentisch, auch wenn ich den Wortlaut an der einen oder anderen Stelle, sagen wir mal, etwas beeinflusst habe. Die Anrufe mit seinem Handy waren natürlich ein Risiko, aber da du ja gerade im Einsatz warst, konnte ich das getrost eingehen." Guddis Panik war immens. Rein gar nichts deutete darauf hin, dass sie, ihre Familie oder Peer unbeschadet aus dem Schlamassel, in dem sie alle steckten, rauskommen sollten. Das Einzige, das ihr ein klein wenig Hoffnung gab, war die Erkenntnis, dass Hartmut sie offenbar doch nicht verlassen hatte. Ihre Ehe war also nicht ganz so kaputt, wie sie es sich in den letzten Tagen fortwährend eingeredet hatte.

„Was hast du mit der ganzen Sache hier zu tun, Leitner? Warum musst du meine Familie mit reinziehen? Was haben sie dir getan? Lass sie frei und behalte mich und Modrich als Geisel. Ich bitte dich." Leitner schien nicht zuzuhören, bohrte stattdessen tief in seiner riesigen Nase. Schließlich drehte er sich wieder zu Guddi, die verzweifelt auf irgendeine Reaktion wartete. „Die Falschheit herrschet, die Hinterlist, bei dem feigen Menschengeschlechte!" Guddi ließ Leitners Worte langsam auf sich wirken. Ihr Peiniger wollte gerade ansetzen und noch etwas zu ihr sagen, als sie Peer sagen hörte:

„Jetzt halt mal den ollen Schiller aus der Sache raus und komm besser auf den Punkt."

Guddi konnte es nicht fassen. Nicht nur, dass Modrich selbst in der bescheidensten Lage für einen guten Spruch zu haben war. Woher zum Teufel kannte er sich so gut mit deutschen Klassikern aus? Leitner schien sich regelrecht zu freuen, dass Modrich wieder bei Bewusstsein war. Er klatschte in die Hände wie ein kleiner Junge, der feststellte, dass er zu Weihnachten genau das Spielzeug bekam, das er sich schon lange gewünscht hatte. Dann steckte er den Daumen und den Zeigefinger seiner rechten Hand in den Mund und pfiff spitz. „Ach ja, und es wäre sicher ratsam", fuhr Modrich mit ruhiger Stimme fort, „wenn ihr mich hier runterholt. Denn eins ist klar: Eine lebende Geisel kann euch deutlich nützlicher sein als eine tote. Und wenn ich noch etwas länger hier auf dem Grill schmore, werde ich schon bald das Zeitliche segnen. Und speziell du, Leitner, solltest wissen, was der Knast mit Polizistenmördern macht!"

Noch während dieses Vortrags war auf Leitners Pfiff hin eine Gestalt aus einem kleinen Verschlag aufgetaucht. Aus seiner Spanferkelperspektive konnte Modrich nun etwas erkennen, was ihn schier entsetzte und ihm für einige Sekunden den Atem raubte. Es war die Ärztin, Bea. Was in aller Welt hatte die hier ...? Natürlich! Frau Dr. ... Leitner! Zu dem seit Wochen in Peers Kopf brodelnden Gefühlschaos mischten sich augenblicklich übelste Selbstbeschimpfungen. Alle sterbenden Väter, deprimierten Kolleginnen, Bauchschmetterlinge und

Mordserien der Welt zusammen hätten nicht dazu führen dürfen, dass er einen solchen Hinweis schlichtweg ignoriert hatte. Aber für Selbstvorwürfe war es jetzt wohl deutlich zu spät.

Triumphierend zog Kai Leitner Bea zu sich und legte den Arm wie eine Schlinge um sie. „Darf ich euch meine Schwester vorstellen!? Also eigentlich ist sie meine Stiefschwester, aber wir wollen heute mal nicht so kleinlich sein!" Er zog sie noch näher zu sich, sodass sich ihre Gesichter fast berührten. „Schließlich haben wir es bei der Frage nach den Familienverhältnissen in letzter Zeit auch nicht so eng gesehen, oder? Besonders nachts, hm?" Leitner schloss genießerisch die Augen, während Bea eher etwas beschämt zu Boden blickte.

„Leitner? Hallo, Herr von und zu?" Modrich hatte sich wieder gefangen und klang reichlich genervt, schaffte es damit aber, Leitner zurück in die Realität zu holen. „Wenn ich mehr über Geschwisterliebe herausfinden möchte, höre ich Die Ärzte!" Guddi konnte sich ein Lachen kaum verkneifen. Da hängt doch tatsächlich ihr Kollege, wie Gott ihn erschaffen hatte, über einem offenen Feuer und war trotzdem noch in der Lage, seinen Humor nicht zu verlieren. Guddi wusste aber auch, dass das zu Modrichs Plan gehörte. Oder zumindest hoffte sie, dass dem so war. Modrich legte nach. „Ich kann dich übrigens gut verstehen, Kai. Bea ist nackt noch hübscher als angezogen. Und darüberhinaus ist sie ein sehr, sehr unanständiges Mädchen." Leitner legte den Kopf wieder etwas schief, während

Modrich weiter gegrillt wurde. „Was ist mit dir? Kopfweh? Oder hast du den Kinski-Blick für heute vor dem Spiegel geprobt? Kai, mach mich los, komm schon. Ich verspreche dir dann, dass ich alles, aber auch wirklich alles über Bea Leitner und Peer Modrich erzähle. Da gibt es nämlich einiges, musst du wissen. Nicht wahr, Frau Doktor?"

65

Lars Kruschek hatte seinen Dienstwagen in einer Seitenstraße geparkt und beschlossen, die letzten Meter zu der Halle zu Fuß zurückzulegen. Das Halfter seiner Dienstwaffe hatte er geöffnet, mit dem Zeige- und dem Mittelfinger strich er fast zärtlich am Griff der Waffe entlang. Er hatte nicht vor, auf Verstärkung zu warten. Das Ganze war sein Fall geworden. Er wusste mehr als alle anderen Polizeibeamten, die in den Fall involviert waren. Das verlieh Kruschek ein echtes Hochgefühl. Niemals zuvor hatte er sich so wichtig gefühlt. Und nun, so kurz vor seiner Pensionierung, bekam er endlich die Chance, allen zu zeigen, was für ein herausragender Polizist er war.

Der Typ, der vor dem Eingangstor der Halle stand und eine Zigarette rauchte, war für Kruschek kein Unbekannter. Schnell identifizierte er ihn als den Mann, der zusammen mit Stefanie Mellinger auf den Fotos aus Äthiopien zu sehen war. Auch das war so eine Erkenntnis, die er bislang mit niemandem teilen konnte. Joe Sanderson hatte mit Drogen gehandelt und sich und die Mellinger zu Kath-Zombies gemacht. Und dieser Typ da musste mindestens Mellingers Bruder sein. Die Ähnlichkeit war wirklich so verblüffend wie offenkundig. Und wer, wenn nicht er, hätte ein vortreffliches

Motiv, Joe Sanderson zu töten und sich somit für all das zu rächen, was sie seiner Schwester zugefügt hatte?

Boris Mellinger hatte die Nase voll vom Töten. Dass er die Frau erschossen hatte, die seine Schwester um ein Haar auf den Gewissen gehabt hätte, war gut und richtig. Die Sache mit dem Schauspieler war auch irgendwie okay, weil der Typ menschlicher Abschaum war. Obwohl – getan hatte der ihm nichts, insofern gab es eigentlich für Boris keinen Grund, ihn so zu quälen. Doch Leitner war wie immer in allem überzeugend. Und auch Stef fand mit Kai immer neue „Sünder", die es zu erlösen galt. Ihnen zu widersprechen war Boris Mellinger schlichtweg nicht möglich. Aber jetzt gingen sie zu weit. Die Familie dieser Polizistin zu entführen machte doch überhaupt keinen Sinn! Sie hatten niemandem etwas getan. Leitner und auch Stef schienen sich mittlerweile in ihrem selbstgerechten Wahn als eine Art Richter über Leben und Tod zu sehen. Während Boris diese ganze Erlöser-Nummer mehr oder minder mitspielte, glaubten Kai und Stef tatsächlich daran, dass sie ihre Opfer nicht töteten, sondern sie von ihren Sünden erlösten.

Wenn es nach Boris ginge, wären er und Stef schon längst über alle Berge. Aber er konnte seine Schwester nicht alleine lassen. Innerlich verfluchte er den Tag, an dem Stef und er den Leitners zum ersten Mal begegnet waren, damals in Äthiopien. Alles schien irgendwie richtig zu sein und zu passen. Sie waren Seelenverwandte, die von ähnlichen Rachemotiven getrieben waren. Ein Polizist und eine Ärztin als Partner im heroischen Kampf gegen all jene, denen jeglicher Anstand abhanden gekommen war.

„Können Sie mir eventuell sagen, wie ich zum Bahnhof komme?" Boris Mellinger kannte die Order, mit niemandem zu sprechen, deshalb wollte er sich umdrehen und wieder zurück in die Halle gehen. Doch dann spürte er den kalten Lauf einer Pistole in seinem Nacken und hob instinktiv die Hände. „Schön ruhig bleiben und die Klappe halte, mein Freund", sagte Kruschek eindringlich. In Windeseile hatte er Boris Mellingers Arme auf dessen Rücken verschränkt und ihm Handschellen angelegt. Mit aller ihm zur Verfügung stehenden Kraft zerrte er ihn zu Boden und setzte die Pistole auf Mellingers Stirn. „Ich weiß, dass du der Bruder von dieser durchgeknallten Tussi bist, die wir nach dem Mord an Joe Sanderson verhören wollten. Die Verrückte hat meinem Kollegen Modrich fast den Kiefer gebrochen." Ein etwas linkisches Grinsen legte sich auf das Gesicht von Boris Mellinger. „Ich möchte wetten", fuhr Kruschek fort, „dass du die Sanderson erschossen hast, richtig? Was hat sie deiner Schwester noch angetan? Außer sie mit Drogen vollzupumpen?" Boris Mellingers Blick war plötzlich voller Hass. Er wollte aufstehen, wurde aber von Kruschek unsanft zu Boden befördert. „Ich gehe jetzt mit dir langsam da rein. Meine Waffe wird dabei die ganze Zeit auf deinen Hinterkopf gerichtet sein. Solltest du irgendeinen Scheiß planen oder dein dämliches Maul aufreißen, wird eine Kugel deinen Schädel zerfetzen. Überleg dir also gut, was du tust." Boris Mellinger senkte resigniert den Blick. „Bitte tun Sie Stef nichts", flüsterte er schließlich, „die beiden anderen können Sie meinetwegen erschießen, von mir aus auch mich. Aber nicht Stef. Sie hat endlich ein normales Leben verdient." Kruschek hielt für einen Moment inne. Er hatte geahnt, dass es noch weitere Täter gab. Jetzt hatte er Gewissheit. Vielleicht war es doch vernünftiger, auf die Verstärkung zu warten?

„Ich sage dir, was du jetzt tun wirst, Mellinger. Du sagst mir langsam und leise, wer alles – außer deiner entzückenden Schwester – noch da drin ist. Vor allem aber klärst du mich darüber auf, wer zu den Guten und wer zu den Bösen gehört. Los, wird's bald?" Boris Mellinger erkannte nun, dass es für ihn das Beste sein würde, mit der Polizei zusammenzuarbeiten. Ihm drohte eine langjähre Haftstrafe, aber seine Schwester konnte noch einigermaßen glimpflich aus der Nummer herauskommen. Auch wenn eine Entführung sicherlich nicht als Kavaliersdelikt angesehen werden konnte. Das mit Fellner musste er diesem Bullen ja nicht unbedingt auf die Nase binden.

„Der Schauspieler ist vermutlich tot. Den hat Ihr Kollege auf dem Gewissen." „Leitner, ich wusste es", murmelte Kruschek. „Na, der wird sein blaues Wunder erleben. Was ist mit meinen Kollegen? Sind die hier aufgetaucht?" Mellinger nickte und deutete auf das Tor. „Den berühmten Kommissar Modrich hätte es um ein Haar zerlegt, als er das Tor anfasste. Aber das bisschen Strom ist nichts im Vergleich zu dem Problem, das er jetzt hat. Ach, und seiner Kollegin habe ich eins übergebraten. Die wird sicher auch nicht bester Laune sein, vor allem, weil sie nun weiß, dass ihr Mann und ihre Kinder ebenfalls dort drinnen gefangen gehalten werden."

Lars Kruschek musste sich irgendwo festhalten. Das Szenario war dann doch deutlich umfangreicher, als er erwartet hatte. Er alleine hätte keine große Chance. Oder etwa doch? Immerhin hatte ihn immer noch niemand auf dem Zettel. Sie hatten Modrich und Faltermeyer überwältigt und rechneten jetzt vermutlich mit einem Großaufgebot der Polizei, nicht mit einem Einzelkämpfer. Wenn es aber stimmte, was Boris Mellinger erzählte, dann durfte Kruschek keine Sekunde länger warten und musste sich augenblicklich ins Kampfgetümmel stürzen, wollte er seine geschätzten Kollegen lebend wiedersehen. „Du zeigst mir jetzt, wo man den Strom abstellt", sagte Kruschek entschlossen zu Boris Mellinger und wedelte mit seiner Dienstwaffe herum, „und wehe, du hast mir irgendetwas verschwiegen. Denk immer an die Löcher, die die Lady hier in deinem Kopf hinterlassen könnte!"

66

„Wohin fahren wir eigentlich?" Vince Maiwald klang beunruhigt. Seitdem er und Heppner das Krankenhaus verlassen hatten, wirkte der Mann auf dem Fahrersitz extrem in sich gekehrt. Die Meldungen, die sie in Heppners Wagen über den Polizeifunk hörten, waren für Vince mehr oder weniger böhmische Dörfer. Zu viele Abkürzungen. Was er aber sehr wohl wusste, war, dass sich das Zielobjekt irgendwo in Holzwickede befand, der Kontakt zu dieser Kommissarin und ihrem Kollegen abgebrochen war und man zusätzliche Kräfte auf den Weg gebracht hatte.

„Es ist an der Zeit, das ganze Theater hier zu beenden und dir endlich reinen Wein einzuschenken, mein Sohn!" Vince Maiwald erschrak ein wenig, als Kurt Heppner das sagte. Seine Stimme hatte etwas sehr Eindringliches. „Ich bin nicht der Mensch, für den du mich vermutlich hältst! Den Umweg über die Apotheke und zu meinem alten Spezi Teichel hätten wir uns eigentlich sparen können. Allerdings wollte ich dich in Sicherheit wiegen und dir damit das Gefühl geben, ich sei einer der Guten. Ich bin es nicht. Ich habe Dinge getan, die man als Chef einer Polizeibehörde auf keinen Fall tun sollte." Langsam bekam es Vince mit der Angst zu tun und er rutschte auf dem Beifahrersitz hin und her. „Sie sind ein guter Mensch, Kurt Heppner. Ich habe keine

Ahnung, was Sie mir erzählen wollen, aber ich denke nicht, dass das mein Bild von Ihnen zerstören könnte. Am besten ist es, Sie sagen mir einfach, wohin wir fahren, und behalten den Rest für sich. Wie klingt das?" Vince versuchte, sein charmantestes Lächeln aufzusetzen. Es glich dem Lächeln, auf das Jan Kogler so abgefahren war und das die beiden schließlich zusammengebracht hatte.

„Ich wusste von alldem", setzte Heppner wieder an, diesmal seltsam tonlos, wie Vince fand. „Die Schweine haben mich erpresst, weil ich zweimal zu diesen Hundekämpfen gegangen bin. Ganze zwei Mal! Dann haben sie meine Frau entführt und sie schließlich getötet. Und nun vermutlich auch meinen Freund." Vince Maiwald erinnerte sich an einen Namen, der im Polizeifunk immer wieder genannt worden war. Fengler oder so ähnlich. „Was meinen Sie damit, dass Sie von alldem wussten? Ich wiederhole mich gern, wenn Ihnen das hilft: Für mich sind Sie einer der Guten, also tun Sie mir einen Gefallen und lassen Sie mich bitte in dem Glauben." „Dafür ist es nun zu spät. Ich konnte nichts tun. Sie hatten mich mit den Aufnahmen, die sie heimlich von Fellner in der Hundekampfarena gemacht haben, im Griff, denn auf einigen war ich ebenfalls zu sehen. Auch wenn mein Vergehen vergleichsweise geringfügiger Natur war, mein Ruf und meine Karriere wären für immer dahin gewesen. Ich konnte nur hilflos mit ansehen, wie die Welt um mich herum aus den Fugen geriet und schließlich zusammenbrach! Trotzdem dachte ich, das Ganze unbeschadet zu überstehen und denen irgendwann das Handwerk legen zu können. Aber dann haben sie sich Gesine geholt!" Vince fühlte sich nun zunehmend unwohl in seiner Haut. Neben ihm saß der amtierende Polizeichef Dortmunds und beichtete ihm, dass er erpresst wurde und er die Mörder seiner Frau kannte. Seinen Kollegen hatte er all das nicht gesagt, aus gutem Grund. Warum also weihte er Vince nun in alles ein?

Die Waffe mit dem Schalldämpfer hatte Heppner mit der linken Hand aus der Türablage seines Wagens gezogen. „Ich werde nun mit allen abrechnen müssen, am Ende mit mir. Und ich kann dich jetzt leider gar nicht mehr gebrauchen!" Vince hatte geistesgegenwärtig die Beifahrertür geöffnet, noch bevor Heppner die Waffe gegen ihn richten konnte. Es war der Klang in Heppners Stimme, der ihm versicherte, dass er in Lebensgefahr steckte. Geschickt ließ er sich rückwärts aus dem fahrenden Wagen rollen. Heppner drückte ab, streifte Vince aber nur an der Schulter. Er fiel eine flache Böschung hinunter, überschlug sich ein paar Mal und blieb dann regungslos liegen. Heppner bremste scharf und fluchte. Hatte er Vince Maiwald getroffen oder nicht? Und wenn nicht, hatte der Sturz aus dem Auto den gewünschten Erfolg erzielt? Er wollte sich vergewissern, beschloss dann aber, die Beifahrertür zu schließen und weiterzufahren. Es galt, ein Leben zu retten, dessen Licht womöglich schon erloschen war. Wenn dem so war, würde er alle, die daran Schuld trugen, zur Rechenschaft ziehen. Kurt Heppner gab Vollgas.

67

Guddis Handy brummte unentwegt. Kurioserweise hatte Leitner ihr das Teil bislang nicht abgenommen. Na ja, der Kollege war in seiner bisherigen Laufbahn als Polizist nie durch besondere Sorgfalt aufgefallen. Seiner Karriere hatte das des öfteren im Wege gestanden und auch nicht dafür gesorgt, dass die Kollegen mit Hochachtung von ihm sprachen. Konnte jemand, der niemals die Anerkennung seiner Mitmenschen verspürt hatte, eines Tages zu einem skrupellosen Mörder werden, der Spaß daran fand, seine Opfer zu quälen, bevor sie starben? Vermutlich war das ein Ansatz, der Meike Ressler zu einer umfangreichen Diagnose verleitet hätte. Aber offenbar war da ja noch etwas anderes, was Guddi noch nicht hinlänglich begriffen hatte.

Die Situation, in der sie und Modrich sich befanden, war immer noch aussichtslos. Guddi blickte hinüber zum Menschengrill, auf dem Modrich nach wie vor festgeschnallt war. Ihr Kollege rührte sich nicht. Alles, was er von Zeit zu Zeit hervorbrachte, waren bitterböse Sprüche in Richtung Kai Leitner. Er wollte ihn sicher so lange provozieren, bis er irgendetwas Unbedachtes unternahm. Leider war das bislang nicht gelungen. Kai Leitner saß mit seiner Schwester etwas abseits vom Grill und diskutierte mit ihr. Guddi selbst hing ihren Gedanken nach und versuchte auszublenden, dass nicht nur sie, sondern auch ihre Familie in Lebensgefahr schwebte. Sie würde vermutlich verrückt werden und ihrerseits gravierende Fehler begehen, wenn sie nicht einigermaßen professionell den Schlamassel analysierte, in dem sie und ihre Liebsten steckten. Wo blieb bloß die Verstärkung?

Plötzlich sah sie hinter dem Menschengrill die Silhouette einer Person. Der Mann ging langsam, er hatte die Arme auf dem Rücken verschränkt. Trug er Handschellen? Und hinter ihm …! Guddi erkannte ihren Kollegen und musste augenblicklich dagegen ankämpfen, nicht vor Freude aufzuschreien. Kruschek versetzte Boris Mellinger einen humorlosen Schlag ins Genick, sodass der bewusstlos zu Boden sackte. Von dem Geräusch aufgeschreckt, fuhren Bea und Kai Leitner herum und sahen in den Lauf von Kruscheks Dienstwaffe. „Leitner! An der Nase eines Mannes erkennt man seinen Johannes. Trifft auf dich eher nicht zu, was? Wer so etwas tut, dürfte phallustechnisch eher Königin als König sein." Leitner starrte Kruschek kalt an. Doch der ließ sich nicht einschüchtern, „Losbinden, beide, und zwar sofort. Und bringen Sie meinem Kollegen bitte etwas zum Anziehen. Es ziemt sich nicht, einer Dame so gegenüberzutreten!"

Modrich drehte seinen Kopf und lächelte Kruschek mit schmerzverzerrtem Gesicht an. „Lars, dich schickt der Himmel. Und um die ‚Dame', wie du sie nennst, musst du dir keine Sorgen machen. Wir, also mein Körper und der ihre, hatten bereits das Vergnügen. Leitner, binde mich jetzt augenblicklich los, damit ich dir ins Gesicht spucken kann." "Halt stopp", unterbrach Kruschek Modrich, "bevor wir hier irgendeine böse Überraschung erleben, würde ich doch vorschlagen, dass ihr zwei euch erst einmal aller Klamotten entledigt. Nicht, dass da noch eine unregistrierte Waffe aus der Asservatenkammer in Leitners Feinripp steckt. Peer, kannst du's noch so lange aushalten auf dem Ding?" Modrich nickte. "Also los: Runter mit den Sachen und dann weiter wie besprochen!"

Kruschek hatte sichtlich Spaß an der Situation. Er wippte immer wieder von den Fersen auf seine Zehenspitzen. Jetzt fehlte nur noch jemand, der ihm wirklich auf die Schulter klopfte für seine Heldentat. Als er die Waffe an Leitners Wade sah, klatschte er sich innerlich Beifall. "Da ist ja das kleine Luder. Wie recht ich doch hatte." Kruschek begann zu tänzeln. Alles erschien plötzlich ganz leicht. Er alleine hatte den Fall gelöst. Er, Lars Kruschek, würde als Held gefeiert werden. Er würde den verdienten Orden nehmen und in seine Schrebergartenlaube hängen und bei der nächsten Skatrunde seinen Freunden zeigen. "Los, schneller, Leitner. Das dauert mir alles zu lange hier. Wo ist der Schlüssel von den Handschellen? Das übernimmt die Kollegin selbst." Leitner warf den Schlüssel unmittelbar vor Guddi auf den Boden und machte sich daran, die Fesseln von Peer Modrich zu lösen.

Kruschek vollführte ein letztes Mal eine Art Veitstanz, als ihn die Kugel aus Stefanie Mellingers Pistole direkt ins Herz traf. Leblos sackte er zusammen und schlug mit dem Kopf dumpf auf dem Hallenboden auf. „Niemand kommt hier lebend raus!" Mellinger schrie wie eine Wahnsinnige und lief, mit der Waffe im Anschlag, zu ihrem am Boden liegenden Bruder. Aus dessen Ohr tropfte Blut. Kruschek hatte ihn wohl schwerer verletzt. „Bo, hörst du mich? Wer hat dir das angetan? Hab ich das Schwein erwischt?" Mellinger war wie von Sinnen. Als sie Guddi sah, drehte sie völlig durch. „Vielleicht sollte ich dich vor deiner Familie töten, häh? Schließlich bist du schuld daran, dass deine Söhne quasi ohne Mutter aufwachsen. Hartmut hat mir alles erzählt. Er hat etwas Besseres als dich verdient. Und für die Jungs macht es eh keinen großen Unterschied, wenn du jetzt stirbst!" Guddi war nur noch an den Füßen gefesselt und griff geistesgegenwärtig nach irgendetwas, das ihr Schutz vor den Kugeln geben sollte, die Stefanie Mellinger im Begriff war, auf sie abzufeuern. Da Bea Leitner das Einzige war, was sich in Guddis Nähe befand, zog sie die Ärztin kurzerhand vor sich. Keine Sekunde später schlugen drei Kugeln in den zuckenden, nackten Körper von Bea Leitner ein. Voller Entsetzen vergaß Kai Leitner alles um sich herum und eilte zu seiner Schwester. Peer Modrich schaffte es gerade noch, den Grill zu verlassen und kauerte auf dem Boden.

„Großer Gott, Stef, was hast du getan?" Kai Leitner beugte sich über den toten Körper seiner Schwester und weinte hemmungslos. Aus dem Hintergrund waren die panischen Schreie der Zwillinge zu hören. Auch Hartmut war zu hören, allerdings war das kein Schreien, sondern ein heiserer Ausruf: „Allmächtiger, er lebt!"

68

Als sein Kameramann und Befehlsempfänger Fabian in die vor der Halle gelegene Straße einbog, wähnte sich Bodo Gleiwitz kurz vor dem Ziel und rieb sich siegessicher die Hände. Diesmal hatte er die Nase vorn. Alle anderen Sender hatten zwar auch das Video gebracht, aber es nicht geschafft, die Fährte weiterzuverfolgen. Die Einschaltquoten würden gewiss gigantisch werden. Als Fabian eine Vollbremsung machte, hatte Gleiwitz sich gerade einen Kaffee aus seiner Thermoskanne eingeschenkt und kippte das heiße Nass in Richtung Windschutzscheibe. Langsam rann der Kaffee die Scheibe hinunter und offenbarte den Grund für die Vollbremsung. Ein Taxi hatte sich quer zur Straße gestellt, davor stand ein Mann, den Gleiwitz lange nicht mehr gesehen hatte und deshalb nur allmählich wiedererkannte.

„Felix Modrich. Der hat mir gerade noch gefehlt!" Zögerlich stieg Gleiwitz aus dem Wagen. Während Modrichs Zeit als Kommissar hatten die beiden ein angespanntes Verhältnis. Es gab nicht wenige, die sogar behaupteten, sie hätten sich abgrundtief gehasst. Mit Modrichs Pensionierung war Gleiwitz ein regelrechter Stein vom Herzen gefallen. Mit seinem Sohn Peer würde er schon fertig werden. So hoffte er jedenfalls.

„Meine Damen und Herren, darf ich vorstellen, das Ekzem am Arsch der Menschheit: Bodo Gleiwitz! Mir war so klar, dass du dir das Spektakel hier nicht entgehen lassen würdest!" Gleiwitz lächelte gequält. „Kommissar Felix Modrich. Die Freude ist ganz auf meiner Seite! Kommissar a. D., wie es ja korrekterweise heißen müsste. Und unter uns: Du siehst echt beschissen aus!" Fabian im Aufnahmewagen und Aki im Taxi beobachteten mit großen Augen, wie die beiden älteren Herren aufeinander zugingen. Langsam, aber mit festem Schritt. Das Ganze hatte etwas von einem Wild-West-Duell.

„Ich weiß genau, dass du hier die Story des Jahres witterst", fuhr Modrich fort, „und mir ist durchaus bewusst, dass ich eigentlich nicht befugt bin, dich daran zu hindern, da reinzugehen. Ich tue es trotzdem. Und wenn es das Letzte ist, was ich in diesem Leben tue." Gleiwitz tat besorgt. „So schlimm steht es um dich? Ich hatte wirklich gehofft, dein schlechter Allgemeinzustand ist einfach eine Folge deines Lebenswandels." Modrich lächelte. „Keine Bange. Sie hat alles versucht, mich ins Jenseits zu befördern, aber so schnell wirst du mich nicht los." Gleiwitz schaute Modrich fragend an. „Sie? Ich wusste doch, dass, der große Modrich nur durch die Hand einer Frau zugrunde gehen würde!" „Da liegst du nicht so falsch", gab Modrich zurück. „Stell dir vor: Meine eigene Tochter hasst mich so sehr, dass sie mich mit irgendeinem Mittel vergiftet hat. Alle dachten, ich würde den Krebstod sterben. Und sie hatte sogar einen sehr guten Grund dafür!" Gleiwitz zückte sein Notizbuch und einen Stift. „Ich will alles wissen!" Modrich hatte Gleiwitz am Haken. „Nicht so schnell, du

Kanalratte. Du kriegst sie, die Story. Aber du kommst hier nur vorbei, wenn du mir erzählst, was ihr über die Hintergründe der Morde und Fellners Entführung wisst. Ich habe leider nur wenige Informationen, viel Zeit zur Recherche hatte ich nicht." Modrich warf dem Taxifahrer einen kurzen Blick zu. „Aber dafür wusste mein Taxifahrer so einiges. Dieses Video mit Bernhard Fellner scheint ja jeder Fernsehsender zum Frühstück gezeigt zu haben. Ist doch auch völlig wurscht, wer sich das anschaut, oder? Hauptsache, die Quote stimmt. Was weißt du also darüber? Und fass dich bitte kurz."

Gleiwitz zuckte mit den Schultern. „Dass ausgerechnet du den Moralapostel mimst, ist schon beachtlich. Eigentlich gibt es nicht viel zu sagen, Felix. Ich denke, viele von uns haben Geheimnisse. Dunkle Geheimnisse, die besser im Verborgenen bleiben. Wenn sie dann doch rauskommen, gibt es Probleme. Meistens sind das aber keine großen Sachen. Bei Prominenten ist das etwas anders gelagert. Wenn da ein solches Geheimnis gelüftet wird, kann es das Ende der Karriere bedeuten!" „Aha", bemerkte Modrich, „was ich jetzt nicht verstehe, ist, warum diese dunklen Geheimnisse nicht herausgekommen sind, wenn du, der große Bodo Gleiwitz, davon Wind bekommen hast?" Gleiwitz war die Frage sichtbar unangenehm. Nervös trat er von einem Bein aufs andere. Modrich schlug sich mit der flachen Hand an die Stirn. „Natürlich! Ihr wurdet dafür bezahlt, die Klappe zu halten. Ist es so?" Bodo Gleiwitz nickte. „Glaub mir, Felix. Wir wissen Dinge, mit denen die Öffentlichkeit nur schlecht klar käme. Unangenehme Wahrheiten über Idole und Publikumslieblinge zu verbreiten, ist einfach nicht unser Ding." „Dann solltest du dir schnellstens einen neuen Job suchen, Gleiwitz. Es ist eure verdammte Pflicht, über die Wahrheit zu berichten und nicht, Gerüchte zu verbreiten. Nichts in dieser Welt sollte so heikel sein, dass man euch mit Geld zum Schweigen bringt. Das, was dieser Fellner getan hat, ist absolut widerwärtig. Seine Fans hätten es durch euch eventuell etwas schonender beigebracht bekommen. Und komm mir jetzt bloß nicht mit Moral! Als die Schockbilder von Fellners Geständnis erst mal in Umlauf waren, konntet ihr doch alle nicht schnell genug auf den Zug aufspringen. Oder warum bist du jetzt hier, hm?" „Die Privatsphäre geht niemanden etwas an, Felix", konterte Gleiwitz. „Hat irgendjemand über deine Affären berichtet? Nein. Und das war doch gut so, oder? Stell dir vor, deine Frau hätte all das aus der Zeitung erfahren." Felix Modrich seufzte und murmelte ein „Wenn du wüsstest", als sie die Polizeisirenen hörten. Gleiwitz blickte zu Fabian hinüber. „Schmeiß den Motor an! Felix, lass dir bitte den Rest von deinem Sohn erzählen, okay? Der ermittelt schließlich in dem Fall und wird sicher einiges über schwule Fußballprofis, zugedröhnte Rocksängerinnen und perverse Schauspieler wissen. Frag ihn doch mal nach der ehrenwerten Celebs-Gesellschaft. Mich würde wirklich brennend interessieren, wie er über alles denkt. Vielleicht treffen wir uns mal zu dritt auf ein Bier, wenn das alles hier vorbei ist und quatschen? Aber jetzt würde ich gern meine Arbeit machen. Also sag deinem Taxifahrer, dass er zur Seite fahren soll." Modrich war völlig perplex. Er hatte sich spontan entschieden, die Zufahrt zu sperren, als Aki Gleiwitz' Fahrzeug hinter ihnen bemerkt hatte, konnte er doch nicht wissen, wer sich da noch auf dem Weg zum Einsatzort befand. Nun wurde ihm klar, dass es besser war, zum Tatort zu fahren und zu helfen. Ihr nächstes Treffen würde vermutlich ein sehr langes und intensives werden.

69

Hartmut Faltermeyer hatte sich während der Schießerei schützend über seine beiden Söhne gelegt. Nun schien ihnen der Himmel endgültig auf den Kopf zu fallen. Ihm wurde etwas wehmütig zu Mute, als ihm dieser Gedanke durch den Kopf ging. Die wenigen gemeinsamen Stunden, die er in den letzten Jahren mit Guddi verbracht hatte, waren meist von gegenseitigen Vorwürfen geprägt gewesen. Was so sicher wie das Amen in der Kirche war: Sie hätten niemals Kinder in die Welt setzen dürfen. Bevor Leo und Fred da waren, hatten die beiden in ihrer übersichtlichen freien Zeit wenigstens noch Dinge unternommen, die sie den beruflichen Stress vergessen ließen. Ein gemeinsames Hobby von Hartmut und Guddi war das Sammeln von alten Comics. Besonders die Asterix-Reihe hatte es ihnen angetan. Als Hartmut auf einer Comic-Tauschbörse die von Goscinny und Uderzo signierte Erstausgabe von *Asterix bei den Olympischen Spielen* erstand, ließen sie abends die Korken knallen. Sechs Wochen später wusste Guddi, dass sie schwanger war.

Am Anfang waren sie eine glückliche Familie. Natürlich war es mit den Zwillingen stressiger, aber dadurch, dass Guddi im Mutterschutz war, hatten sie genügend Zeit, um alle Dinge des alltäglichen Lebens zu regeln. Und wenn es doch mal schwierig wurde, wussten sie sich mit Zitaten aus ihren Asterix-Comics aufzuheitern. Der wichtigste Leitspruch ihrer Beziehung wurde ein Zitat des Gallierhäuptlings Majestix: ‚Ich fürchte nur ein Ding, dass mir der Himmel auf den Kopf fallen könnte!' Manchmal nannte Guddi ihren Hartmut sogar zärtlich Schnäuzelchen.

Als Guddi aber wieder in den Dienst zurückkehrte, war das der Anfang vom Ende ihrer Beziehung. Guddi kam regelmäßig erst mitten in der Nacht nach Hause. Den Job brachte sie häufiger mit ins traute Heim als ihnen guttat. Der Schlafmangel tat sein Übriges. Irgendwann fing das Frühstück mit großem Palaver an, mit gegenseitigen Schuldzuweisungen und ungerechtfertigten Wutausbrüchen gegenüber Leo und Fred. Und Sex gab es gar nicht mehr. Vor ungefähr fünf Jahren dann ging Hartmut zum ersten Mal in ein Bordell. Richtig fremd zu gehen, mit geheimen Treffen und einer Parallelbeziehung, wäre ihm nie in den Sinn gekommen. Es war auf einer Energieversorgermesse in Köln, als er mit ein paar seiner Arbeitskollegen abends noch loszog. Die Dinge nahmen ihren Lauf, der Alkohol spielte natürlich auch eine Rolle. Zusammen mit sechs weiteren Schlipsträgern, wie Guddi ihn und seine Kollegen vom Vertrieb verächtlich nannte, saß er plötzlich inmitten von vollbusigen und willigen Frauen, die ihnen jeden noch so abwegigen Wunsch scheinbar problemlos zu erfüllen bereit waren. Seit diesem Abend konnte es Hartmut nicht mehr lassen. Er redete sich ein, dass es allemal besser war, sein Geld in einem Bordell zu lassen, als seine Frau wirklich zu betrügen. Denn eins stand für ihn fest: Er liebte Guddi mehr als sein Leben!

Vor gut anderthalb Jahren lernte er Stefanie Mellinger kennen, die damals unter dem ‚Künstlernamen' Lydja in einem mondänen Nachtklub kurz vor der holländischen Grenze arbeitete. Sie war, anders als die meisten Frauen in diesem Gewerbe, von eher unscheinbarer Figur. Fast schon jungenhaft kam sie daher. In ihren Augen lag etwas Scheues, etwas Schutzbedürftiges. Darauf sprangen nicht viele Männer an. Lydja hatte nur wenige Stammkunden. Hartmut Faltermeyer gehörte dazu und, was er nicht wissen konnte, auch Frank Wiegand. Der Sex mit Lydja stellte alles bisher Dagewesene in den Schatten. Hartmut zitterten jedes Mal die Knie, wenn er den Klub wieder verließ. Er besuchte Lydja einmal pro Monat, bis sie – ziemlich unerwartet – vor gut einem halben Jahr nicht mehr in dem Klub anzutreffen war. Niemand konnte oder wollte ihm Auskunft geben.

Dieselbe Frau, die Hartmut in schöner Regelmäßigkeit zu ungeahnten Höhepunkten angetrieben hatte, war soeben mit gezückter Waffe losgestürmt und hatte auf jemanden geschossen. Er wagte es nicht, seine Söhne alleinzulassen, wollte aber zumindest schauen, was da draußen los war. Vielleicht ergab sich ja die Gelegenheit zur Flucht, zusammen mit Guddi. Langsam und so vorsichtig wie möglich zog sich Hartmut an einem Fenstersims des Verschlages hoch und konnte erkennen, wie sich Lydja über Guddi beugte und ihr die Waffe an die Schläfe hielt. Weiter hinten sah Hartmut eine männliche

Gestalt näher kommen, die ebenfalls bewaffnet war. Er blickte hinter sich. Seine beiden Söhne zitterten vor Angst, der Schauspieler bewegte sich wie ein Zombie, der wieder zum Leben erwachte. Das dunkle Grollen der beiden Bluthunde, die angekettet in unmittelbarer Nähe der Zwillinge saßen und vor sich hin sabberten, gab Hartmut zu verstehen, dass es das Allerbeste war, wieder in Deckung zu gehen. Mut war nicht gerade sein zweiter Vorname.

70

„Da, da vorne ist der Typ. Scheiße, der hat 'ne Knarre!" Marcel Urbaniak parkte seinen Wagen ungefähr fünfzig Meter von Kurt Heppners Auto entfernt. Lutz Drygalski spürte, wie sein Herz in die Hosen rutschte. „Was sollen wir jetzt tun, Marzel? So, wie der losmarschiert, würde ich darauf wetten, dass es gleich Tote gibt. Wir sollten endlich die Polizei rufen. Lass uns bitte vernünftig sein und nicht den Helden spielen!" Marzel knackte mit seinen Fingern und schlug zweimal mit der flachen Hand auf seine Oberschenkel. Das war seine Art der Motivation. „Lutz, die Polizei ist doch längst informiert. Du kannst gerne hier im Auto bleiben. Wenn du Schiss hast, ist das völlig okay. Ich hatte zwar auf deine Unterstützung gehofft, erzähle es aber auch nicht weiter!" Lutz zwang sich zu einem Lächeln, Marzel schien in seinem Element und nicht aufzuhalten zu sein. „Da drin sind wahrscheinlich unser bester Kumpel und weitere unschuldige Personen in Lebensgefahr, besonders jetzt, da der Typ da vorne Amok zu laufen droht." Er atmete tief duch. „Ich geh da jetzt rein. Niemand wird mich davon abhalten. Mach dir keinen Kopf, Marzel kann auf sich aufpassen. Nur setz dich ans Steuer, es könnte sein, dass wir schon bald sehr schnell von hier verduften müssen!"

Aus der Halle waren laute Stimmen zu hören. Die Lauteste von allen war die einer Frau, die wie eine Furie Befehle erteilte. Marzel hockte am Eingang und versuchte, sich eine Strategie zurechtzulegen. Er öffnete seine Jacke und zog sein altes Nunchaku hervor. Bis heute Morgen hatte das Teil noch im Fitnessraum seiner Wohnung gehangen. Fast dreißig Jahre war es nun schon her, dass er sich die Waffe auf einem Flohmarkt gekauft hatte. Der Boom um Bruce Lee und seine Kampfkunst Kung-Fu ebbte ab, der Besitzer verlangte gerade mal zehn Mark dafür. Es war ein ziemlich edles Teil, handgefertigt und aus hochwertigem Ebenholz. Die Griffe waren zudem achtkantig und machten fiese Beulen, wenn sie einschlugen. Marzel hatte das Nunchaku erst einmal benutzen müssen, als er nach einer Schicht im Rockpalast in einen Streit zwischen zwei Männern geriet, die wild aufeinander einprügelten. Seltsamerweise machte sie Marzels Versuch zu schlichten noch aggressiver und sie gingen gemeinsam auf ihn los. Es dauerte keine zwei Minuten, da lagen die beiden, im zweigestrichenen Cis winselnd, vor Marzel auf dem Boden und flehten um Gnade. An dem Abend beschloss Marzel, das Nunchaku nur noch als Ausstellungsstück bei sich zu Hause zu lassen. Das Ding hatte die Kraft zu töten, und töten wollte Marzel niemanden.

Die Schüsse fielen völlig unvermittelt. Marzel umfasste seine Waffe nun noch fester, schickte ein kurzes Stoßgebet zum Himmel und kam langsam aus seiner Deckung. Nun konnte er, leider immer noch etwas undeutlich, die Stimme eines Mannes hören, der das Kommando übernommen hatte.

71

Kai Leitner und Stefanie Mellinger waren völlig hysterisch und außer Kontrolle. Während Leitner den Tod seine Schwester lauthals beklagte, schrie Mellinger ihre kurzen Befehle in Richtung Peer und Guddi. „Sitzen bleiben und Fresse halten, oder ich erschieße euch wie Vieh!" Das Einzige, das sie davon abhielt, war der völlig aufgelöste Kai Leitner, der sich durch nichts beruhigen lassen wollte. Mellinger hielt kurz inne, zielte auf Leitners rechten Fuß und drückte ab.

Augenblicklich herrschte Ruhe. Leitner war offenbar so überrascht, dass er gar nicht begreifen konnte, warum plötzlich so viel Blut aus seinem Schuh sickerte. „Endlich, das wurde auch Zeit." Mellinger hockte sich zu ihm auf den Boden. „Kai, das was eben passiert ist, tut mir leid. Aber uns war klar, dass es Kollateralschäden geben würde, oder? Wir haben über die Möglichkeit mit allen Beteiligten gesprochen, auch und vor allem mit Boris und Bea. Boris lebt zwar noch, ist aber bewusstlos. Also steht es 1:1 zwischen den Bullen und uns. Lass uns die beiden da erledigen und abhauen. Morgen sieht die Welt schon ganz anders aus, glaub mir!" Leitner hatte tatsächlich zugehört und schien zu begreifen, was seine Komplizin ihm mitteilen wollte. „Ich erledige Modrich", sagte er plötzlich. „Wow, Kai, wann genau habe ich dir in die Suppe gepinkelt?" Peer versuchte, irgendwie Zeit zu gewinnen. Sein Leben und das von Guddi hingen mehr denn je am seidenen Faden.

„Ich habe vorhin natürlich dummes Zeug erzählt. Ich hatte nichts mit deiner Schwester, wirklich. Bea hat meinen Vater im Hospiz betreut, dort haben wir uns kennengelernt. Wir waren einmal zusammen ein paar Bier trinken, das war's dann auch. Ich hatte nichts mit deiner Schwester, das kannst du mir glauben!" Leitner hatte seinen Schuh und seine blutige Socke ausgezogen und starrte auf den lädierten Fuß. „Sie war nicht nur meine Schwester, Modrich. Dein Vater ist auch Beas Vater."

Vor Modrichs Augen begann sich alles zu drehen. Er erinnerte sich an Gunnar, den besten Freund seines Vaters, und an Pia, dessen Frau. Aber das, was Leitner ihm da auftischte, konnte nicht sein?! „Dein dummes Gesicht müsstest du jetzt mal sehen", fuhr Leitner fort. „Der große Felix Modrich war ein Frauenheld allererster Klasse. Und ausgerechnet bei der Frau seines besten Freundes passierte das Unglück: Sie wurde schwanger, mit Bea. Aber davon hast du nicht den blassesten Schimmer, richtig?" Modrich erinnerte sich an das Gespräch zwischen seinen Eltern, das er damals unfreiwillig mitbekommen hatte. Aber dass Bea das Kind seines Vaters und seine Schwester sein sollte, konnte er nicht fassen. Er sah Guddi hilfesuchend an, doch alles, was er in ihrem Gesicht sah, war absolute Überraschung und Ratlosigkeit.

„Die Falschheit herrschet, die Hinterlist, auch beim großen Felix Modrich!" Leitner redete sich nun in Rage, was Stefanie Mellinger mit einem diabolischen Grinsen kommentierte. „Dein Vater hat Bea verstoßen, weil deine Mutter es so gewollt hat. Sie kam zu uns als kleines Mädchen mit tiefen Narben auf ihrer Kinderseele. Ihre Mutter musste sie weggeben, weil ihr Mann Bea nicht ertragen konnte. Sie war das Salz in den Wunden seiner Seele, Wunden, die ihm dein Vater zugefügt hatte. Seit dieser Zeit schworen wir Rache. Das allein hätte für mich schon ausgereicht, auch dich abgrundtief zu hassen. Du aber hast mir dann zusätzlich einen weiteren Grund nach dem anderen geliefert. Wie du dich jahrelang im Dienst aufgeführt hast, und damit durchgekommen bist. Die Verachtung, die du alle fortwährend hast spüren lassen. Du hast ja förmlich um Erlösung gebettelt. Die Zeit dafür ist nun gekommen. Stef, die Waffe!"

Wie vom Blitz getroffen fiel Stefanie Mellinger vornüber. Ihr Hinterkopf klaffte auseinander. Sie war sofort tot. Leitner packte die Pistole und schoss vollkommen planlos um sich. Kurt Heppner ging hinter einem alten Reifenstapel in Deckung. Peer und Guddi kauerten sich flach auf den Boden und hielten schützend die Hände vors Gesicht. Selbst die beiden Bluthunde schienen es nun mit der Angst zu bekommen und winselten um die Wette.

War das tatsächlich ihr Chef, der da um sich ballerte und ihnen den Arsch rettete? Wer hätte das gedacht? Leitner zog Guddi an den Haaren zu sich heran und hielt ihr seine Waffe an die Schläfe. „Jetzt ist Feierabend! Gudrun Faltermeyer wird sterben! Und nun komm mit erhobenen Händen raus und wirf die Knarre weg! Ich zähl bis drei, danach wird das hübsche Gesicht hier nicht mehr zu erkennen sein. Eins ... zwei ...!" Ein einziger Schuss hallte durch den Raum. „Drei!", sagte Kurt Heppner und verließ sein Versteck. Kai Leitner war an der Schulter getroffen worden und lag vor Guddi auf dem Boden. „Chef, Sie kommen ja wirklich wie gerufen", jubilierte Modrich, der immer noch splitterfasernackt war. „Als wir um Verstärkung baten, haben wir ja an alles gedacht, aber auf keinen Fall an Sie!" Guddi untersuchte Kai Leitner, der verzweifelt versuchte, die Blutung im Schulterbereich mit den Händen zu stoppen. „In dem Raum, wo dein Mann ist", röchelte er und schaute Guddi flehend an, „liegt ein Erste-Hilfe-Koffer. Beeil dich bitte!" Guddi nickte und wollte sich auf den Weg machen. „Einen Teufel werden Sie tun, Frau Faltermeyer!" Guddi drehte sich um und blickte in das regungslose Gesicht ihres Chefs. So hatte sie Kurt Heppner noch nie gesehen. „Chef, alles in Ordnung?" Peer merkte ebenfalls, dass etwas nicht stimmte. „Der Mann verblutet, wenn wir ihm nicht helfen. Während Guddi den Verbandskasten holt, sollte einer von uns den Notarzt rufen!" Heppner drehte sich zu Modrich und schoss knapp an dessen linkem Ohr vorbei. Ein lautes, extrem unangenehmes Klingeln war die Folge, der Schmerz ließ Modrich zusammenzucken. „Hier geht niemand irgendwo hin und schon gar nicht wird irgendwer angerufen." Abermals richtete Heppner die Waffe auf Leitner. „Dieser Typ hier hat nichts anderes als den Tod verdient. Er hat Gesine auf dem Gewissen und muss dafür büßen."

„Scheiße, das war ich nicht!", schrie Leitner unter Todesangst. „Der Fußballer geht auf mein Konto, aber nicht Ihre Frau!" Guddi fasste nun all ihren Mut zusammen und baute sich vor Heppner auf, der unbeeindruckt seine Waffe auf Leitner richtete. Modrich krümmte sich immer noch vor Schmerzen.

„Chef, es ist toll, dass Sie uns geholfen haben. Der Fall ist, so wie es aussieht, gelöst. Lassen Sie uns Leitner einfach festnehmen und ihn seiner gerechten Strafe zuführen. Ich kann Ihren Schmerz wegen Gesine ja verstehen, aber Selbstjustiz bringt uns hier nicht weiter!" Heppner schaute Guddi nur kurz aus dem Augenwinkel an. „Gerechte Strafe? Selbstjustiz? Dass ich nicht lache, werte Kollegin! Sie und Kommissar Modrich haben doch gesehen, dass ich in Notwehr gehandelt habe. Die beiden wollten soeben zwei Polizeibeamte töten, nicht wahr? Also kommen Sie mir nicht mit Selbstjustiz. Und apropos gerechte Strafe: Das nenne ich gerecht!" Mit einer schnellen Bewegung visierte er wieder Leitner an und schoss ihm mitten ins Herz. Guddi und Peer waren geschockt. Was war nur mit Heppner los? Der betrachtete den bewusstlosen Boris Mellinger und drückte ab. „Jetzt ist es bald überstanden", murmelte Heppner. „Bleiben Sie noch einen Moment hier in Sicherheit. Ich kümmere mich eben noch um die Hunde und bin dann gleich wieder bei Ihnen!" Guddi und Peer wagten nicht zu widersprechen. Sekunden später saßen sie völ-

lig verstört nebeneinander, an Handschellen gefesselt.
Kurt Heppner war zweifellos komplett durchgeknallt.

72

Marzel beobachtete, wie Heppner sich von Guddi und Peer entfernte und auf einen nahegelegenen Verschlag zusteuerte. Den Geräuschen zufolge mussten sowohl Kinder als auch Hunde darin sein. Aus der Ferne hörte man das Heulen der herannahenden Polizeisirenen. Der Moment für einen Überraschungsangriff erschien Marzel trotzdem günstig, da sich weder Peer noch Guddi in unmittelbarer Gefahr befanden. Als sie Marzel sahen, gab er ihnen Zeichen, den Mund zu halten. Die flehenden Blicke der beiden gaben ihm deutlich zu verstehen, sein Vorhaben bleiben zu lassen und sich möglichst schnell aus dem Staub zu machen. Demonstrativ rollte Marzel sein Nunchaku auseinander und versuchte, sein souveränstes Lächeln aufzusetzen. Die Panik in der Halle war mittlerweile greif- und hörbar: Während die Hunde wild anfingen zu bellen, redete jemand beharrlich und flehend auf Heppner ein. Dazwischen war ein schmerzerfülltes Stöhnen zu hören. Marzel hielt einen Moment inne und lauschte. „Kurt! Gut, dass du hier bist!", röchelte Bernhard Fellner schwer verständlich. Die Schweine hätten mich um ein Haar umgebracht, aber ich war zäher als ein Ochse!" Fellner lachte irre. So irre wie jemand, der fest davon überzeugt war, seinen Folterknechten ein Schnippchen geschlagen zu haben und dem Tod noch mal entkommen zu sein.

„In einem Punkt gebe ich dir recht", antwortete Heppner mit leiser Stimme. „Es ist gut, dass ich hier bin. Wäre ich nicht hier, hätte die Polizei Dortmund den Tod zweier herausragender Kriminalisten zu beklagen und diese kranken Killer wären über alle Berge. Sie haben uns beide grausam bestraft: Dir haben sie die Ehre, den Ruf genommen, mir das Liebste, das ich hatte!"
Fellner nickte zustimmend. „In einem Punkt muss ich dir allerdings widersprechen, mein lieber Bernhard." Heppner hob die Waffe und zielte nun auf ihn. „Dem Sensenmann entkommt niemand. Der Sensenmann ist cleverer als wir alle zusammen. Der Typ hier hat sich ja lieber in die Ohnmacht geflüchtet. Und den Kindern wird keiner glauben. Du bist jetzt noch der Einzige, der von unserem Hobby weiß. Und darum lässt der Sensenmann dich eben nicht entkommen, sondern nimmt dich heute schon mit nach Hause!"

Das Nunchaku traf Heppners Handgelenk in dem Moment, als er den Abzug drückte. Heppner schrie vor Schmerzen auf, die Waffe lag vor ihm auf dem Boden. Als er danach greifen wollte, traf ihn Marzel auf den Solar Plexus und raubte ihm das Bewusstsein.

Die Ruhe, die nun einkehrte, hatte etwas Gespenstisches. Sogar die Hunde schienen zu begreifen, dass sie nicht mehr in Gefahr waren. Als Marzel den erstarrten Hartmut von seinem blutenden Sohn herunterzog, war Lutz Drygalski draußen aus dem Auto gestiegen und hatte die anrückenden Polizeikräfte und den Notarztwagen in Empfang genommen. „Wir brauchen vermutlich noch mehr Sanitäter", rief er einem der Helfer zu. „Sind auf dem Weg", entgegnete dieser, „der zweite Wagen musste unterwegs einen Schwerverletzten bergen, der im Straßengraben lag und mehr tot als lebendig war."

73

Das Haus, das Frank Wiegand unter falschem Namen auf Aruba gekauft hatte, besaß einen kleinen Privatstrand. Selbstzufrieden lächelnd legte er die deutschsprachige Zeitung aus der Hand, die von der Aufklärung einer spektakulären Mordserie und dem Tod der vier Täter berichtete. Besser hätte es für ihn nicht laufen können. Er war Stef los, die sich und ihren Mittätern durch ihre Liebesdienste von ihm eine ‚stille Teilhaberschaft' an der Celebs for Masses GmbH erpresst hatte. Gesine war ebenfalls keine Gefahr mehr für Frank.

Sein Chauffeur hatte Heike Wiegand am Flughafen abgeholt und zu ihm gebracht. Nach einem ausgedehnten, aber eher wortkargen Dinner saßen die beiden nun auf dem feinkörnigen, weißen Sand und schlürften zwei Caipirinhas. Dabei blickten sie ins azurblaue Meer und ließen den warmen Wind über ihre Gesichter wehen. „Was willst du wissen?", brach Frank endlich das Schweigen. „Oder soll ich dich erst einmal ankommen lassen? Ist ja schließlich eine völlig neue Umgebung für dich, für uns beide. Ich möchte, dass du dich wohlfühlst. Wenn du irgendeinen Wunsch hast, sprich ihn bitte einfach aus. Ich werde alles tun, um ihn dir zu erfüllen!" Heike legte den Kopf in den Nacken und sah ihren Mann mit einem verliebten Blick an. „Es ist herrlich hier. Der Strand, das Meer, dieses Anwesen.

Einfach alles. Es ist wie ein Traum, aus dem man niemals wieder aufwachen möchte." Frank war erleichtert. „Ich war mir nicht sicher, ob es dir gefallen würde. Ich hatte außerdem keine Ahnung, ob du mir meine Flucht verzeihen würdest. Immerhin habe ich dich mit allem allein gelassen, habe dich den Bullen zum Fraß vorgeworfen. Aber jetzt ist ja alles gut. Du bist hier. Ich bin hier. Wir sind in Sicherheit, für immer." Dabei hob er sein Gesäß leicht an und pupste. Seit dem Essen hatte er leichte Blähungen. Unangenehm, in so einer Situation.

„Darf ich dich eigentlich weiterhin Frank nennen?" Heike grinste spitzbübisch. „Carlotta Millowitsch, was für ein ungewöhnlich dämlicher Name. Wie bist du darauf gekommen, Serge?" Jetzt lachte Frank Wiegand laut auf. „Keine Ahnung. Vielleicht habe ich an Serge Gainsbourg und Willi Millowitsch gedacht. Ist doch auch egal. Wichtig ist, dass Carlotta Millowitsch jetzt auf Aruba ist und Heike Wiegand leider unauffindbar. Der verheerende Brand an unserem alten Firmensitz sollte auch die letzten Anhaltspunkte für unseren tatsächlichen Aufenthaltsort beseitigt haben." Glücklich strahlte Heike ihren Mann an. „Was eine glimmende Zigarette so alles ausrichten kann. Goodbye, Celebs for Masses!" Sie rückte näher an Frank heran und hauchte ihm ins Ohr. „Ich wäre ja sehr für hemmungslosen Versöhnungssex. Aber nur unter der Bedingung, dass du aufhörst zu pupsen!" Frank schwitzte mittlerweile und versuchte, die stärker werdenden Magenkrämpfe durch tiefes Ein- und Ausatmen in den Griff zu bekommen.

„Weißt du, Frank, bevor ich die Firma in Brand gesteckt habe, bin ich noch mal in dein Büro, um zu sehen, ob es irgendetwas gibt, das du vielleicht vergessen hast." Die Krämpfe kamen nun in immer kürzeren Abständen. Frank Wiegand hatte sich zur Seite gelegt und hoffte, sich somit etwas Linderung zu verschaffen. „Die unterste Schublade war wie immer verschlossen. Ich hatte mich schon früher gefragt, warum du sie abschließt, hatte aber nie in Betracht gezogen, dass du etwas derart Hinterhältiges im Schilde führst. Nun ja, meine Sorgen und Zweifel sind in den letzten Tagen deutlich gewachsen, wie du dir sicher denken kannst. Da habe ich sie mit einem Stemmeisen aufgebrochen!"

Nun zitterte Frank Wiegand am ganzen Leib. Die Worte seiner Frau hatte er dennoch klar und deutlich vernommen. „Sie war dabei, hinter alles zu kommen, stellte bereits Fragen zur Buchhaltung, obwohl die sie vorher nie interessiert hatte. Spätestens beim nächsten Jahresabschluss wäre es vorbei gewesen. Ich habe für unseren Lebensabend vorgesorgt und meine neuen Partner konnten keine weiteren Mitwisser gebrauchen. Deshalb konnte ich es dir ja auch nicht sagen. Versteh das doch bitte." Augenblicklich verwandelte sich Heike Wiegands Gesicht in eine Fratze. Sie beugte sich über ihren Mann, der sich immer heftiger auf dem Sandboden wand. „Du hältst dich vielleicht für besonders schlau, mein Lieber. Du bist aber nichts weiter als ein feiger Wicht. Du hast Gesine umgebracht und sämtliche Beweise in dieser Schublade gebunkert. Warum? Haben dich die Fotos erregt, auf denen sie in ihrem eigenen Dreck lag? Oder das, als du sie aus dem Loch geholt hast? Was bist du nur für ein Bastard?" Das Letzte, was Frank Wiegand sah, waren seine Frau und eine Sackkarre. „Mal sehen, wie lange es dauert", murmelte Heike, „die Haipopulation an diesem Küstenstrich soll ja wirklich beachtlich sein!"

EPILOG

„So ein Dämlack!" Felix Modrich schlug mit der flachen Hand auf den Couchtisch, während im Fernsehen eine Sondersendung lief. Bodo Gleiwitz hatte das Gespräch mit Felix Modrich schon wieder vergessen. „Reißerischer geht es in der Tat kaum noch", ergänzte Peer. „Aber was hast du erwartet, Papa? Hast du eine blasse Ahnung, wie sehr Gleiwitz von seinem Sender unter Druck gesetzt worden ist?" Felix Modrich schüttelte verächtlich den Kopf. „Er hatte die Story ja exklusiv. Er war mit seinem Kameramann vor Ort, kein anderer Sender hatte das geschafft. Dass der amtierende Polizeichef mehrere Menschen auf dem Gewissen hatte, war ihm anscheinend nicht sensationell genug. Nein, jetzt dichtet er Kurt auch noch ein rechtsradikales Umfeld an. Sie verfälschen die Geschichte zum Wohle der Einschaltquote. Das ist eine ausgemachte Sauerei!" Peer nickte zustimmend. „Wohl wahr! Und bei allem, was Kurt getan hat: Er hat es definitiv nicht verdient, als ‚brauner Brandstifter' bezeichnet zu werden. Er kann froh sein, wenn er das Ende seine Gefängniszeit erlebt." Felix Modrich schaltete den Fernseher ab und schüttelte immer noch den Kopf.

„Wie schmeckt dir mein Coq au vin?", fragte er und sah seinen Sohn erwartungsvoll an. Peer musste schmunzeln. „Dass wir tatsächlich ein Dinner for Two haben würden, hätte ich nicht gedacht. Das Essen ist großartig, aber der Wein ist ein Gedicht." Felix Modrich klatschte vor Freude in die Hände. „Hah, ich wusste doch, dass er dir schmeckt. Ich habe gestern extra noch ein paar Flaschen Tempranillo in der neuen Bodega in Unna gekauft. Und dass wir hier zu zweit sind, liegt ja nur an dir. Ich hätte mich sehr darüber gefreut, wenn Lutz und Marcel mitgekommen wären." Peer knabberte gierig an seinem Hühnchen. „Ich weiß. Es fühlte sich für mich einfach nicht richtig an. Ich bin den Jungs zu großem Dank verpflichtet. Das habe ich sie natürlich wissen lassen. Aber ich denke, es ist besser, wenn ich mit den beiden nächste Woche mal auf die Rolle gehe. Ob wir dabei wirklich Spaß haben werden, sei mal dahingestellt." Felix Modrich sah, wie sich das Gesicht seines Sohnes verfinsterte.

„Wird er es überleben?" Peer weinte. „Ja, aber er wird vermutlich nie wieder laufen können. Übermorgen werden sie ihm ein neues Implantat einsetzen, mit dessen Hilfe er zumindest seine Knie beugen und die Hüfte und Zehen leicht bewegen kann. Das erste hatte Leos Körper abgestoßen." Felix Modrich griff nach der Hand seines Sohnes. „Sie wird damit zu leben lernen. Sie schafft das. Guddi schafft das." Peer stand vom Tisch auf und wischte sich die Tränen vom Gesicht. „Ganz ehrlich: Ich bin mir nicht so sicher. Ihr Job hat ihr Leben für immer verändert. Leo ist querschnittsgelähmt, Fred kann vor lauter Angst nicht mehr schlafen. Und Hartmut hat sich in eine andere Abteilung versetzen lassen.

Er ist noch seltener zu Hause. Ich habe wirklich Angst, dass Guddi daran zerbrechen wird." „Du bist jetzt ihr wichtigster Bezugspunkt, Peer", sagte Felix Modrich. „Es ist deine Aufgabe, auf sie aufzupassen. Nimm sie, wenn nötig, in Manndeckung. Guddi muss jetzt merken, dass sie auf dich zählen kann." Peer nahm die Serviette, putzte sich den vom Coq au vin verschandelten Dreitagebart sauber und strebte zur Tür. „Du hast so recht, Papa. Danke für das Essen, die Pflicht ruft, lauter als jemals zuvor!"

Danksagung

Ich will ehrlich sein: Als „Karlchen" vor einem guten Jahr das Licht der Welt erblickte, ging ich davon aus, dass gerade mal meine Familie und die engsten Freunde zu den Lesern zählen würden. Vielleicht gäbe es noch ein paar andere, die das Buch aus Neugier lesen würden. Mehr zu erwarten erschien mir vermessen.
Es kam erfreulicherweise anders: „Karlchen" hat eine Menge Freunde gefunden. Und das, obwohl Karl Ressler niemand ist, den man zum Freund haben möchte. Zwei Auflagen, über zwanzig Lesungen und ein Hörbuch später gilt festzuhalten: „Karlchen" hat einen weiten Weg zurückgelegt. Einen Weg, auf den ich mit Stolz und Dankbarkeit zurückblicke. Dieser Dank gebührt vor allem dem OCM Verlag, in erster Linie Georg Nies und Elke Neumann. Ihr seid beide jeden Meter des Weges mitgegangen, habt gehofft und gebangt, habt vor lauter Frust Flüche ausgestoßen, aber den Glauben an „Karlchen" niemals verloren. Ihr seid die Besten!
Apropos Hörbuch: Es war im Herbst 2016. „Karlchen" hatte gerade die ersten wohlwollenden Rezensionen bekommen, als mich eine liebe Kollegin anrief. Ob ich schon einmal darüber nachgedacht hätte, „Karlchen" als Hörbuch zu veröffentlichen?! Nur: Wen interessiert schon ein Hörbuch, wenn der Sprecher ein unbekannter Autor ist? Eben. Und da kam Laith Al-Deen ins Spiel. Die liebe Kollegin, die mich anrief, ist Laiths Managerin Kiki Röhlke. Ob ich mir denn vorstellen könnte, dass

Laith „Karlchen" seine Stimme leiht und das Hörbuch einspricht?! Die Situation war nicht ganz ungefährlich, saß ich doch gerade im Auto und musste aufpassen, nicht die Kontrolle über das Fahrzeug zu verlieren. Natürlich konnte ich mir das vorstellen! Laith Al-Deen ist unbestritten einer der besten deutschsprachigen Sänger und seit Jahren eine feste Größe in der deutschen Musikszene. Aber auch seine Sprechstimme hat etwas ganz Besonderes und passt hundertprozentig zu „Karlchen". Die Zusammenarbeit mit Laith und seinem Team verlief hochprofessionell und lieferte am Ende ein Ergebnis, das alle Erwartungen bei Weitem übertraf. Ich bin sehr dankbar, dass das geklappt hat und spreche hiermit meine Hochachtung aus. Lieber Laith, ich gehe jede Wette ein, dass „Karlchen" nicht der letzte Sprecherjob für dich gewesen sein wird!

Die Idee zu „Blutgeschwister" reifte in mir schon relativ bald nach der Veröffentlichung von „Karlchen". Den Stein ins Rollen brachte tatsächlich ein Gespräch mit meinen Arbeitskollegen. Wie kreativ doch so eine Mittagspause sein kann! Vermutlich bist du dir dessen nicht bewusst, liebe Viv, aber es stimmt: Dieses eine Gespräch war es, das „Blutgeschwister" vorangetrieben hat und es zu dem Roman gemacht hat, der er heute ist. Ich hoffe daher besonders, dass er dir gefällt.
Die allererste Version von „Blutgeschwister" bekam dann wieder ein ganz kleiner Kreis zu lesen. Dieser Kreis hatte sich bereits bei „Karlchen" bewährt und mir

auch jetzt das Gefühl gegeben, ein spannendes Buch geschrieben zu haben. So etwas motiviert natürlich ungemein. Marion, Isa, Thomas: Wenn es euch nicht gefällt, ist es Mist! Seid umarmt!

Eine Person möchte ich jedoch ganz besonders hervorheben. Jemanden, der aus „Blutgeschwister" nochmal mindestens zwanzig Prozent mehr herausgeholt hat. Jemanden, der sich mit mir die Nächte um die Ohren geschlagen hat, um Modrichs zweiten Fall zu unserem eigenen zu machen. Elmar, ich sag es nicht durch die Blume, sondern mit Laith Al-Deen: Es ist keine wie Du!

Großer Dank gilt wieder einmal – oder immer noch – meiner Frau und meinen Kindern! Ohne Euch an meiner Seite wäre ich zu alldem gar nicht gekommen. Ich liebe euch.

Nicht vergessen zu erwähnen möchte ich noch die folgenden Personen:
Das Team des Zeltfestivals Ruhr, insbesondere Björn Gralla, Heri Reipöler, Lukas Rüger und Silke Warthe
Leonie Nennstiel (ein Buch ist immer nur so gut wie seine Lektorin ...)
Stefan „der breite Mann" Keim
Die Gebrüder Schilling
Thomas & Viola Engler
Nadja Fliesen (da haste deinen „whodunnit"-Krimi) & Bernd Müller

Gisela Matiszik
Harry & Waltraud Matiszik
Stephan Matiszik
Alex Schmülling
Frank Hoffmann
Mladen Racek
Das gesamte Team Contra
Björn Kossek
Claudia Vossbeck
Frank Gründer
Heiko Schwegmann

Zu guter Letzt möchte ich hier noch klarstellen, dass sowohl Personen als auch Handlungen & Orte in „Blutgeschwister – Modrichs zweiter Fall" frei erfunden und jede Ähnlichkeit mit lebenden Personen purer Zufall sind.

Thomas Matiszik, 1967 in Recklinghausen geboren und in Oer-Erkenschwick aufgewachsen, lebt heute mit seiner Frau und seinen drei Kindern in Holzwickede. Seine musische Ader verwirklichte er schon zu Schulzeiten in verschiedenen Theater- und Bandprojekten. Nach seinem Lehramtsstudium ist er als freier Musikjournalist für die beiden Radiosender 1Live und WDR 2 tätig und arbeitet als freier Konzertagent in Bochum.

Nach dem Überraschungserfolg seines Debüts „Karlchen – Modrichs erster Fall", legt der Holzwickeder Autor Thomas Matiszik nach: „Blutgeschwister – Modrichs zweiter Fall" überzeugt auch diesmal durch rasantes Tempo und eigenwillige Charaktere.

Foto: ©SARAH HEILBRUNNER

Karlchen | Modrichs erster Fall
Thomas Matiszik

Ist der Mensch von Natur aus böse?

Karl Ressler liebt die Bee Gees. Und er tötet, weil es ihm Spaß macht. Schon als Kind schikanierte er seine Umwelt mit perfiden Spielchen, heute quält er seine Opfer bis zum tödlichen Ende.

Als ein Mädchen vermisst wird, eröffnet Kommissar Peer Modrich die Jagd auf „Karlchen". Allerdings scheint Modrich zu viele Probleme mit sich selbst zu haben – und mit Morbus Meulengracht, der ihm regelmäßig gewaltige Kater beschert.

Daher ist es dann auch nicht Modrich, sondern seine Kollegin Guddi, die die Hatz auf Karl Ressler immer wieder vorantreibt. Das blutige Katz- und Mausspiel fordert viele Opfer und steuert in atemberaubendem Tempo auf den dramatischen Showdown zu.

Print ISBN 978-3-942672-47-4 | 242 Seiten | € 11,90 [D]
E-Book ISBN 978-3-942672-48-1 | € 4,99 [D]

Nebenstehenden QR-Code scannen und digitale Leseprobe erhalten.

Hörbuch
Karlchen | Modrichs erster Fall gelesen von Laith Al-Deen

Das Hörbuch mit Hörprobe ist als Download oder als Stream in folgenden Shops erhältlich:
Audible, Amazon, Spotify, Google Play, Deezer, 7Digital. Des Weiteren bei Slacker, 24/7, Secury cast.

Der **OCM Verlag** ist ein unabhängiger Verlag im Dortmunder Süden. Seit 2010 machen wir gute und schöne Bücher, jenseits des Mainstreams, mit Autoren aus der Region (andere dürfen aber auch). Dabei sind wir auf kein Genre festgelegt, wir veröffentlichen nur das, was uns gefällt.
So vielfältig unsere Bücher auch sind, haben sie alle etwas gemeinsam: Sie wurden mit Herzblut gemacht.

OCM Der Verlag | Sölder Straße 152 | 44289 Dortmund

www.ocm-verlag.de   DER VERLAG